Ava Reed wird schon immer von Büchern begleitet. Das Haus ohne etwas zu lesen verlassen? Unvorstellbar. Schließlich entdeckte sie auch das Schreiben und Bloggen (www.avareed.blogspot.de) für sich und kann sich nicht vorstellen, je wieder damit aufzuhören.

Ava Reed

Wir fliegen, wenn wir fallen

Oetinger Taschenbuch

MIX
Papier aus verantwortungsvollen Quellen
FSC® C014496
www.fsc.org

3. Auflage
2018 Oetinger Taschenbuch im Verlag Friedrich Oetinger GmbH,
Max-Brauer-Allee 34, 22765 Hamburg

Umschlaggestaltung: Alexander Kopainski unter Verwendung von
Fotos von arvitalyaa (Pärchen), nienora (Sternenhimmel),
Les Perysty (Wolf), Titov Nikolai (Eiffelturm),
Inkal (gezeichnete Sterne), Enmaler (Fallschirm),
Yevgen Lagunov (Pusteblumenstängel U4),
alle von shutterstock.com
Dieses Buch wurde vermittelt von der Literaturagentur
erzähl: perspektive, München (www.erzaehlperspektive.de).
Druck und Bindung: GGP Media GmbH,
Karl-Marx-Straße 24, 07381 Pößneck, Deutschland
Printed 2020
ISBN 978-3-8415-0542-2

www.oetinger-taschenbuch.de

Für meine Schwester.

Es wird Zeit für neue Erinnerungen.

1 Yara

Das Leben fragt dich nicht nach deiner Meinung – niemals

Ich möchte meine Erinnerungen verbrennen. Ich möchte sie nehmen, zusammenknüllen oder zerreißen, es ist mir egal, und sie mit allem, was mir geblieben ist, in Asche verwandeln. Mit all dem Schmerz, der Trauer und Wut, der Angst und dem großen Loch in mir drin.

Seufzend öffne ich meine Augen, versuche mich zu entspannen, was mir aber seit Monaten nicht mehr gelingen will. Ich fühle mich wie eine alte Frau, wie jemand, der seines Lebens müde ist, und nicht wie der Teenager, der ich bin. Vielleicht, weil ich nicht mehr die bin, die ich war – und es auch nie mehr sein werde.

Meine Knöchel treten weiß hervor, weil ich meine Schultasche so fest umklammere, als wäre sie mein Halt und nicht ich der ihre. Mit wilden, chaotischen Gedanken betrete ich das Gebäude vor mir, laufe durch die vertrauten weißen Flure und rieche den bekannten Duft nach alten Menschen, nach Essen und Desinfektionsmittel. Zu Hause. Ich genieße die kühle Luft, die mir entgegenschlägt und die Hitze des Sommers verdrängt. Die mir etwas Klarheit beschert und all die Erinnerungen für den Moment vertreibt.

Meine Tante rennt wahrscheinlich ein Stockwerk höher durch die Gänge, kümmert sich um all die Menschen, die unter Demenz und anderen Krankheiten leiden. Auch um Herrn Winter, der ihr immer an die Wäsche will und ständig alles fallen lässt, damit sie sich bücken muss.

Hier auf dem Flur 2A ist es ruhig und hell. Clarissa, eine ältere und freundliche Pflegerin, und Bea, eine von Tante Ems besten Freundinnen, begrüßen mich wie immer herzlich und doch distanziert, so als würden sie verstehen, dass ich eine Umarmung nicht ertragen würde.

Ich nähere mich Zimmer 22 und mein Herz beginnt in einem langsameren Rhythmus zu schlagen. In diesem Zimmer kann ich zur Ruhe kommen, ich selbst sein.

Ich kann zerbrechen.

Drei Mal klopfe ich an die Tür und höre das Lächeln in Phils Stimme, als er mich hereinbittet. Ich öffne die Tür und entdecke Phil sofort. Er sitzt in einem Schaukelstuhl vor dem Fenster, die Sonne strahlt ihm ins Gesicht und die Schatten seines Körpers fallen auf wunderschöne Art und Weise hinter ihn. Man könnte meinen, er betrachtet den kleinen Park des Altersheims, all die Menschen, die Bäume, doch ich weiß es besser: Phil sieht alles nur in seinen Gedanken.

Die Tür fällt hinter mir ins Schloss und meine Beine tragen mich wie von selbst zu ihm. Ich schmeiße meine Tasche in die Ecke und bade nun auch mein Gesicht in den Sonnenstrahlen, genieße diesen Moment und versuche vergeblich ihn festzuhalten. Meine Gedanken sind zu schnell, ich kann sie nicht stoppen, sie sind wirr und durcheinander, mein Herz ist zu schwer und ich kann das, was mich belastet, nicht einfach nehmen und wegwerfen. Ich habe es versucht.

»Heute ist dein erster Ferientag, nicht wahr? Was macht man denn heutzutage, wenn man sechs Wochen nichts zu tun hat?«

Phil lacht, sein weißer Bart und sein Bauch beben, und er zaubert mir damit ein Lächeln ins Gesicht. Seine wundervolle warme Stimme nimmt mir ein Stück meiner Unruhe.

»Wenn ich das wüsste.«

Ich ziehe mir einen Stuhl ans Fenster, lasse mich hineinfallen und stöhne auf. Ich bin so froh, dass dieser Tag zu Ende ist, und gleichzeitig bin ich es auch nicht. Sechs Wochen Ferien bedeuten sechs Wochen ohne Ablenkung. Es wird grauenhaft werden.

»Komm, so schlimm wird es schon nicht«, sagt Phil, als könne er meine Gedanken lesen. »Sag mir lieber, mit welchem Buch wir heute beginnen.«

Er klatscht freudig in die Hände. Gestern haben wir *Moby Dick* beendet, heute soll es mit *Die Drei Musketiere* weitergehen. Phil liebt Abenteuergeschichten, Märchen und Klassiker. An manchen Tagen sehe ich ihm die Sehnsucht an, wenn er meinen Worten lauscht. Ich sehe in seinem Gesicht, wie gerne er selbst die Worte lesen, sie zu einem Satz verbinden und aussprechen würde.

Manche Wünsche gehen nicht in Erfüllung, egal, wie sehr wir flehen und betteln, wie sehr unser Herz daran hängt. Aber was wären wir ohne sie?

Ich ziehe Dumas' Buch aus meiner Tasche und reiche es Phil. Es ist ein altbekanntes Ritual, etwas Vertrautes und Beruhigendes. Etwas, an dem wir uns beide festhalten können. Er nimmt es in seine Hand, streicht über den alten Ledereinband, fühlt, um zu sehen. Vorsichtig tasten sich seine Finger am Buchrücken entlang, über die eingravierte Schrift bis hin zum Lesebändchen. Er klappt das Buch behutsam auf, lässt die Seiten geräuschvoll umblättern und saugt den Duft des alten Papiers in sich auf. Es ist, als würde er dem Buch *Hallo* sagen – und das Buch ihm.

»Es riecht unbeschreiblich. Wusstest du, dass man sagt, dass man während des Lesens einen Teil von sich selbst zwischen den Zeilen eines Buches hinterlässt?«

Ich blicke ihn fragend an, während ich das Buch wieder von ihm entgegennehme.

»Was genau meinst du?«

»Wenn du dieses Buch jetzt liest, wirst du die Geschichte auf eine bestimmte Art lesen und verstehen. Wenn du das Buch in zwanzig Jahren wieder liest, wirst du das Buch sehr wahrscheinlich auf eine andere Art und Weise lesen, du wirst das Geschriebene vielleicht anders verstehen und deuten, aber das Wichtigste: Du wirst dich immer daran erinnern, wie und wo du es zuvor gelesen hast. Du schlägst dann nicht einfach nur dieses Buch auf, sondern auch Erinnerungen.«

Nun bin ich diejenige, die über den Einband des Buches streicht, während ich Phils Worte sacken lasse. Ich senke meine Augen, obwohl Phil mich gar nicht sehen kann, und versuche den Kloß in meinem Hals runterzuschlucken. Ich schlage das Buch auf, lese die ersten Zeilen und erinnere mich. Als ich diese Zeilen das letzte Mal las, saß mein Vater auf meinem Bettrand und gab mir einen Kuss auf den Scheitel.

»Lies nicht mehr so lange«, hat er gesagt. »Morgen ist Schule!«

Ich habe ihn nur verschmitzt angegrinst und genickt, was ihn zum Lachen brachte und den Kopf schütteln ließ. Er hat gewusst, dass ich das Lesen liebe, dass ich, wenn mir das Buch gefiel, nicht daran dachte, wie wenig Schlaf ich bekommen würde, sondern dass es nur noch darum ging zu wissen, was der nächste Satz brachte.

Ich zucke zusammen und atme laut ein, als ich Phils warme Hand auf meinem Knie spüre. Dass mir Tränen über die Wangen laufen, habe ich nicht mitbekommen.

»Yara, sie würden nicht wollen, dass du traurig bist.«

Ich nicke und ich weiß, Phil spürt das irgendwie, denn er nickt ebenso.

Nein, sie würden nicht wollen, dass ich traurig bin, aber ich weiß, dass sie noch gerne leben würden. Ich will, dass mein Vater mir noch einmal sagt, dass ich nicht zu lange lesen soll, und meine Mutter mir noch einmal zuflüstert: »Alles wird gut, Yara, du musst nur fest daran glauben!«

2 Noel

TRÄUME SIND WAS FÜR IDIOTEN

Der Schweiß läuft mir über die Stirn und rinnt mir beinahe in die Augen, während ich einen Fleisch-Patty nach dem anderen drehe und wie am Fließband Burger zusammenklappe. Scheiße, es ist so heiß hier drin, dass ich für einen Moment vergessen habe, dass ich bei McDonald's arbeite und nicht in der Karibik am Strand liege. Na ja, der ekelhafte Geruch von Fett und diese widerlichen Klamotten sind auch noch ein Indiz dafür.

»Wo bleibt der Big Mac, Alter? Die Pommes kann ich gleich wegschmeißen!«, dröhnt es von der Kasse zu mir in die Küche.

»Wenn du denkst, du kannst die Bestellungen schneller fertig kriegen, dann komm her und ich mach Feierabend!«, schreie ich wütend zurück.

Tim ist einfach ein Arsch. Er bewegt sich langsamer als eine Schnecke, bedient gerade einmal fünf Kunden, während alle anderen in der gleichen Zeit zehn schaffen, und hat dann den Nerv, mich blöd von der Seite anzumachen.

Stunden später wird es endlich etwas ruhiger und ich kann aufatmen. Ich reinige die Arbeitsflächen und muss immer wieder ganz dämlich grinsen, weil ich mir so bescheuert vorkomme. Wenn das hier nur ein Nebenjob wäre, wenn ich Ziele hätte oder überhaupt irgendetwas, dann würde mir dieser versiffte Laden nur halb so viel ausmachen. Aber zu wissen, dass ich hier wahrscheinlich auf ewig festhänge, lässt mich verrückt werden.

Ich fluche laut und schmeiße den Lappen mit voller Wucht in den Eimer. Schichtende. Ich kann es kaum erwarten, aus diesen Klamotten rauszukommen, auch wenn ich weiß, dass ich morgen bereits wieder drinstecken werde.

Zu Hause erwartet mich nichts und niemand – außer das übliche Chaos und die dreckige Wäsche, die bald Beine bekommt. Mein Zuhause beschränkt sich auf luxuriöse dreißig Quadratmeter: ein Badezimmer, in dem man sich gerade so um sich selbst drehen kann, eine Küche mit zwei Herdplatten, von denen nur eine funktioniert, und die den Namen Küche ohnehin nicht verdient hat, und den Mittelpunkt dieser Oase, mein Wohnzimmer – in dem mein Bett steht.

Ich lasse meinen Rucksack auf das Bett fallen, gehe in die Küche, die keine ist, und darf mich entscheiden zwischen trockenem Brot, schlechter Milch, abgestandenem Wasser und einem Bier. Großartig! Tierisch genervt und mit grummelndem Magen gehe ich zum Bett zurück, lasse mich fallen, verschränke die Arme hinter dem Kopf und starre an die Decke. Wann, verflucht noch mal, hat mein Leben angefangen, so den Bach runterzugehen? Erst seit ein paar Monaten bin ich aus dem Heim raus und wollte eigentlich neu anfangen, stattdessen sitze ich in diesem Loch und arbeite bei McDonald's, weil ich keine Ausbildungsstelle bekommen habe. Man sagte mir, das Ausschlusskriterium wäre gewesen, dass ich offen zugegeben hätte, kein Teamplayer zu sein. Ich lache auf, als ich an das Gespräch denke – an all die Gespräche. Ich habe denen wirklich zu erklären versucht, dass sich jeder auf mich verlassen kann, aber dass *ich* mich auf niemanden verlassen will. Niemals.

Wenn Phil das je rauskriegt, wird er enttäuscht sein.

Ich reibe mir über die Augen, massiere mir die Schläfen und versuche die Kopfschmerzen zu vertreiben. Immer wieder rede ich mir ein, dass alles gut werden wird, dass ich das schon schaffen werde.

Der Wecker klingelt unfassbar laut und bei dem Versuch, ihn auszuschalten, rutscht er vom Tisch und knallt auf den Boden. Als ich fluchend nach ihm taste, um den bescheuerten Ton auszumachen, falle ich aus dem Bett. Für einen kurzen Moment genieße ich die Stille und bleibe auf dem Teppich liegen. Heute muss ich zu Phil gehen, ich war schon über eine Woche nicht mehr bei ihm. Er ist alles, was ich noch habe. Und irgendwie auch nicht. Ich bin selbst mit Phil allein und das ist besser so – viel besser.

Ächzend stehe ich auf, schlurfe ins Bad und putze mir mit halb geschlossenen Augen die Zähne. Nebenbei schiebe ich einen dreckigen Pullover mit dem Fuß zur Seite. Ich muss unbedingt waschen, wenn ich von der Schicht nach Hause komme. Vielleicht sollte ich auch mal putzen, staubsaugen und mir einen Plan fürs Leben erstellen. Wer sieht sich schon mit sechzig noch allein in einer 1-Zimmer-Wohnung und in einem stinkigen Fast-Food-Restaurant?

Willkommen bei McDonald's, was kann ich für Sie tun?

Ich schnaufe, was mir die Zahnpasta aus dem Mund laufen lässt. Eilig halte ich den Kopf über das Waschbecken. Verdammter Mist. Wenn Phil mir heute wieder sagt, dass er sich Sorgen macht, und mich noch einmal so wehleidig ansieht, dann raste ich aus.

Ich spucke ins Waschbecken und spüle meinen Mund mit klarem Wasser aus.

Beim Blick in den Spiegel wird mir ganz flau. Ich bin gerne mit Phil zusammen, aber vorher habe ich jedes Mal Schiss davor und würde mich am liebsten drücken.

Schicksalsergeben gehe ich zurück ins Schlaf- und Wohnzimmer, ziehe mir eine Jeans, Chucks und ein schwarzes T-Shirt an. Handy, Portemonnaie, Schlüssel. Auf geht's.

Mir ist kotzübel.

3 Yara

Ich würde alles geben für einen Zeitumkehrer

Das Hauptmerkmal der Vergangenheit? Sie ist vorbei. Das größte Problem daran? Das heißt noch lange nicht, dass sie uns loslässt. Meine Vergangenheit verfolgt mich und bricht jede Nacht über mich herein.

Ich liege schwer atmend im Bett, höre nichts weiter als mein Keuchen und das laute Ticken der Uhr, während ich an die Decke meines Zimmers starre. Es ist furchtbar schwül, ich reibe mir den Schweiß von der Stirn, der sowohl von der Hitze als auch von dem noch nachklingenden Albtraum kommt. Ein Autounfall. Jede Nacht wieder. Innerlich schreie ich. Ich schreie und schreie, aber es ändert sich nie etwas.

Ich drehe mich zur Seite, schiebe meine Hände unter meinen Kopf und ziehe die Beine eng an mich. Tränen laufen mir still aus den Augen. Ich weiß, dass Tante Em direkt nebenan schläft und Einstein, ihr kleiner Hund, ebenso. Trotzdem schnürt es mir die Kehle zu. All das hier, alles, was passiert ist. Diese Schuld, diese Träume – die Albträume, die keine sind.

Ich versuche mich zu beruhigen und einzuschlafen, und vielleicht habe ich es geschafft, wenigstens zu dösen, ich weiß es nicht. Ich weiß nur, dass mein Wecker viel zu früh und viel zu laut klingelt, mich zusammenzucken lässt. Ich habe vergessen, ihn auszuschalten.

Mühsam stehe ich auf und schleiche auf Zehenspitzen ins Bad. Die Müdigkeit liegt schwer auf mir und meine Schlafsachen kleben an mir, genau wie die Erinnerungen an diesen einen Tag. Ich stelle mich unter die Dusche und seufze wohlig auf, als das kalte Wasser auf meine erhitzte Haut trifft. Meine Augen schließen sich beinahe von allein, mein Gesicht streckt sich dem Wasserstrahl entgegen und mit ihm fließen auch der Schweiß und der dumpfe Nachhall des Albtraums in den Abfluss.

Nach einigen Minuten drehe ich die Dusche ab, wickle mir ein großes flauschiges Handtuch um den Körper und eines um meinen Kopf, um meine Haare. Ich stelle mich vor den riesigen Badezimmerspiegel. Der Sommer hat bereits seine Spuren hinterlassen. Ich kann die Sommersprossen auf meiner Nase und auf den Wangen kaum noch zählen und meine Haut ist schon leicht gebräunt.

Meine kinnlangen Haare sind an den Spitzen noch nass, als ich mir in meinem Zimmer Shorts und ein schlichtes Top anziehe. Ich kann sie jetzt auch im Sommer offen tragen, aber es ist immer noch furchtbar ungewohnt, sodass ich mir andauernd mit der Hand über den halb frei liegenden Nacken fahre. Das passiert, wenn man denkt, ein Friseurbesuch und ein radikaler Haarschnitt würden auch garantiert radikal etwas am Leben ändern.

Ich gehe hinunter in die Küche und backe Brötchen auf.

Erster Ferientag.

Ganz große Klasse, Yara! Du weißt schon jetzt nicht, wohin mit dir.

Verärgert über meine eigenen Gedanken lasse ich den Kopf

auf die Tischplatte knallen. Ich werde zu Phil gehen, ich habe es ihm gestern versprochen. Aber selbst wenn nicht, ich wäre trotzdem gegangen. Phil versteht mich, ohne dass ich etwas sagen muss. Bei ihm habe ich nicht das Bedürfnis, jemand anderes zu sein.

»Um Himmels willen, was machst du schon hier?«

Ich hebe den Kopf. Gähnend tritt Tante Em auf mich zu und reibt sich die Augen. Einstein rennt hinter ihr her. Sie trägt noch ihren Pyjama, ist barfuß und hat ihr langes Haar zu einem chaotischen Zopf gebunden.

»Dasselbe könnte ich dich auch fragen. Ich mache Frühstück.«

»Ich hab dich Duschen gehört und konnte dann nicht mehr einschlafen.« Sie zuckt mit den Schultern und lässt sich mir gegenüber auf den Küchenstuhl fallen. »Wieso bist du schon wach? Bestimmt nicht, weil du so große Lust auf Frühstück hast.«

»Ich habe vergessen, den blöden Wecker auszuschalten.«

Ich hatte einen Albtraum, wie jede verdammte Nacht seit jenem Tag. Natürlich sage ich ihr das nicht.

»Also, was machen wir heute Schönes?« Sie sieht mich mit einem Auge an. Das andere ist noch immer geschlossen und sie scheint noch halb zu schlafen.

»Musst du nicht arbeiten? Ich wollte ...« Ich verstumme, als sich ihr zweites Auge plötzlich öffnet.

»Du willst zu Phil, oder?«

»Was ist so schlimm daran?«

Ich lehne mich zurück und verschränke trotzig die Arme vor der Brust.

»Gar nichts, nur ...« Sie seufzt und lehnt sich ebenfalls zurück. »Wie gesagt, ich hatte gehofft, wir würden heute etwas zusammen unternehmen. Heute ist doch mein freier Tag und den würde ich ungern auf der Arbeit verbringen. Vielleicht solltest du auch mal eine Pause machen. Du bist jeden Tag nach der Schule dort. Willst du nicht wenigstens in den Ferien mal durchatmen?«

Sie sieht mich besorgt und erwartungsvoll zugleich an. Wenn ich ihr jetzt sage, dass Phil meine Pause vom Leben ist, dann hält sie mich wahrscheinlich für komplett verrückt. Sie würde es nicht verstehen, auch wenn sie es wirklich versuchen würde.

»Tut mir leid, Em. Ich wusste nicht, dass du heute freihast. Ich hab es Phil versprochen!«

Ich hoffe, dass sie nicht weiterbohrt, nicht weiter nachfragt. Und ich bin zutiefst erleichtert, als ich sie seufzen höre und sie keinerlei Anstalten macht, mich umzustimmen.

»Na gut, dann mache ich eben mit Einstein einen superlangen Spaziergang und beschäftige mich mit mir selbst.«

Sie zwinkert mir zu und hebt die Nase.

»Du hast eben etwas von Frühstück gesagt?«

4 Noel

DAS LEBEN IST EINE ANEINANDERREIHUNG VON SCHLECHTEN TAGEN UND TAGEN …

Klopf, klopf.

Ich öffne die Tür, ohne auf eine Reaktion zu warten. Mein Blut rauscht in den Ohren und ich schlucke ein paarmal, um den komischen Geschmack in meinem Mund loszuwerden. Ein alter kranker Mann sorgt bei mir für Schweißausbrüche. Wenn es nicht so traurig wäre, müsste ich lachen.

Phil liegt im Bett und wirkt blass. Er atmet schwer. Sieht aus, als hätte er abgenommen. Schritt um Schritt, ganz langsam wage ich mich in das Zimmer. Mit jedem Zentimeter schnürt sich meine Kehle enger zu.

»Hallo, mein Junge.«

Seine Stimme klingt rau, beinahe kratzig und ziemlich schwach. Ich schäme mich, dass ich nicht öfter hier bei ihm war, dass ich nur ab und an zu Besuch komme und das hauptsächlich auch nur wegen meines schlechten Gewissens.

»Hey.«

Mehr bringe ich nicht heraus. Mit den Händen in den Hosentaschen gehe ich schließlich um das Bettende herum und stelle mich neben ihn.

»Du hörst dich nicht gut an.«

Keine Ahnung, warum ich das sage, bestimmt weiß er das selbst. Sein Lachen verwandelt sich in einen übel klingenden Husten.

»Mir geht es gut. Wie geht es dir?«

Es sind nicht seine Worte, die mich jedes Mal innerlich fluchen und schreien lassen, sondern die Art, wie er sie sagt. Wahrscheinlich auch, weil sie einfach von ihm kommen. Dem Mann, dessen Tochter sich wie eine feige Kuh aufgeführt hat.

»Gut.«

Eine Lüge, die ich so oft sage, dass ich manchmal nicht weiß, ob sie nicht doch stimmt.

»Dann haben wir wohl beide gelogen, was?«

Er grinst und versucht, sich aufrecht hinzusetzen. Ich stehe einfach nur da und fühle mich fehl am Platz – wie immer.

»Es tut mir leid.«

Seine Stimme klingt belegt und leise, sodass ich die Worte beinahe nicht gehört hätte.

»Was tut dir leid?«

Überrascht sehe ich ihn an, hebe die Augenbrauen. Ich habe keine Ahnung, was er meint. Ich bin erst seit fünf Minuten hier und wir sehen uns nur alle paar Wochen. Das war meine Schuld, nicht seine.

»Alles. Du weißt ganz genau, was ich meine. Aber ich glaube, dass ich es dir noch nie gesagt habe.«

Einen Moment lang bin ich zu überrumpelt, um zu antworten. Ja, ich weiß, was er meint. Und nein, er hat mir nie gesagt, dass es ihm leidtut oder dass er das alles genauso beschissen findet wie ich. Es tut gut, es zu hören, und gleichzeitig reißt es alte Wunden auf. Er kann nichts dafür, gar nichts. Trotzdem habe ich in ihm immer, wenn ich ihn angesehen habe, das Gesicht meiner Mutter erkannt.

Verflucht, es tut höllisch weh.

»Wieso heute?«

Ich kriege die Worte kaum raus.

»Ich weiß es nicht. Es hat sich richtig angefühlt. Es war an der Zeit.«

Ich ziehe den Stuhl, der am Fenster steht, heran und setze mich zu ihm ans Bett. Ich klammere meine Hände an die Stuhllehnen, damit sie nicht so labbrig und nichtsnutzig an meiner Seite hängen oder auf meinem Schoß liegen. Vielleicht auch, weil mir die Lehnen die Illusion geben, ich würde etwas halten oder etwas würde mich halten.

Meine Gedanken sind ein einziges beschissenes Chaos. Ich will etwas sagen, aber ich weiß nicht, was. Was soll ich darauf antworten? Kein Problem? Halb so wild? Danke? Ich schnaufe. Phil legt seine Stirn in Falten und wartet ab.

Ich schiebe den Stuhl schnell nach hinten, stehe auf, kann auf einmal doch nicht mehr sitzen und frage mich, warum ich den dämlichen Stuhl überhaupt herangezogen habe. Gestresst gehe ich hin und her, fahre mir durch die Haare und übers Gesicht. Ich bin nervös, unruhig, ich fühle, wie all der Druck, der Hass und die Wut wieder größer werden, genau wie Erinnerungen, die ich nicht mehr sehen will. Ich will sie vergessen.

»Es tut mir leid.«

Ich halte an, erwidere Phils Blick und entgegne ziemlich giftig: »Das sagtest du bereits!«

»Ich meine, dass ich dich damit so aufwühle. Ich wusste nicht, dass es noch so schlimm ist. Mein Junge, wieso redest du nicht mit mir?«

Fassungslos starre ich ihn an, bevor sich ein lautes Gelächter den Weg aus meinem Mund bahnt.

»Mit dir reden, Phil? Soll ich dich etwa auch *Opa* nennen? Ich bitte dich! Deine Tochter hat uns sitzen lassen und wir beide hatten doch nie viel gemeinsam. Seit Jahren bist du hier und ich bin dort draußen. Worüber soll ich mit dir reden? Wieso sollte ich das tun? Woher willst du bitte wissen, wie schlimm es ist oder war?«

Ich weiß, dass ich verbittert klinge – verbittert, wütend und schroff. Ich weiß, dass ich gemein bin und meine Worte ihn verletzen. Aber ich kann nichts dagegen tun. Sie sprudeln aus mir heraus und auf eine schräge Art und Weise fühlt es sich gut an, sie zu sagen.

Ich liebe Phil. Er kann nichts dafür. Trotzdem bin ich allein und Phil wird irgendwann auch weg sein. Es macht keinen Sinn, sich an etwas oder jemanden zu binden. Er wird dich sowieso früher oder später verlassen, wie alles im Leben. Meine Mutter hat mir das klargemacht.

»Phil, ich …«

Die Tür öffnet sich plötzlich schwungvoll und wir drehen uns um. Ein Mädchen macht einen Schritt in das Zimmer. Sie trägt ein Buch im Arm und strahlt über das ganze Gesicht, bis sie den Blick hebt. Sie sieht mich, dann Phil – wieder mich. Sie bleibt stehen, ihr Lächeln verliert sich und ihre Wangen werden rot.

»Ich … Entschuldigung. Ich hätte klopfen sollen. Ich meine …«

»Ja, das hättest du!«, blaffe ich sie an, während ich das Bett umrunde, an ihr vorbeigehe und Phil grußlos hinter mir lasse.

Ihr Duft weht zu mir herüber – Gänseblümchen. Ich kenne das Mädchen, ich bin ihr schon ein paarmal hier begegnet. Sie liest Phil immer vor und ich hätte schwören können, dass sie das nicht so lange durchhält. Es macht mich wütend, dass sie noch da ist, dass sie für Phil da ist. Ich müsste für ihn da sein und immer wieder frage ich mich, wieso ich das einfach nicht kann.

5 Yara

Die Sekunden verrinnen, tick, tack, tick, tack, und mit ihnen verändert sich alles

Noel rauscht an mir vorbei, nachdem er mich herablassend angesehen und mich angemeckert hat. Nur kurz blicke ich in seine Augen, deren Farbe ich nicht zuordnen kann, bemerke seine zusammengepressten Lippen und seine angespannten Muskeln. Ich bin einfach in Phils Zimmer gegangen, ohne zu klopfen. Viel zu sehr habe ich mich darauf gefreut, ihn zu sehen, mit jedem Schritt in seine Richtung wurde mir leichter ums Herz, ich konnte aufatmen. Bis ich ins Zimmer trat und die dicke Luft zwischen den beiden mich beinahe umwarf.

Ich gehe einen Schritt zurück, schaue Noel hinterher, wie er wütend den Flur Richtung Ausgang entlangeilt, bevor ich entschuldigend mein Gesicht verziehe und zu Phil ans Bett trete.

»Ich hätte klopfen sollen, ich wollte euch nicht stören.«

Phil schüttelt nur den Kopf, versucht sich an einem Lächeln, aber ich weiß, dass er sich Sorgen macht. Sorgen um Noel. Ich habe ihn erst wenige Male gesehen und dann auch nur kurz. Jedes Mal hat er schlechte Laune gehabt, war unfreundlich oder mürrisch und ich frage mich immer wieder, womit Phil das verdient hat. Er hat nie ein Wort darüber verloren, nichts über Noel erzählt, aber in einem dieser besonderen Momente hat er seinen Namen genannt und dass er sich um ihn sorgt, seinen Enkel.

Ich lege meine Hand auf seinen Arm, drücke ihn kurz und hoffe, dass er versteht, wie leid es mir tut. Gleichzeitig nehme ich wahr, dass Phil blasser ist als sonst, seine Haut ist fahl, fühlt sich klamm an und kühl. Seine Stirn ist schweißnass und sein Atem beschleunigt sich.

»Phil? Hörst du mich?« Ich beuge mich zu ihm.

»Ja, mir geht es gut.«

Es ist mehr ein Keuchen als alles andere.

»Lies mir vor, Yara, bitte!«

Er macht mir Angst. Seine blasse Haut, sein Keuchen und schnelles Atmen, einfach alles macht mir Angst.

»Lüg mich nicht an! Du siehst furchtbar aus. Ich werde jemanden rufen, du solltest ...«

Ich bin schon auf dem Weg zu einem der Pfleger, bewege mich vom Bett weg hin zur Tür, aber ich komme nicht weit. Phil stöhnt laut auf, krampft sich plötzlich zusammen und ich lasse erschrocken das Buch auf den Boden fallen. Der Schrei, der in meinem Kopf widerhallt, findet keinen Weg nach draußen, meine Beine tragen mich aus dem Zimmer, in den Flur. Ich renne, ich bete, ich weine – ich brauche Hilfe.

Mein Kopf ist benebelt, einfach alles und jeder bewegt sich langsam und verschleiert, die Stimmen und Geräusche dringen nur gedämpft zu mir. Wie in Trance folge ich den Pflegern in Phils Zimmer, sehe, wie sie sich um ihn versammeln, ihm helfen. Ich stehe einfach nur da, allein, mit schwitzenden, zu Fäusten geballten Händen und diesem einen Gedanken in meinem Kopf, der sich wie eine Endlosschleife zieht: Es geht ihm gut, es wird ihm nichts passieren!

Worte wie *Krankenhaus, Wiederbelebung, Herzdruckmassage, Notarzt, Herzinfarkt* dringen ohne Zusammenhang zu mir. Ich glaube, ich zittere. Von jetzt auf gleich stürze ich auf die Knie, umschlinge mich selbst, spüre plötzlich zwei Arme, die mich umfangen, mich hochziehen und aus dem Zimmer drängen, weg von all dem Schmerz, dem Lärm, den Worten ohne Sinn.

»Yara!«

Die Stimme wird immer klarer. Bea, Tante Ems beste Freundin und Kollegin.

»Hörst du? Alles wird gut! Ich habe Em angerufen, sie ist auf dem Weg. Yara? Antworte doch.«

Ich nicke. Ich starre in die Leere und nicke weiter, obwohl ich keine Ahnung habe, was sie eigentlich gesagt hat. Die Zeit vergeht und ich weiß nicht, wie schnell. Sanitäter stürzen in Phils Zimmer. Tante Em ist irgendwann bei mir, flüstert mir irgendwas ins Ohr, immer und immer wieder, sie hält mich. Ich aber bleibe einfach nur stumm und bete. So lange, bis sie plötzlich aus dem Raum kommen, alle. Sie halten ihre Köpfe gesenkt, wirken verlegen und erschöpft. Ich reiße mich von Em los, schiebe Bea und die anderen beiseite und stürme ins Zimmer. Phil ist noch blasser als zuvor. Er liegt da, er regt sich nicht, sein Brustkorb hebt und senkt sich nicht. Ich sehe noch, wie einer der Notärzte seine Lider schließt.

Er ist tot. Phil ist nicht mehr da und ich werde ihm nie wieder etwas vorlesen.

Ich drohe zu kollabieren, muss mich an der Wand abstützen, bis Em erneut bei mir ist und mir immer wieder sagt, dass es ihr leidtut. Wenn das doch nur etwas ändern würde.

6 Noel

FÜR MANCHE DINGE IST ES NIE ZU SPÄT. UND FÜR DIE ANDEREN?

Ich bin immer noch wütend – auf mich! Egal, wie oft ich die Szene von eben durchspiele, ich komme zu dem Schluss, dass ich mich wie ein Vollidiot benommen habe. Ich hätte schon längst umkehren und Phil sagen sollen, dass er recht hat und ich nicht so hart zu ihm sein wollte. Dass er keine Schuld hat. Aber wie so oft tue ich nicht das, was ich tun sollte oder was richtig wäre.

Der Bus hält und ich steige aus, ich fluche vor mich hin und mit jedem Schritt sinkt meine Laune weiter in den Keller. Die Türen des Busses haben sich hinter mir geschlossen und unter lautem Dröhnen fährt er weg. Ich sehe ihm nach, bis mein Handy anfängt zu vibrieren und mich aus meinen Gedanken reißt. Automatisch ziehe ich das alte Ding aus meiner Hosentasche. Ohne auf das Display zu sehen, gehe ich einfach ran und setze mich endlich in Bewegung, Richtung Wohnung.

»Hallo?«

»Noel?«

»Ja«, antworte ich irritiert.

Die Stimme kommt mir bekannt vor und ein dumpfes Gefühl breitet sich in meiner Magengrube aus.

»Hier ist Bea.«

Eine von Phils Pflegerinnen. Wieso ruft sie mich an? Wieso, zum Teufel, fühlt sich das hier gar nicht gut an?

»Gott, ich weiß gar nicht, wie ich dir das sagen soll. Phil, er ist … er hatte wieder einen Herzinfarkt. Wir haben alles versucht, aber …«

Sie redet nicht weiter, sondern beginnt plötzlich zu schluchzen, immer wieder und immer lauter. Ich bleibe stehen, bin keine zwei Meter weit gekommen, seit ich aus dem Bus gestiegen bin. Ich kann nichts sagen. Das, was sie mir gerade mitzuteilen versucht, kann ich nicht glauben.

»Ich war gerade noch bei ihm. Er lebt. Ich war eben noch bei ihm!«

Ich wiederhole diese Sätze immer wieder, in der Hoffnung, sie wären wahr. Ich umklammere mein Handy so fest, dass es wehtut, mein Kiefer mahlt, meine Zähne pressen so stark aufeinander, dass ich glaube, sie brechen jeden Moment.

»Es tut mir leid, wir konnten nichts mehr tun.«

Ihre Stimme ist nicht mehr als ein Flüstern und in meinen Gedanken bildet sich nur ein Wort: tot. Phil ist tot.

Ich lege einfach auf, stecke das Handy weg und gehe nach Hause. Ich denke an nichts, ich tue nichts, ich fühle nichts. Es ist, als wäre ich betäubt, als wären meine Gedanken eingefroren. Stille und Leere, mehr gibt es nicht, bis ich in meiner Wohnung ankomme und ich mir endlich erlaube zusammenzubrechen.

Das Letzte, was ich zu ihm sagte, war im Streit gesagt worden. Ich habe ihm Vorwürfe gemacht und ich werde keine Chance bekommen, mich zu entschuldigen und es wiedergutzumachen. Meine Worte haben Phil verletzt und ich habe sie ausgesprochen, obwohl ich das gewusst habe.

Meine Hände, meine Finger krallen sich schmerzhaft in meine Haare. Meine Atmung will sich einfach nicht beruhigen, ich springe auf, gehe im Zickzack durchs Zimmer, ich drehe durch, fahre mir durchs Gesicht, verschmiere die Tränen, schmecke das widerliche Salz und fange an zu schreien. Meine Faust trifft die Wand, einmal, zweimal – und es tut gut. Es tut, verdammt noch mal, richtig gut.

Ich habe Phil verloren. Für immer. Ich habe es gewusst. Ich wusste, es würde passieren, irgendwann. Aber niemand kann dich auf den Moment vorbereiten, wenn das, was du weißt und ahnst, wirklich eintritt. Niemand kann dich darauf vorbereiten zu fallen – in ein Loch ohne Boden.

*

Heute soll es um die dreißig Grad warm werden. Trotzdem zwänge ich mich in den einzigen schwarzen Anzug, den ich besitze. Ich sollte ihn zu den Vorstellungsgesprächen tragen. Er war ein Geschenk von Phil. Eines, das ich nie haben wollte.

Vor dem kleinen Badezimmerspiegel binde ich die Krawatte, mechanisch, ruhig. Meine Augen sind leicht geschwollen, ich bin müde, ausgelaugt und das sieht man mir an. Das Jackett fühlt sich schwerer an als in meiner Erinnerung. Meine schwarzen Chucks wirken fehl am Platz, aber ich habe keine schickeren Schuhe.

Vor drei Tagen hat mich Bea erneut angerufen. Sie hat nicht gefragt, wie es mir geht, wofür ich ihr dankbar war. Hätte sie es getan, hätte ich sie anlügen müssen, denn ich wusste es selbst nicht. Sie haben sich um die Beerdigung im kleinen Kreis gekümmert. Phil hatte extra dafür ein Sparbuch angelegt, wie man mir gesagt hat. In diesem Moment musste ich mir ein spöttisches Auflachen verkneifen. Es ist egoistisch und es ist hart, aber so ist das Leben nun mal. Wieso hätte Phil auch mir etwas hinterlassen sollen?

Ich trete aus dem Badezimmer, schnappe mir mein Portemonnaie und die Haustürschlüssel. Mein Magen rebelliert und mir ist bereits jetzt viel zu warm. Der Druck um meine Brust wird größer und ich fluche innerlich, weil ich es einfach nicht schaffe, stark zu sein.

Ich schließe die Tür, lasse meine dreckige Wohnung hinter mir, fahre ein paar Stationen mit dem Bus. Dann steige ich aus, weil sich einfach alles dreht. Ich gehe zu Fuß weiter und auf dem Weg zum Friedhof übergebe ich mich dreimal. Ich muss lachen. Wenn ich nicht ausgestiegen wäre, hätte ich über die giftig blickende Dame mit Hut neben mir gekotzt. Ich spucke noch einmal in das Gebüsch und atme tief durch, bevor ich die letzten Meter zur Kapelle gehe. Den ekelerregenden Geschmack in meinem Mund kann ich nur mit Mühe verdrängen. Ich richte mich auf, versuche, nicht zu schwanken.

Zum Glück haben meine Klamotten nichts abbekommen. Das Jackett habe ich längst ausgezogen, es ist zu warm und ich drohe zu kollabieren. Scheiße, was ist nur los mit mir? Mit geschlossenen Augen lehne ich mich an die Mauer der kleinen Kapelle, versuche mich zu beruhigen und genug Spucke zu sammeln, um den widerlichen Geschmack in meinem Mund runterzuspülen. Mit geschlossenen Augen denke ich an Phil, spüre mein wild klopfendes Herz und diese beschissene Übelkeit. Ich weiß, ich bin zu spät dran, aber niemanden wird interessieren, warum.

7 Yara

Erinnerungen sind Segen und Fluch zugleich

Der mahagonibraune Sarg wirkt unwirklich, so fehl am Platz zwischen all den farbenfrohen Blumengestecken. Das alles hier wirkt unwirklich, so unglaublich falsch.

Der Pfarrer erzählt Anekdoten aus Phils Leben, meist aus der Zeit im Pflegeheim. Wie er Bea und alle anderen Pfleger und Pflegerinnen der Etage sofort mit seinem Charme um den Finger gewickelt hat. Wie sehr er gute Geschichten geliebt hat, den Regen, wenn er gegen das Fenster prasselte, oder Schokoladenpudding. Er war stets freundlich gewesen, zuvorkommend und gut gelaunt.

Ich kann einfach nicht aufhören zu weinen, dabei versuche ich mein Bestes. Em hält meine Hand fest gedrückt, während sie links neben mir sitzt und selbst mit den Tränen kämpft. Beas Hand liegt auf meinem Knie, sie hat es aufgegeben, ihre Tränen wegzuwischen, und man hört sie alle paar Minuten laut aufschluchzen. Wir sitzen vorne links in der zweiten Reihe. Die erste Reihe ist auf beiden Seiten nicht besetzt und wenn ich meinen Blick schweifen lasse, sehe ich nur Menschen aus dem Pflegeheim. Niemanden sonst. Niemanden aus Phils Familie, aus seiner Vergangenheit. Und diese Erkenntnis bricht mir das Herz. Für einen Moment frage ich mich, ob man an seiner Trauer ersticken kann.

Mein Hals tut weh, meine Augen brennen und in mir drohen alte Wunden aufzureißen. Mit Phil ist mein Anker verschwunden, mein Halt. Er war ein Fremder und doch mein bester Freund. Em kann das nicht sein, nie, auch wenn ich sie von Herzen liebe. Ich sehe sie an und sehe meine Mutter. Sie sieht ihr so ähnlich. Em weiß es nicht, aber wenn sie da ist, mit mir redet und mich anblickt, dann will die Trauer mich ersticken, dann prasseln alle Erinnerungen auf mich ein – die guten und die schlechten – und sie sorgen dafür, dass ich nie vergesse, was ich getan habe, woran ich schuld bin.

Ich vergrabe mein Gesicht in meinen Händen, wiege mich vor und zurück.

Es wird alles gut, es wird alles gut, es wird alles gut.

Und wenn nicht, dann geht es weiter. Das Leben geht immer weiter, egal, ob alles gut wird oder nicht.

Plötzlich dringt Licht in die Kapelle, ich sehe es durch meine Finger, sehe, wie es auf dem Boden tanzt. Die Tür wird geöffnet und gibt dabei ein leicht schabendes Geräusch von sich. Der Pfarrer lässt sich nicht aus der Ruhe bringen, aber viele drehen sich automatisch um. Auch ich kann mich nicht gegen den Drang wehren, wische die Tränen weg und somit den Schleier, der über meinen Augen liegt.

Noel.

Die Blicke, die ihm folgen, sind meist nur interessiert und schnell wieder abgewandt, aber manche sehen ihn beinahe herablassend und anklagend an.

»Unfassbar, dass er zur Beerdigung seines Opas zu spät kommt«, höre ich eine leise und belegte Stimme hinter mir.

Er hält den Kopf gesenkt, aber ich bemerke die dunklen Augenringe, registriere das blasse Gesicht und den unsicheren Gang. Sein Hemd ist leicht verschwitzt, was man durch das Weiß kaum erkennt.

Sosehr ich auch versuche, wütend zu sein, darüber, dass er an diesem Tag zu spät kommt und dadurch so wenig Respekt für Phil zeigt, ich kann es einfach nicht. Ich glaube nicht, dass er es mit Absicht getan hat. Vielleicht will ich es auch nicht glauben.

Er geht an uns vorbei, setzt sich vor uns in die erste Reihe, als Einziger, und rührt sich nicht, bis die Rede des Pfarrers zu Ende ist und die Sargträger den Raum betreten. Mein Blick hängt an seinem Rücken, an dem Hemd, das über seine breiten Schultern gespannt ist und zeigt, wie verkrampft er dasitzt. Sein hellbraunes Haar sieht wirr aus und die Spitzen kleben an seinem Nacken, sind nass von Schweiß.

Noel erhebt sich als Erster und folgt den Sargträgern nach draußen, nur für wenige Sekunden fängt sein Blick meinen und ich muss mich zusammenreißen, keine Regung zu zeigen. Seine Augen sind voller Emotionen. Wenn ich ehrlich bin, sieht er mich an, als würde er mich hassen, als wäre ich schuld an Phils Tod. Das trifft mich so unvermittelt, dass ich mich an der Lehne der Bank festhalten muss.

Ich schlucke schwer, während ich Ems Hand auf meiner Schulter spüre, die einen leichten Druck ausübt, und Bea sich hinter Noel und ein paar anderen einfädelt.

Wir treten aus der Kapelle und sofort blendet mich die Sonne. Der Himmel ist von einem wunderschönen Blau, wolkenlos, und die Bäume am Wegesrand strahlen in saftigem Grün. Es ist bereits jetzt unglaublich warm. Die Sonne scheint unermüdlich und trocknet die Tränen auf meinem Gesicht. Mein Arm ist unter Ems eingehakt, während wir dem Pfarrer still zu Phils letztem Ruheplatz folgen. Kurz strecke ich mein Gesicht gen Himmel und schließe die Augen, lasse mich von Em führen und denke an den Moment vor ein paar Tagen in Phils Zimmer, als die Sonne mein Gesicht gewärmt hat, genau wie jetzt. An den Moment, als Phil neben mir saß und die Sonne auch sein Gesicht traf. Ich denke daran, dass das nie wieder passieren wird. Nie wieder werde ich dieses Gebäude betreten, denn jetzt steht es nicht mehr für Ruhe und Freiheit, sondern für Trauer und Sehnsucht, für Erinnerungen und unerfüllte Wünsche. Langsam senke ich den Kopf, öffne die Augen.

Wir sind da. Phil hätte sich gefreut, dass die Sonne scheint, aber mir selbst wäre Regen lieber gewesen. Regen, Wind, dunkle Wolken – alles, was zu meiner inneren Unruhe und zu meinen Gefühlen gepasst hätte.

Der Sarg wird heruntergelassen, alle teilen ihre letzten Gedanken mit Phil und beten für ihn. Es ist so still. Wie kann es gleichzeitig so still und so laut sein?

Der Pfarrer verabschiedet sich nach einiger Zeit, er geht, so wie alle anderen. Nur noch Noel steht vor dem Grab. Em und ich sind zwei Meter hinter ihm. Em wollte schon vor einigen Minuten gehen, doch ich habe es noch nicht gekonnt. Ich schaffe es nicht, ihn loszulassen.

»Komm, Yara.«

Em nimmt sacht meine Hand, sieht mich mitfühlend an und redet mir gut zu. Und nach gefühlten Stunden der Stille in mir bricht in diesem Augenblick wieder alles in sich zusammen. Die Erinnerungen an meine Eltern, der Unfall, die

Zeit danach, wie ich Phil kennenlernte und wie er mich aus dem Loch holte, in das ich gefallen war. Alles bis zu diesem Moment – und dem Blick von Noel. Er hat recht, ich war schuld. Ich war nicht schnell genug.

8 Noel

DU BIST, WER DU BIST – NICHT MEHR UND NICHT WENIGER

Ich sehe das Grab vor mir und bin versucht zu lachen. Das alles muss ein schlechter Scherz sein. Phil kann da nicht drin liegen. Es ist eng, dunkel, dreckig und er bekommt keine Luft.

Ich atme kräftig aus und weise mich selbst zurecht für diesen bescheuerten Gedanken. Er ist tot, er braucht keine Luft mehr. Trotzdem balle ich die Hände zu Fäusten, weil ich dazu geneigt bin, all die Erde wieder von seinem Grab herunterzuschaufeln und ihn aus diesem Loch zu befreien.

Hinter mir höre ich das Mädchen, das Phil immer vorgelesen hat, weinen. Sie ist völlig außer sich und ich spüre, wie Wut in mir aufsteigt. Sie hat ihm doch nur etwas vorgelesen, sie ist nicht mit ihm verwandt, sie kennt Phil nicht. Wieso geht ihr das so verdammt nah?

Neben mir erscheint auf einmal jemand, lenkt mich von dem Weinen des Mädchens ab und wirft einen Schatten auf das Grab. Ein älterer Herr, fein angezogen, der seinen Hut respektvoll abnimmt und vor seine Brust hält. Er verbeugt sich leicht und senkt den Blick, dann betet er still einen Moment. Er hat einen kurzen weißen Bart, ist etwas dünner und kleiner, als Phil es war.

Als er mich direkt ansieht, weiche ich zurück.

»Noel?«

Seine dunkle Stimme klingt freundlich.

»Wer sind Sie?«

Meine hingegen nicht.

»Mein Name ist Patrick Weiler. Ich bin – war – ein alter Freund deines Großvaters. Ich wohne mittlerweile in München, ich habe ihn lange nicht gesehen.«

Seine Gesichtszüge werden unvermittelt weich und gleichzeitig wirkt er trauriger als zuvor.

»Vor einigen Wochen bekam ich Post. Das hat mich sehr überrascht. Vielleicht hat er geahnt, dass er nicht mehr viel Zeit hat. Jedenfalls würde ich gerne mit dir über das Testament deines Großvaters reden. Mit dir«, er stockt kurz und dreht sich zur Seite, um das Lesemädchen anzusehen, »und mit Yara.«

Wenn sie nur halb so geschockt aussieht, wie ich mich fühle, dann …

»Was bitte hat das Lesemädchen mit dem Testament von Phil zu tun?« Fassungslos starre ich den Mann vor mir an.

»Mein Name ist Yara!«

Sie funkelt mich böse an, während sie sich ihre Tränen mit einem Taschentuch trocknet und es dann in die kleine Tasche steckt, die an ihrer Seite baumelt. Immer wieder streicht sie nervös über den Stoff ihres schwarzen Kleides.

»Na schön, *Yara*!«

Ich äffe sie nach. Mein Blick fixiert den Mann vor mir.

»Woher wissen Sie, wer wir sind?«

Er zieht eine Mappe aus seiner Tasche. Zwei Fotos liegen darin, eines von dem Lesemädchen und eines von mir.

»Dein Großvater hat mir Fotos von euch geschickt.«

»Sie sind also ein alter Freund von Phil?«

Ich habe diesen Mann noch nie gesehen, geschweige denn von ihm gehört und es fällt mir irgendwie schwer, das ohne Weiteres zu glauben.

Er lächelt freundlich.

»Das habe ich dir bereits gesagt. Dein Großvater hat mich gebeten, seinen letzten Willen zu vertreten.«

Meine Gedanken rasen und ein Blick in das Gesicht des Lesemädchens zeigt mir, dass es ihr nicht besser geht.

»Hier.«

Mir wird ein kleiner Zettel mit einer Adresse in die Hand gedrückt. Anschließend erhält auch das Lesemädchen so einen Zettel.

»Trefft mich morgen Mittag in diesem Café, damit wir alles besprechen können.«

Er steckt die Mappe weg, setzt sich seinen Hut wieder auf und verbeugt sich nochmals.

Das Lesemädchen und ich sehen zuerst uns und dann das Papier irritiert an. Was hat Phil sich da ausgedacht? Und warum zum Teufel bekommt das Lesemädchen auch etwas?

»Du hast doch nicht vor, da hinzugehen, oder?«, platzt es aus mir raus.

Sie sieht mich erschrocken an, ihre grünen Augen weiten sich kurz, bevor sie zusammengekniffen werden.

»Wie bitte? Ist das dein Ernst?«

Ich beiße die Zähne zusammen. Ich verhalte mich schon wieder wie ein egoistischer Arsch.

»Vergiss es einfach.«

Ich stapfe den kleinen Weg entlang, der vom Grab wegführt,

und überlege ernsthaft, ob ich morgen nicht besser zu Hause bleibe. Das Gefühl, dass mir das, was Phil uns hinterlässt, nicht gefallen wird, breitet sich in mir aus und mischt sich mit der Müdigkeit, die ich jetzt, da alles vorbei ist, umso deutlicher spüre.

*

Wenn das überhaupt möglich ist, fühle ich mich erschöpfter als gestern. Ich bin richtig erledigt und ich kann immer noch nicht glauben, dass Phil nicht mehr da sein soll. Nun stehe ich vor dem Café und überlege, ob ich da überhaupt reingehen soll. Wie bescheuert ist das denn? Eine halbe Ewigkeit bin ich mit den öffentlichen Verkehrsmitteln herumgegurkt, nur um jetzt die Tür nicht zu öffnen? Das darf doch nicht wahr sein. Ich fahre mir durch die Haare und zucke zusammen, als sich jemand hinter mir räuspert. Ich drehe mich um.

Das Lesemädchen.

»Willst du nicht reingehen?«

Sie blickt mich neugierig an und sieht so anders aus. Ihre Augen sind nicht mehr geschwollen, ihre hellen grünen Augen wirken nicht mehr glasig, sondern freundlich und wachsam. Sie hat so viele Sommersprossen, dass man sie kaum zählen kann, und ihr kurzes blondes Haar schimmert leicht rötlich. Sie ist locker zwanzig Zentimeter kleiner als ich, weshalb sie den Kopf in den Nacken legen muss und dabei echt komisch wirkt.

»Was geht dich das an?«

Diesen Ausdruck kenne ich schon. Ihre Augen funkeln, eins zuckt sogar kurz und ihr Mund ist fest zusammengepresst. Sie ist wütend.

»Dann lass mich wenigstens vorbei.«

»Bist du so scharf auf das Erbe?«

Sie blickt mich nur an, der verärgerte Ausdruck verschwindet aus ihrem Gesicht und weicht etwas anderem. Ihre Augen schimmern verdächtig. Verdammte Scheiße!

Sie senkt den Kopf, geht an mir vorbei und sagt trocken: »Lass uns einfach reingehen.«

9 Yara

Nur ein Stück Papier

Es ist ruhig im Café, nur wenige Leute sitzen hier und trinken in Ruhe ihren Tee oder Kaffee. Ich höre, wie Noel mir hineinfolgt, und kämpfe immer noch mit mir und meinen Emotionen. Die Worte, die er mir an den Kopf geschmissen hat, haben mich mehr verletzt, als ich zugeben will. Wie kann er es wagen? Phil hat mir viel bedeutet. Ich will dieses Erbe nicht, was auch immer es ist, und ich würde es sofort gegen Phil eintauschen, wenn ich könnte.

Ich wische meine Hände an meiner Jeans ab und versuche mich zu beruhigen. Meine Wangen fühlen sich ganz warm an und ich bekomme Magenschmerzen.

Hinten im Café entdecke ich Phils alten Freund, steuere direkt auf ihn zu und bin mir Noels Anwesenheit hinter mir nur allzu bewusst.

»Guten Tag, Herr Weiler.«

Er blickt von seiner Zeitung hoch, lächelt mich an und streckt mir seine Hand entgegen, die ich höflich schüttle.

»Hallo! Schön, dass ihr da seid. Bitte, nennt mich Patrick.«

Er bietet uns zwei Plätze an und faltet seine Zeitung zusammen. Ich gehe um den Tisch, damit ich endlich etwas Abstand von Noel bekomme. Er setzt sich mir gegenüber hin und ist bisher auffallend still. Gut so! Ich versuche, meinen Blick nur auf Herrn Weiler, ich meine Patrick, zu richten und mich auf das Wesentliche zu konzentrieren. Es kann mir egal sein, was Noel denkt. Es kann mir richtig egal sein. Nur blöd, wenn das einfach nicht klappen will.

»Wir fangen am besten gleich an.«

Patrick nickt uns aufmunternd zu und zieht die bekannte Mappe aus seiner Tasche. Währenddessen kommt eine der Kellnerinnen zu uns an den Tisch. Ich bestelle ein Wasser. Mein Mund fühlt sich trocken an und der Kloß in meinem Hals will einfach nicht verschwinden. Noel schüttelt nur den Kopf, stumm.

Patrick legt zwei Briefe auf den Tisch. Die Fotos von Noel und mir liegen daneben und ich strecke mich etwas, um einen besseren Blick darauf zu haben. Das eine Bild zeigt Noel und Phil. Noel mit etwas kürzerem Haar, als er es heute hat, aber er war auch da schon groß und sportlich. Sie stehen nebeneinander, halten sich an der Schulter und sie lachen, beide! Sie sehen glücklich aus. Das zweite Foto zeigt Phil und mich, wie ich ihm vorlese. Ich erinnere mich daran. Bea hat das Foto vor zwei Monaten gemacht, als sie ihre neue Kamera bekam. Sie hat einfach von allem und jedem Fotos gemacht. Wir haben so sehr gelacht. Es war ein schöner Tag.

Ich schlucke schwer und schaue sehnsüchtig zum Tresen nach vorne, wo hoffentlich gerade meine Bestellung ankommt. Noels Blick ist nur kurz zu den Fotos gehuscht, dann hat er sich auf seinem Stuhl zurückgelehnt und die Arme vor der Brust verschränkt. Er ist abweisend und distanziert. Vor allem ist er ständig unfreundlich.

Ich sehe, wie die Kellnerin mit ihrem Tablett auf uns zusteuert. Sie stellt das Glas vor mir auf den Tisch und ich bedanke mich. Das kalte Wasser schmeckt köstlich und ich trinke beinahe gierig, Schluck um Schluck, bis der Kloß in meinem Hals kaum noch spürbar und mein Mund nicht mehr so trocken und klebrig ist. Patrick sieht uns erwartungsvoll an, faltet die Hände auf dem Tisch zusammen und ich setze das Glas mit zitternder Hand ab.

»Ihr wisst, warum ihr hier seid. Ich habe je einen Brief von Phil für euch. Bevor ich euch die gebe, hat Phil mich gebeten, euch etwas zu sagen: Er bittet euch, alles aufmerksam zu lesen! Ihr habt drei Tage Zeit, euch zu entscheiden.«

Als ich ihn verwirrt ansehe und Noel ansetzt, etwas zu sagen, hebt Patrick die Hand und bringt ihn damit zum Schweigen.

»Was genau das sein wird, erklärt er in den Briefen.«

Er schiebt uns je einen Brief in wunderschön cremefarbenem Papier hin. Eine leicht krakelige, aber dennoch schön geschwungene Schrift zeichnet meinen Namen nach und meine Finger fahren darüber, sich der Illusion hingebend, Phil dadurch vielleicht für einen Moment nahe zu sein.

Noel hat den Briefumschlag bereits zerrissen und ist in das Geschriebene vertieft. Ich öffne ihn vorsichtig, ich möchte ihn nicht kaputt machen. Das Papier fühlt sich kühl an und während ich es auseinanderfalte, klopft mein Herz immer schneller.

Das hier, das ist ein Stück vom Anker, den ich verloren habe.

Liebe Yara,

ich habe Bea gebeten, meine Worte für euch aufzuschreiben und diese Briefe weiterzuleiten. Ich wünschte, ich könnte dir diese Zeilen selbst schreiben.
Wenn du diesen Brief in den Händen hältst, werde ich nicht mehr deiner schönen Stimme lauschen und mit dir neue Abenteuer und Bücher entdecken können. Ich danke dir von Herzen, dass du jeden Tag bei mir warst, dass du mir vorgelesen hast und mich einen Teil dieser Welt hast sehen lassen, als ich es nicht mehr konnte. Egal, was du von dir denken magst: Du bist das Gegenteil – du bist nicht schuld, Yara!
Ich schreibe dir diese Zeilen, weil ich noch ein letztes Mal deine Hilfe brauche, für ein letztes Abenteuer. Ich habe in den vergangenen Jahren immer wieder davon geträumt, die Welt zu bereisen und selbst die Dinge zu erleben, von denen andere erzählt haben, selbst alles zu sehen, zu fühlen. Das war nicht möglich, nicht nur, weil ich irgendwann alt war, sondern weil ich am Ende nicht mehr sehen konnte. Doch ich habe an meinen Wünschen und Träumen festgehalten und die zehn wichtigsten möchte ich dir zeigen.

1) *Eine Nacht unter den Sternen schlafen*
2) *Einen Spaziergang im Regenwald machen*
3) *Die Nordlichter beobachten*
4) *Einen Wolf streicheln*
5) *In den Louvre gehen und alle Bilder ansehen*
6) *Den Himmel berühren*
7) *In Venedig mit einer Gondel fahren*
8) *Die Bibliothek in Dublin besuchen*

9) Einen Baum in einem fremden Land pflanzen
10) Leben

Du fragst dich bestimmt, wie du das alles schaffen sollst. Ich habe dir Hilfe zur Seite gestellt.
Ich sage dir nur eines: Wenn du nicht weiterweißt, hör in dich hinein, hör auf dein Herz. Tief in dir drin wirst du alle Antworten finden, die du suchst. Yara, unser Herz zeigt uns, wer wir sind und wer wir sein können, wenn wir den Mut finden, ihm zu folgen.

Ich hab dich lieb!

Dein Phil

Seinen Namen sehe ich nur noch verschwommen. Ich habe so viel geweint im letzten Jahr, dass ich nicht weiß, woher die Tränen heute noch kommen.

Ach, Phil.

Zitternd lege ich den Brief auf den Tisch und wische die Tränen weg. Durch das Rauschen in meinen Ohren dringt Patricks Stimme zu mir.

»Es tut mir leid, dass ihr beide das durchmachen müsst. Ihr habt eure Briefe gelesen. Nun ist es an mir, euch noch etwas dazu zu sagen. Wenn ihr in drei Tagen nicht zugesagt habt, verfällt sein letzter Wille. Ihr habt eine Liste mit Wünschen von Phil bekommen, ihr beide. Sein letzter Wunsch ist, dass ihr diese Liste erfüllt – zusammen!«

10 Noel

Es kommt immer anders, als man denkt

Mein Mund steht weit offen und ich wette, meine Augen fallen gleich raus.

Ich muss mich verhört haben. Nie im Leben werde ich mit der Lesemaus da drüben zusammen um die Welt reisen und diese abgedrehte Wunschliste erfüllen. Wenn überhaupt, dann mache ich das allein, für Phil.

»Das ist ein Witz, oder?«

»Nein, Noel. Obwohl Phil bereits angedeutet hat, dass du so reagieren könntest. Er hat mir versichert, dass nur ihr beide zusammen diese Liste erfüllen könnt.«

Er sieht uns bedauernd an und ich weiß nicht, ob ich lachen oder mir die Haare raufen soll. Das ist doch bekloppt! Was hat er sich da wieder für einen Schwachsinn ausgedacht? Seinen letzten Willen erfüllen, seine Liste, klar, das ist kein Ding, aber zusammen mit *ihr*?

Ich schüttle den Kopf und sehe mir das Lesemädchen genauer an. Sie ringt um Fassung und zappelt auf ihrem Stuhl herum. Scheiße, sie würde an allem etwas auszusetzen haben, ständig meine Hilfe brauchen und nur im Weg sein. Ich müsste den Aufpasser spielen.

»Nein.« »Okay«, antworten wir beide zeitgleich und während ich sie ansehe, sagt mir ihr Blick, wie wenig sie von mir hält.

»Was soll das? Du hast ihn doch gehört! Wir können Phils letzten Willen nur erfüllen, wenn wir das zusammen machen.«

Will sie jetzt auch noch betteln? Egal, was Phil sich gedacht hat, ich mache das allein oder gar nicht.

»Patrick, ich mache es allein. Das Lesemädchen kann es ja auch machen und wir haben am Ende beide die Liste erfüllt. Das ist es doch, was er will.«

Zufrieden mit meiner Argumentation lehne ich mich wieder zurück.

»Tut mir leid.« Patrick schüttelt den Kopf. »Dein Großvater hat ausdrücklich betont, dass ihr alles gemeinsam machen müsst.«

»Sehe ich etwa so aus, als würde es mir gefallen, mit so einem arroganten Idioten wie dir auf Reisen zu gehen?«

Mir fällt beinahe die Kinnlade runter, als ich begreife, dass das Lesemädchen die Worte gesagt hat. Sie hat mich einen Idioten genannt.

»Aber wenn das Phils letzter Wille ist, dann nehme ich auch deine Anwesenheit in Kauf. Vielleicht solltest du mal überlegen, wo deine Prioritäten liegen, Mr. Mir-ist-alles-egal.« Sie ist knallrot im Gesicht, hat ihre kleinen Hände zu Fäusten geballt auf dem Tisch liegen und ihre Lippen zittern. Aber sie wendet den Blick nicht ab.

Für einen Moment bin ich sprachlos – sprachlos und ziemlich beeindruckt. So sehr, dass ich sie angrinse und ernsthaft überlege, *Ja* zu sagen, weil es vielleicht doch witzig werden könnte. »Tut mir leid.«

Ich stehe auf und will gehen. Ein weiterer Stuhl schabt über den Boden.

»Lesemädchen, ich habe keine Zeit, um für dich den Babysitter zu spielen, ich …«

»Mein Name ist Yara! Merk dir das gefälligst! Was hast du nur für ein Problem? Wie kann dir Phil so egal gewesen sein?«

Sie denkt wirklich, dass es hier um Phil geht. Dabei geht es darum, dass ich das einfach nicht kann. Ich kann nicht auf sie aufpassen und ich kann mich nicht auf sie verlassen. Wie gesagt: kein Teamplayer.

Scheiße, ich habe eine Riesenangst davor. Fluchend flüstere ich vor mich hin, weiche ihrem Blick aus und mindestens eine Millionen Gedanken schwirren in meinem Kopf herum – und alle sagen mir, dass das eine verdammt bescheuerte Idee ist. Es ist, als würden sämtliche Alarmglocken läuten. Ich kann das nicht.

Mein Blick schnellt hoch und ich sehe in ihre Augen. Das war ein Fehler. Sie sieht aus wie ein angefahrenes Reh. Mal im Ernst, wer lässt schon ein angefahrenes kleines Reh einfach hilflos liegen?

Stöhnend lege ich den Kopf in den Nacken und dann wieder zurück, ich schüttle ihn ungläubig und kann nicht fassen, welches Wort meinen Mund verlässt.

»Okay.«

»Okay?«

Ihre Stimme ist leise und sanft, gleichzeitig überschlägt sie sich fast. Ihre runden grünen Rehaugen nehmen gigantische Ausmaße an und ihre Züge werden weich. Jetzt sitze ich wirklich richtig in der Scheiße.

Sie scheint es gar nicht glauben zu können, denn ihr Blick gleitet immer wieder fragend zu mir, wohingegen Patrick nur freudig lacht und in die Hände klatscht. Ich kann es übrigens auch nicht glauben.

»Das ging doch schnell! Sehr schön. Also, ihr habt die Liste. Phil sagt, es ist egal, wie lange ihr dafür braucht, Hauptsache ihr erledigt die Punkte zusammen. Bitte ruft mich an, sobald ihr fertig seid. Aber eine Sache gibt es da noch.«

Patrick holt aus seiner Tasche zwei kleine rote Mäppchen und Karten.

Das ist nicht das, wofür ich es halte, oder?

»Phil hat auf euren Namen zwei Sparbücher angelegt, auf die ihr freien Zugriff habt.«

Er schiebt die Dokumente vor uns. Yara wird ganz bleich und sieht mich beinahe hilfesuchend an. Ich öffne das Sparbüchlein und drohe an meiner Spucke zu ersticken. Ich huste und huste. Das ist verdammt viel Geld. Die Zahlen springen mir entgegen und ich lese sie immer wieder, dann hebe ich den Blick. Yara sieht mich immer noch an, aber ich schüttle nur den Kopf und sie nickt kurz. Sie hat mich wohl verstanden. Sie würde einen Herzinfarkt bekommen und es wäre besser, wenn sie erst zu Hause erfährt, wie viel Geld uns Phil hinterlassen hat.

»Dieses Geld ist für eure Reise, für die Liste gedacht. Viel Glück!«

Patrick erhebt sich, gibt Yara und mir die Hand und verlässt das Café.

Yara sitzt einfach nur da, starrt auf den Brief und ich Idiot stehe hier mit verschränkten Armen und kriege keinen Ton raus. Ganz großes Kino.

»Also«, räuspere ich mich, »wann wollen wir anfangen? Je

schneller wir loslegen und einen Plan für diese verrückte Liste haben, umso besser.«

»Ich kann es nicht glauben.«

Ihre Stimme ist belegt und ein wenig rau, aber ihr Gesicht und ihre Augen wirken ruhig, als sie aufsieht.

»Was?«

»Dass er nicht mehr da ist.«

Ich verkrampfe mich sofort unmerklich. Yara sucht wahrscheinlich nach einer Regung in meinem Gesicht oder sonstwo, aber sie wird sie nicht finden, niemand wird das. Auch wenn ihre Worte für einen Moment meinen Atem beschleunigen und mein Herz aus dem Takt bringen.

»Ja«, sage ich nur und versuche, dieses Wort wie ein ganz normales Wort klingen zu lassen.

Sie erhebt sich, steckt den Brief in die Tasche und legt der Kellnerin das Geld für das Wasser samt Trinkgeld auf den Tisch. Sie holt einen Stift aus ihrer Tasche, kommt auf mich zu und greift einfach nach meinem Arm, nimmt meine Hand. Mein Mund öffnet sich ein Stück und für einen kurzen Moment bin ich überrascht. Ihre Hand ist ziemlich kühl dafür, dass wir uns im Hochsommer befinden, sie ist weich und es fühlt sich gut an. Seltsam. Mit ihr ist der Duft nach Gänseblümchen da und jedes Mal frage ich mich, woher ich überhaupt weiß, wie diese dämlichen Blumen heißen.

Sie dreht meine Hand und beginnt auf meinem Handrücken zu schreiben. Zahlen. Eine Nummer.

»Hier. Das ist meine Handynummer. Ruf mich morgen an, sobald du Zeit hast, oder übermorgen. Dann können wir alles planen und zusammen durchgehen.«

11 Yara

Zwei Schritte vor und einen zurück

Em ist schon seit einiger Zeit außer Haus, arbeiten. Da, wo ich nie wieder hingehen kann. Die Zeit rinnt vorbei und mit jeder Sekunde, Minute, Stunde, mit jedem verfluchten Tag gleiten meine Eltern und Phil weiter davon. Wenn die Trauer, die Sehnsucht und die Schuldgefühle nur auch mit ihnen gehen würden.

Seufzend schließe ich kurz die Augen, bevor ich zur Uhr hochsehe. Noel ist zu spät. Ich laufe in der Küche unruhig auf und ab und warte darauf, dass es klingelt.

Er hat tatsächlich angerufen, heute Morgen. Dass er zugesagt hat, gleicht einem Wunder – dass ich zugesagt habe, genauso. Em weiß noch nichts davon. Ich habe eine Liste mit Wünschen von Phil, ein Sparbuch, auf dem anscheinend sehr viel Geld ist, zumindest, wenn ich Noels Blick richtig gedeutet habe, denn ich habe mich noch nicht getraut nachzusehen, und einen Wildfremden, mit dem ich um die Welt reisen soll. Ein Junge, den ich erst drei Mal gesehen habe, der immer schlecht drauf ist, ungehobelt und unhöflich, und nach frischen Tannennadeln riecht, nach Wald.

Yara, was denkst du dir nur dabei?

Ich erzittere leicht, als die Klingel mich aus meinen Gedanken reißt.

Ich öffne die Tür.

»Hey.«

Seine Stimme klingt nicht so genervt, wie ich sie in Erinnerung habe, aber genauso tief. Seine Haare sind noch zerzauster als sonst, wenn das irgendwie möglich ist. Er trägt zerschlissene Vans, eine verwaschene Jeans und ein schlichtes schwarzes Shirt.

Seine Haut ist gebräunt, und gerade als ich mich frage, ob er beim letzten Mal auch schon so groß war und so viele Muskeln hatte, reißt Noels Stimme mich aus meinen Gedanken.

»Willst du mich nicht hereinbitten?«

Seine Augen funkeln belustigt und ich sehe ganz genau, dass er ein Lächeln unterdrückt. Ich habe ihn gemustert und ihm ist es nicht entgangen. Innerlich schlage ich die Hände über dem Kopf zusammen und fluche, äußerlich setze ich ein zuckersüßes Lächeln auf. Okay, ich versuche es. Mein Augenlid zuckt verräterisch und meine Lippen fühlen sich nicht nach zuckersüß-verzogen an.

»Natürlich.«

Ich trete zur Seite und lasse Noel herein, dann zeige ich ihm die Küche und bitte ihn, sich zu setzen. Er lässt seinen Blick schweifen, bleibt aber neben dem Tisch stehen.

»Möchtest du etwas trinken? Wasser, Saft, Cola …?«

Sein Blick liegt nun auf mir und während er seinen Kopf leicht schräg legt, denke ich mir, er sieht aus wie eine große Raubkatze – auf dem Sprung. Mir ist plötzlich warm, obwohl unsere Küche gut temperiert ist, und ich würde wirklich gerne seinem Blick ausweichen, aber es klappt nicht. Das und die Tatsache, dass er mir einfach nicht antwortet, macht mich aus irgendeinem Grund wütend. Ich verschränke die Arme vor der Brust und starre nun zurück.

»Ja oder nein?«

Beinahe zucke ich wegen meiner eigenen Stimme zusammen, so giftig klingt sie. Noel kneift nur leicht die Augen zusammen, bevor er verneint und Platz nimmt. Ich setze mich ihm gegenüber und auf einmal liegt eine Spannung im Raum, die immer heftiger wird und die ich mir kaum zu erklären weiß.

Ich spiele mit dem Saum meines Kleides herum, Noel lehnt mit seinen Unterarmen auf dem Tisch und sieht mich an.

»Schön, dass du da bist.«

Ich weiche seinem Blick aus und muss mich räuspern, bevor ich weiterreden kann.

»Wir sollten uns überlegen, wie wir die Liste abarbeiten wollen, wo es hingehen soll, wir sollten Flüge buchen und Hotels und …«

»Mach mal langsam«, unterbricht Noel meinen Redefluss, bei dem ich am Ende kaum noch Luft geholt habe.

Schließlich schaue ich hoch und versuche mich an einem Lächeln, aber ich lasse es sofort, als ich sein emotionsloses Gesicht sehe. Mir wird wieder bewusst, dass er nicht hier sein will.

»Wir sollten zuerst einmal klären, was alle Punkte genau bedeuten und in welche Länder wir dafür reisen müssen, dann können wir uns mit dem Rest beschäftigen. Außerdem sollten wir das alles schnell hinter uns bringen, ich kann meinen Job schlecht hinschmeißen oder ewig Urlaub nehmen.«

Sein Tonfall ist schroff, beinahe anklagend, und er fährt sich generv t durch die Haare.

Fein! Wenn er so bescheuert sein will, dann soll er es sein. Das ist mir egal. Es ist mir so richtig total egal.

Die Liste mit Phils letzten Wünschen liegt auf dem Tisch vor mir. Ich greife danach und sehe sie mir nochmals an, versuche meine Wut zu unterdrücken, während Noel seine Liste aus der Hosentasche zieht und erst auseinanderfalten muss.

1) Eine Nacht unter den Sternen schlafen
2) Einen Spaziergang im Regenwald machen
3) Die Nordlichter beobachten
4) Einen Wolf streicheln
5) In den Louvre gehen und alle Bilder ansehen
6) Den Himmel berühren
7) In Venedig mit einer Gondel fahren
8) Die Bibliothek in Dublin besuchen
9) Einen Baum in einem fremden Land pflanzen
10) Leben

Ich lese die Liste immer und immer wieder und mir wird plötzlich eines klar: Wir werden sie nie ganz erfüllen können.

»Wir werden es nicht schaffen.«

Tränen brennen in meinen Augen, während sich die von Noel weiten und er den Brief von Phil sinken lässt.

»Wieso sagst du das?«

»Na, schau doch mal hin. Punkt zehn: Leben. Phil lebt nicht mehr, schon vergessen?«

Es ist nicht nett, ich weiß das, aber Noel bringt meine schlechtesten Seiten zum Vorschein. Seine Miene verdunkelt sich, seine Lippen sind nur noch ein dünner Strich und wenn er könnte, würde er mich mit seinen Blicken erdolchen.

»Nein, das habe ich nicht. Aber wirklich sehr nett, dass du fragst, Lesemädchen.«

Er nennt mich mit Absicht nicht Yara und es macht mich wahnsinnig.

»Wenn du mich noch einmal so nennst, dann kannst du all das hier vergessen! Ich kann dich nicht leiden, ich will nicht in deiner Nähe sein, ich mache das hier für Phil.«

Ich schreie beinahe. Wie gesagt, Noel weckt meine schlimmsten Seiten. Sobald die Worte meinen Mund verlassen haben, bereue ich sie. Aber Worte kann man nicht zurücknehmen, sie bleiben, sind immer gesagt worden und verstummen nicht plötzlich, nur weil man sich dafür entschuldigt. Nein, sie klingen immer nach. Niemand weiß das besser als ich.

»Entschuldige, ich …«

»Lassen wir es einfach dabei, okay? Du willst nicht in meiner Nähe sein und ich will auch nicht in deiner sein. Das ist doch großartig. Endlich eine Gemeinsamkeit.«

Sein freudloses Lachen lässt mich zusammenzucken und für einen kurzen Moment glaube ich, dass ich ihn wirklich verletzt habe. Aber sofort sieht er mich wieder kalt und arrogant an.

»Jetzt lass uns weitermachen.« Er blickt wieder auf die Liste. »Ich würde sagen, Punkt zehn heben wir uns für den Schluss auf. Wer weiß, was er damit gemeint hat. Leben. Er wusste, er würde tot sein und er würde uns keine unlösbare Aufgabe stellen. Also, Punkt eins ist einfach. Wir holen uns einen Schlafsack und können gleich hier im Garten oder im nächsten Park unter dem Sternenhimmel pennen. Das ist so gut wie abgehakt.«

Ich nicke. Er hat recht, Punkt zehn sollten wir am Schluss in Angriff nehmen und Punkt eins wäre am schnellsten zu erledigen. Es bringt nichts, sich jetzt damit den Kopf zu zerbrechen und ist sinnvoller zuerst die anderen Punkte anzugehen.

»Punkt zwei wird schon schwieriger. Da müssen wir auf jeden Fall ein gutes Stück fliegen und einiges planen, egal, wohin es geht. Ebenso wie bei Punkt drei.«

Phil hat wirklich gute Arbeit geleistet, das wird eine halbe Weltreise werden. Noels Augen finden meine und er sieht mich unergründlich an. Ich dachte, sie wären dunkelblau, aber irgendwie wirken sie nun grau. So grau wie der Himmel während eines Sturms.

»Ja, wir sollten die Route genau planen. Für den Regenwald kämen Südamerika oder Indonesien infrage, für die Nordlichter wahrscheinlich Alaska, Kanada, Finnland, Schweden oder Norwegen. Nicht schlecht, die Auswahl.«

Er grinst verschmitzt und ich überlege einen Moment, wieso er das tut. Er muss nicht nett sein. Ich weiß, er will das gar nicht. Es ist, als ob wir zwei Schritte vorgehen, aber auch immer einen zurück.

Ich seufze.

»Ja, das passt. Um den genauen Ort kümmern wir uns dann. Du bist sicher, das Geld reicht?«

Skeptisch sehe ich ihn an, aber bei dem Blick, den er mir da zuwirft, wird mir ganz mulmig. Ich sollte wirklich mal nachschauen, was auf unserem von Phil hinterlassenen Konto liegt.

»Na gut, Punkt vier könnten wir eventuell sogar mit Punkt drei verbinden, wenn wir in eines der skandinavischen Länder reisen. Einen Wolf dürften wir dort finden, dort gibt es bestimmt so etwas wie ein Wolfcenter, eine Auffangstation oder so.«

Fragend sehe ich Noel an, aber der blickt nur mit angestrengtem Gesichtsausdruck auf seinen Zettel. Deshalb mache ich weiter.

»Punkt fünf ist eindeutig, Paris und der Louvre warten auf uns.«

»Scheint so.«

Seine Nicht-Begeisterung ist wirklich wahnsinnig sympathisch und haut mich beinahe vom Stuhl. Aber eben nur beinahe, ich erwarte ja nichts anderes. Wie man bei dem Gedanken an Paris so emotionslos bleiben kann, ist mir ein Rätsel

»Den Himmel berühren, Punkt sechs. Sehr schön.« Schön, aber rätselhaft. Man kann den Himmel nicht berühren.

»Wir werden fliegen«, wirft Noel ein.

»Ja, das müssen wir ohnehin, aber dadurch berühren wir noch lange nicht den Himmel.«

»Danke, das weiß ich selbst, du Klugscheißer. Aber vielleicht solltest du das Ganze mal als Metapher sehen.«

Ich weiß gar nicht, was ich schockierender finde: dass Noel mich als Klugscheißer beschimpft oder dass er die Bedeutung des Wortes Metapher kennt.

»Was?«

Ja, mir fällt tatsächlich nichts Intelligenteres ein in diesem Moment, in dem ich Noel mit großen Augen anstarre, gefangen zwischen Wut und Erstaunen.

»Wenn wir fliegen und dann mit einem Fallschirm aus dem Flugzeug springen, berühren wir den Himmel. Mehr oder weniger.«

In meinen Ohren rauscht es, Wörter wie *fliegen*, *Flugzeug*, *Fallschirm* und *springen* haben ohne Zusammenhang mein Gehirn erreicht und schwirren nun da rum.

»Okay, ich sage das nur ungern, aber du siehst gerade wirklich ungesund aus. Blass und gleichzeitig ziemlich grünlich und wenn du nicht aufpasst, platzt gleich eine Ader in deinem linken Auge.« Noel zeigt auf den Übeltäter und ich spüre, wie mein Lid wieder verräterisch zu zucken beginnt.

»Ich kann das nicht tun.«

Allein bei der Vorstellung wird mir schlecht. Ich würde mich in der Luft übergeben, mein Erbrochenes würde um mich herumfliegen, sich verteilen und mit mir auf den Erdboden zurasen. Mit ganz viel Pech würde es dann auf jemandem landen.

Niemals! Ich schüttle vehement den Kopf.

»Auf keinen Fall.«

»Du solltest wirklich langsamer atmen, Yara.«

Noel streckt die Hände nach mir aus und beginnt selbst, komisch ein- und auszuatmen.

»Siehst du? Ganz langsam und tief. Einatmen und wieder aus.«

Ich versuche, mich darauf zu konzentrieren, mich seinem Atmen anzupassen und den Gedanken an mich und mein fliegendes Erbrochenes zu verdrängen – oder den Fallschirm, der nicht aufgeht.

»Ja, sehr gut. Okay. Das mit dem Fallschirm klären wir also noch mal.«

Er sieht mich skeptisch an und schüttelt dann den Kopf.

»Schauen wir mal, ob Punkt sieben wieder eine Panikattacke bei dir auslöst.«

Doch auf einmal wird Noel blass. Alle Farbe weicht aus seinem Gesicht und ich frage mich, warum der nächste Punkt nun ihn in Angst und Schrecken versetzt.

12 Noel

DAS LEBEN IST KEIN PONYHOF

Sie hat schon gemerkt, dass etwas nicht stimmt.

Jetzt reiß dich gefälligst zusammen, du Idiot!

Es ist nur eine Fahrt in einer Gondel, in Venedig, und es ist absolut nichts dabei. Wenn da nicht diese dämlichen Erinnerungen wären – Erinnerungen und Träume aus alten Tagen, die längst nicht mehr hier sein sollten.

»Keine Panik, ich werde dir nicht zu nah kommen und es wird mit Sicherheit keine dieser romantischen Fahrten.« Bei dem Wort *romantischen* verzieht sich ihr Gesicht und sie malt unsichtbare Gänsefüßchen in die Luft. »Du brauchst dir also keine Sorgen zu machen.«

Als sich ihre Wangen leicht rot färben, senkt sie schnell den Blick, frei nach dem Motto: Ich seh' dich nicht, du siehst mich nicht.

Sie denkt wohl, es läge an ihr, dass ich ihre Anwesenheit in der Gondel nicht ertragen würde, und dass ich sie abstoßend finde. Das ist Irrsinn. Yara ist nervig, aber nicht hässlich. Trotzdem stört es mich auch nicht, dass sie das denkt. Dann stellt sie wenigstens keine dämlichen Fragen.

»Na, dann ist ja alles geklärt.«

Gott, klinge ich bescheuert. Ich räuspere mich und wünsche mir, ich hätte vorher das Angebot eines Getränks angenommen. Ich schiele vorsichtig zur Küchenzeile, zur Wasserflasche und dann zu Yara, die mich mit hochgezogener Augenbraue und verschränkten Armen mustert. Wahrscheinlich denkt sie nun, dass es sogar unter meiner Würde ist, sie nach etwas zu trinken zu fragen.

Egal, was sie denkt, sie schiebt ohne ein Wort zu sagen den Stuhl nach hinten und steht auf. Ziemlich laut und ziemlich genervt. Sie schenkt ein Glas Wasser ein, stellt es mir vor die Nase und setzt sich wieder. Ich würde gerne Danke sagen, aber jedes Mal, wenn ich es versuche, verschlucke ich mich an dem Scheißwort. Also nicke ich und trinke einfach.

Yara heftet ihren Blick wieder auf Phils Liste. Auf einmal sehe ich, wie sie ein Lächeln zu unterdrücken versucht, wie die Röte zurück in ihre Wangen schießt. Verwirrt schaue ich auf den nächsten Punkt und stelle fest, dass der Besuch einer Bibliothek tatsächlich wahre Freude bei jemandem auslösen kann.

»Wir müssen also nach Irland. Eine Bibliothek besuchen.« Dabei freue ich mich mehr auf den Pub-Besuch, den ich definitiv zusätzlich in Gedanken mit auf die Liste schreibe.

»Du grinst ziemlich dümmlich vor dich hin, weißt du das?«

»Nicht nötig, immer so nett zu mir zu sein.«

Sie zieht eine Grimasse – und grinst dann wieder so bescheuert.

»Es ist nur eine Bibliothek.«

In Yaras Gesicht wechseln sich Wut und Schock ab, ihr Mund öffnet und schließt sich immer wieder. Hätte nicht gedacht, dass ich ihr mal die Sprache verschlage.

»Ernsthaft? Nur eine Bibliothek? Wer würde nicht dümmlich vor sich hingrinsen bei dem Gedanken daran, eine große, wundervolle Bibliothek zu besuchen? Und dann auch noch die in Dublin.«

Ich zeige auf mein Gesicht.

»Siehst du mich etwa grinsen? Warum war das für Phil wohl so wichtig?«

»Ist doch egal«, murmelt Yara. »Lass uns weitermachen. Dublin ist also klar. Das lässt sich hervorragend mit Skandinavien verbinden.«

»Punkt neun ist super. Das können wir einfach nebenbei machen. Einen Baum kann man ja schließlich überall pflanzen. Und über den letzten Punkt machen wir uns ganz am Ende unsere Gedanken.«

Yara nickt mir zu. Wir werden diese Reise zusammen machen, für Phil.

*

Stunden später haben wir sogar ein richtiges Konzept. Wir haben die Reihenfolge der Punkte auf der Liste so sortiert, dass wir sie nacheinander abarbeiten können, haben Länder, Flughäfen und Aufenthaltsdauer dazugeschrieben. Bei manchen Sachen waren wir überrascht, für die Wölfe müssen wir nicht einmal weit fahren. Dennoch gibt es viel zu viel, um das wir uns kümmern müssen.

Bereits in fünf Tagen geht es los. Wir haben fünf beschissene Tage, um alles vorzubereiten. Aber anscheinend bin ich der Einzige, dem das irgendwie Angst macht. So wie eigentlich alles hier.

»Okay.« Yara pustet sich ein paar Strähnen aus dem Gesicht. »Ich denke, das klappt so. Spätestens in drei Wochen sollten wir wieder hier sein und mit etwas Glück haben wir dann alle Punkte erfüllt.«

Hoffentlich. Ich kann ja nicht ewig Urlaub nehmen. Meine Wohnung ist zwar klein und ätzend, aber besser als keine, wenn ich meine Miete nicht mehr zahlen kann.

»Geld, Flüge, Übernachtungen, alles kein Problem. Du hast nicht zufällig ein Auto, damit wir schon mal von hier nach Bremen und wieder zurück kommen?«

Ich lache auf, ohne dass mir wirklich nach Lachen zumute ist. Ganz ehrlich? Es gab schon lange nichts mehr, was mir mehr Angst gemacht hat als dieser Trip – mit Yara.

»Du hast einen Führerschein?«

Skeptisch mustert sie mich.

»Wieso siehst du mich so an? Sieht ein Mensch ohne Führerschein etwa anders aus als einer mit? Ja, ich habe einen.«

Ich sage ihr nicht, dass Phil ihn mir bezahlt und geschenkt hat und dass ich ihn eigentlich nicht haben wollte.

»Meine Tante hat ein kleines Auto, das sie kaum braucht. Sie fährt sowieso immer mit dem Bus zur Arbeit.«

Sie lässt den Kopf auf die Tischplatte sinken und dabei fallen ihre kurzen rotblonden Haare zur Seite. Sie legen ihren Nacken frei und ich beuge mich leicht nach vorne. Das gibt es doch nicht. Als hätte Yara meinen Blick gespürt, hebt sie ruckartig den Kopf und sieht mich eindringlich an.

»Du hast ein Tattoo?«

Ungläubig blicke ich sie an. Das Lesemädchen hat ein Tattoo.

»Das geht dich gar nichts an.«

Ihre Stimme klingt zerbrechlich und widerspenstig zugleich. Ich kenne das. Es ist zu persönlich. Aber gerade das macht es nur noch spannender.

Wer ist Yara? Am schlimmsten ist, dass ich das wirklich wissen will. Ich fahre mir irritiert durch die Haare. Mittlerweile ist es auch hier in der klimatisierten Küche ziemlich stickig.

»Alles klar, kein Grund, wütend zu werden, kleiner Rebell. Neben der Sache mit dem Auto solltest du auch unbedingt klären, ob du überhaupt einen Wolf streicheln darfst. Da steht nämlich erst ab achtzehn Jahren. Wenn du ihnen das mit Phil erzählst, machen sie vielleicht eine Ausnahme.«

Phils Name liegt jedes Mal wie Säure auf meiner Zunge.

»Ja, vielleicht. Auf jeden Fall kümmerst du dich um den Fallschirmsprung. Ich will damit nichts zu tun haben. Springen muss ich anscheinend, aber ich werde diesen Irrsinn nicht auch noch planen. Den Rest kannst du mir überlassen.«

»So möchtest du mir wohl nett sagen, dass du mir nicht zutraust, etwas anderes zu planen?«

»Willst du darauf jetzt eine ehrliche Antwort?«

Keine Ahnung, warum mich Yaras herablassender Blick und die Tatsache, dass sie mir anscheinend gerade so zutraut, Schnürsenkel zuzubinden, so tierisch nervt. Ist doch gut für mich. Ich habe weniger Stress, weniger Arbeit und wenn etwas schiefgeht, kann ich es ihr in die Schuhe schieben. Weil Frau Neunmalklug ja unbedingt alles selbst machen will. Soll sie doch. Obwohl mir bei dem Gedanken sämtliche Haare zu Berge stehen und mir leicht übel wird, erwidere ich nichts. Ich will mich nicht auf sie verlassen. Aber in diesem Moment ist der Wunsch, ihr die ganze Arbeit aufzudrücken, einfach größer.

»Wir treffen uns also in fünf Tagen hier. Bis dahin habe ich die Flüge gebucht und die Zimmer. Im Garten schlafen wir dann unter freiem Himmel. Die letzten Tage war es sehr heiß und es hat nicht geregnet, lass uns hoffen, dass das so bleibt. Also …«

Yara schreckt hoch, als sie die Haustür hört und einzelne Schlüssel klimpern. Beinahe panisch springt sie auf, blinkt von mir zum Flur und wieder zurück.

»Noel, du solltest jetzt …«

»Yara, ich bin zu Hause. Hast du Hunger? Wir könnten …«

Jemand tritt herein. Ich nehme an, das ist Yaras Tante. Eins ist sie ganz sicher: sichtlich verwirrt.

Die beiden sehen aus wie zwei Wackeldackel. Ihre Köpfe zittern und wackeln völlig unkontrolliert, während alle beide immer wieder zuerst mich und dann sich ansehen. Ihre Münder stehen offen und irgendwie fehlt mir jetzt dazu die passende Hintergrundmusik.

Ich lehne mich zurück und genieße dieses Schauspiel.

»Tante Em, also, das ist nicht so, wie es aussieht.«

Verdammt, das wird ja immer lustiger.

»Also, das ist Noel.«

Yara zeigt auf mich und sieht mich auffordernd an. Na gut, ich stehe ja schon auf. Ich halte Tante Em die Hand hin und sage Hallo.

»Oh, hallo, Noel. Ich bin Yaras Tante, du kannst mich Emma nennen. Was habt ihr denn hier gemacht?«

Mir wird klar, dass in dieser einen Frage noch Hunderte andere versteckt sind, wie: Wer ist das? Woher kennst du ihn? Warum wusste ich nichts davon? Ist das etwa dein Freund?

Kein Wunder, dass sich auf Yaras Stirn bereits Schweißperlen bilden und ihr Augenlid wieder anfängt zu zucken.

»Ich bin Phils Enkel. Daher kenne ich Yara.«

Emmas Augen werden unnatürlich groß.

»Ach so. Ich wusste nicht, dass … Jedenfalls schön, dich kennenzulernen. Möchtest du mit uns zusammen essen?«

Yara steht kurz vor einem Nervenzusammenbruch, also ist es wohl besser, wenn ich gehe.

»Nein, vielen Dank. Yara, wir sehen uns dann.«

Ich nicke beiden zu, stecke Phils Brief und meine Notizen in meine Hosentasche und verschwinde.

Mit jedem Schritt, der mich von Yara wegführt, kann ich etwas mehr atmen – und gleichzeitig immer weniger.

13 Yara

Leichter gesagt als getan

Die Tür knallt hinter Noel zu und ich brauche einen Moment, um zu begreifen, dass er gegangen ist. Genauso wie Tante Em wahrscheinlich gerade einen Moment braucht, um zu begreifen, dass er überhaupt hier war. Ihre Gesichtszüge entgleiten vollkommen und mir steht der Schweiß auf der Stirn. Gut möglich, dass sie gerade überlegt, was sie mehr schockiert: die Tatsache, dass ich jemanden mit nach Hause gebracht habe, also ein menschliches Wesen, oder dass ein Junge in diesem Haus war, mit mir. Vielleicht spielt der Punkt, dass sie weder von dem einen noch von dem anderen etwas wusste, auch eine Rolle.

Als Em sich schließlich zu mir dreht, rechne ich mit allem. Nur nicht damit, dass sich ein strahlendes Lächeln auf ihre Lippen stiehlt, sie die Einkaufstüten fallen lässt und mir um den Hals springt.

»Oh, Yara. Du hast Freunde!«

Andere hätte diese Aussage verletzt, mich nicht. Ich weiß, wie Em es meint, und ich weiß, dass sie sich Sorgen macht. Aber ich habe ihr schließlich auch nie gesagt, dass *ich* allen aus dem Weg gehe und nicht zwingend umgekehrt.

»Ich kann nicht glauben, dass du jemanden mit nach Hause gebracht hast. Es war das erste Mal. Und dann auch noch einen Jungen.«

Sie entlässt mich aus der Umarmung, hält mich an den Schultern fest und strahlt mich an.

»Ist er dein Freund?«

Ah, da kam nun die Erziehungsberechtigte raus.

»Nein, Em. Er ist einfach ein Bekannter. Er ist Phils Enkel und … Vielleicht ist es besser, wenn du dich hinsetzt. Ich schenke uns eine Limonade ein und dann reden wir?«

Ich hoffe inständig, dass sie mir meine Gefühle nicht ansieht, auch wenn sie mich jetzt eingehend mustert. Ich habe nie etwas Aufregendes, Abenteuerliches oder Verbotenes getan – bis auf diese eine Nacht damals.

»Lass mich nur schnell die Einkäufe wegstellen, dann reden wir. Wieso habe ich nur das Gefühl, dass es mir nicht gefallen wird?«

Sie seufzt schwer und streicht mir meine Haare hinters Ohr. Wahrscheinlich, weil Erwachsene so was wie ein *Gefahren-Teenie-Gen* haben, das laut aufschreit, sobald es heißt: *Es wäre besser, wenn du dich hinsetzt.* Wenn man noch dazu schuldbewusst und ängstlich aussieht, ist alles klar. Ich bin fest davon überzeugt, Erwachsene können die Dummheiten der Kinder beinahe riechen.

Ich helfe Em beim Einräumen der Lebensmittel, mache uns eine Zitronenlimonade und setze mich mit ihr an den Küchentisch. Dorthin, wo ich noch vor wenigen Minuten mit Noel saß.

Unschlüssig, wie ich beginnen soll, nippe ich an meinem Getränk.

»Also, Yara, was liegt dir auf dem Herzen? Ich finde den Gedanken schön, dass du wieder anfängst, nach vorne zu blicken, Pläne zu machen und sogar Freunde zu finden. Versteh mich nicht falsch, ich war sehr überrascht, den Jungen bei uns vorzufinden. Überrascht, aber froh.«

Irgendwie kommt es mir so vor, als hätte ich Em sehr lange belastet, ohne es zu wissen oder zu wollen.

»Es tut mir leid. Ich wollte nie, dass du dir Sorgen machst.«

Ich trinke einen Schluck, um den entstehenden Kloß in meinem Hals direkt im Keim zu ersticken.

»Em, ich werde bald für längere Zeit wegfahren. Ich werde reisen. Ich werde es ganz sicher tun. Aber vor allem würde ich es gerne mit deinem Einverständnis machen.«

Sie fällt aus allen Wolken, ich kann es sehen. Ihre Hand verkrampft sich um die Limonade, ihre Gedanken rasen, ihr Mund steht offen.

»Du willst reisen? Wie kommst du dazu, ich meine ... Reist du etwa mit diesem Jungen?«

»Dieser Junge heißt Noel und er ist Phils Enkel. Phil hat uns eine Liste hinterlassen. Darauf stehen Dinge, die er gerne gemacht und erlebt hätte.«

Ich kann nicht länger in Ems Augen sehen und starre stattdessen auf den Tisch.

»Phils letzter Wunsch war, dass Noel und ich diese Liste abarbeiten. Deshalb muss ich weg. Es sind nur ein paar Wochen, aber ich werde verdammt weit weg sein und ich kann verstehen, wenn du das nicht willst, aber ich muss das wirklich tun und ...«

Mitten in meinem Redeschwall stoppe ich, atme schwer und sehe Em flehend an. Ich würde ihr so gerne sagen, wie viel mir das bedeutet und dass ich sehr wohl eine riesige Angst davor habe. Aber ich tue es nicht. Ich bete einfach nur, dass sie Ja sagt.

Sie lehnt sich zurück und seufzt. Plötzlich laufen Tränen aus ihren Augen. Still, leise und unaufhörlich.

»Wusstest du, dass deine Mutter früher gerne gereist ist?«

Ich schlucke schwer und schüttle unbeholfen den Kopf.

»Bevor sie deinen Vater kennenlernte. Sie hat es geliebt. Yara, wenn ich dich sehe, dann sehe ich so viel von ihr, so viel von beiden. Du hast das Herz deiner Mutter und den Verstand deines Vaters.«

Sie wischt sich die Tränen weg und ich muss mit aller Macht die meinen zurückhalten.

»Egal, was war. Egal, was du glaubst, was gewesen ist, Yara, schlimme Dinge passieren und wir können manchmal nichts tun, außer zusehen. Sie haben dich so sehr geliebt und ich tue das auch. Ich vertraue dir. Aber am wichtigsten wäre, dass *du* wieder beginnst, dir selbst zu vertrauen.«

Sie greift nach meiner Hand, nimmt sie in ihre und streicht liebevoll darüber.

»Du solltest gehen. Aber bitte, Yara, bitte komm heil wieder.«

⋆

Tante Em und ich sind uns in der Küche mehrere Male weinend um den Hals gefallen und ich wusste nicht, wie befreiend das sein kann. Wir haben noch ein wenig über Phil geredet, über die Liste, seine Wünsche und Noel. Ich habe ihr erzählt, wo es hingeht, was wir bisher geplant haben und dass uns Phil ziemlich viel Geld hinterlassen hat. Em hat mich dazu überredet, einen Blick in das Sparbuch zu werfen, und die Zahl, die uns beiden entgegenschlug, ist unfassbar. Noel hat wahrscheinlich genauso viel auf seinem Konto und es ist sicher, dass wir niemals das ganze Geld für unsere Reise brauchen werden. Daraufhin hat Tante Em gesagt, sie bräuchte nun etwas zur Beruhigung, und hat sich einen Whiskey eingeschenkt. Ich muss lachen, wenn ich daran denke, wie ihr alle Farbe aus dem Gesicht gewichen ist. Ich sah wahrscheinlich nicht besser aus.

Em nahm mir das Versprechen ab, sie immer anzurufen oder ihr zu schreiben, wenn ich ein Land verlasse und in einem anderen ankomme. Sie möchte alle Namen und Adressen der Hotels, in denen wir einchecken. Falls etwas passiert. Eine Einverständniserklärung für den Besuch im Wolfcenter will sie mir geben, auch wenn sie die Idee nicht so wirklich toll findet. Beim Auto hat sie sich lange gesträubt. Letztendlich hat sie Ja gesagt, aber nur, wenn sie Noels Führerschein vorher sehen darf und er ihr verspricht, vorsichtig zu fahren. Sie wird es nicht kontrollieren können, aber es wird ihr ein besseres Gefühl geben.

Jetzt liege ich auf meinem Bett, mit hinter dem Kopf verschränkten Armen, und schaue an die Decke. In Gedanken bin ich schon Hunderte Male unsere Liste durchgegangen und schon Hunderte Male diese Reise gereist.

Mein Handy liegt auf meinem Bauch. Wenn ich ehrlich bin, habe ich gehofft, dass Noel mir noch eine Nachricht schreibt. Eigentlich ist alles geklärt, es gibt keinen Grund für eine Nachricht, das weiß ich. Aber irgendwie habe ich das Bedürfnis, mit ihm zu reden, ihm zu sagen, was Em gesagt hat.

Komm schon, Yara, du bist kein Baby mehr. Und du kennst Noel gar nicht.

Trotzdem löse ich einen Arm unter meinem Kopf, greife nach dem Handy und halte es vor mein Gesicht.

Keine neuen Nachrichten.

Stöhnend drehe ich mich zur Seite und starre weiter auf das Display. Wie von selbst öffnet sich WhatsApp und beinahe magisch öffnet sich das Chatfenster von Noel und mir, in dem bisher nichts anderes steht als unsere zwei miteinander gewechselten Sätze, um das heutige Treffen auszumachen. Ich fange an zu tippen.

»Hey, Noel. Was machst du gerade?«

Nein, das klingt bescheuert. Wieso sollte ich so was schreiben? Als ob mich interessiert, was er gerade macht. Also, löschen.

»Hallo, Noel. Ich wollte dir nur sagen, dass unserer Reise nichts im Wege steht.«

Wunderbar, Yara. Spießiger geht es kaum. Außerdem muss ich ihm dafür nicht extra eine Nachricht schicken. Stöhnend vergrabe ich meinen Kopf in der Decke.

Okay, noch ein Versuch. Warum auch immer ich das hier tun will.

»Hey, Noel. Wir bekommen das Auto. Habe auch schon eine Nachricht an das Wolfcenter geschickt. Vergiss nicht, den Tandemsprung die Tage zu organisieren. Gute Nacht, Yara.«

Ja, das kann man lassen. Senden.

Noel ist online.

Wenn ich ehrlich bin, habe ich an diese Möglichkeit nicht gedacht. Ich könnte jetzt offline gehen und wäre somit nicht gezwungen, sofort zurückzuschreiben. Aber diese dämlichen Häkchen zeigen ihm sowieso, ob ich es gelesen habe oder nicht.

Noel schreibt.

Das ist doch was. Wenigstens ignoriert er mich nicht. Vielleicht werden wir am Ende der Reise sogar ganz normal miteinander umgehen können und gewöhnliche Gespräche führen, in denen wir uns nicht herablassend behandeln und andauernd mit sarkastischen Aussagen um uns schmeißen.

Noel schreibt. Noel schreibt schon seit fünf Minuten. Auf den Text bin ich gespannt. Ich tippe bereits ungeduldig mit den Fingern auf der Decke, als sein Text aufploppt.

»Okay.«

Okay? Er hat fünf Minuten an einem *Okay* gesessen? Ich schiebe das Handy über den Bettrand, lasse es auf den weichen Teppich plumpsen und wickle mich in meiner Decke ein. Wenn doch nur alles auf der Welt so leicht getan wie gesagt wäre.

14 Noel

Jetzt gibt es kein zurück mehr

Seit fünf Tagen sitze ich hier wie auf heißen Kohlen. Entweder das oder ich joggte wie ein Irrer durch Hamburg, in dem Versuch den Kopf freizukriegen. Was natürlich überhaupt nichts gebracht hat. Nach jedem Lauf überkam mich das Gefühl, noch rastloser zu sein als zuvor.

Aber jetzt geht es endlich los. Je schneller wir es hinter uns bringen, umso besser. Dann kann ich versuchen, alles hinter mir zu lassen. Yara zu vergessen.

Scheiße, sie hat mir am Abend nach unserem Treffen nur kurz gesagt, dass alles geregelt ist, und ich habe hier gesessen und wie ein Irrer diese Nachricht angestarrt. Letztendlich habe ich nur Okay zurückgeschrieben. Was hätte ich auch schreiben sollen? *Hey, Yara, hast du auch so Schiss wie ich vor dieser ganzen Reise?* Ja, das wäre bestimmt klasse angekommen.

Gleich werden wir den ersten Punkt der Liste abhaken und bisher sieht es sogar so aus, als würden wir trocken aus der Sache rauskommen. Es ist verdammt heiß draußen, für heute sind 38 Grad gemeldet und selbst jetzt, nach halb zehn abends, denkt die Hitze nicht daran zu verschwinden. In meiner kleinen Bude steht die Luft förmlich. Mein T-Shirt liegt auf dem Bett, ich trage nur meine Jeans und selbst das ist schon zu viel. Mit einer Hand wische ich mir aus dem Nacken den Schweiß, der da ist, obwohl ich gerade erst geduscht habe.

Ich überlege, ob ich alles habe, was ich brauche: Zahnbürste, Zahnpasta, Schlafshirt, Kissen. Ohne ein vernünftiges Kissen kann ich nicht schlafen, das muss mit. Es ist nur eine Nacht. Mehr brauche ich nicht. Der Rucksack ist voll, das Kissen quillt oben raus.

Um zehn bin ich mit Yara verabredet, also in knapp zwanzig Minuten. Ich ziehe frische Socken an, meine Chucks und setze den Rucksack auf. Portemonnaie und Handy sind in der Jeans. Obenrum trage ich nichts, es ist einfach noch zu warm, aber ich schnappe mir schnell ein frisches weißes Shirt vom Wäscheständer und binde es am Rucksack fest.

An der Wohnungstür werfe ich einen letzten Blick zurück und bin ziemlich stolz auf mich. In den vergangenen Tagen habe ich vor lauter Nervosität die Bude vollständig aufgeräumt und sogar die gesamte Wäsche gewaschen.

Auf dem Weg zu Yara überlege ich mir, wie ich mich ihr gegenüber verhalten soll. Ich verstehe es, Leute auf Abstand zu halten, aber vom Rest habe ich keine Ahnung. Dabei muss ich jetzt mindestens zwei Wochen irgendwie nett sein, damit wir unsere Aufgabe erfüllen können. Und ich befürchte, dass es mir nicht gelingen wird. Nicht nur, weil ich einfach ein Arsch bin, sondern weil etwas an Yara mich dauerhaft reizt.

Vor mir erstreckt sich eine Reihenhaushälfte. Ich steuere auf Yaras Haus zu. Nach wenigen Metern stehe ich vor der Tür, in der sich die letzten Sonnenstrahlen des Tages spiegeln. Gerade als ich klingeln will, höre ich Yaras Stimme, die immer lauter wird. Die Tür öffnet sich. Yara sieht nicht nach vorne, sondern nach hinten und schreit: »Ich bringe nur noch schnell den Müll raus!«

Sie läuft direkt gegen mich.

Ihr Gesicht klebt förmlich an meinem Oberkörper und aus purem Reflex greife ich nach ihr, damit sie nicht hinfällt. Der Müllbeutel landet auf dem Boden. Mir wird klar, dass ich ja kein T-Shirt trage und dass Yara immer noch in meinen Armen liegt. Ich spüre ihren Atem auf meiner Haut, der wie eine kühle Brise darüberweht, ihre Hand auf meinem Bauch, der vollkommen angespannt ist.

Vorsichtig richte ich sie auf, schiebe sie sanft von mir, viel zu langsam, um sagen zu können, dass ich sie wirklich loswerden will.

»Ist alles okay?«

Meine Stimme klingt ziemlich rau und ich räuspere mich. Als sie nicht antwortet, weiß ich nicht weiter. Alte Muster zu durchbrechen, war noch nie meine Stärke.

»Das nächste Mal pass auf, wo du hintrittst, Rambo.«

Ein bisschen Spott hier, ein bisschen Sarkasmus da und schon bin ich wieder der Alte.

Sie drückt sich unerwartet heftig von mir weg, die Wange, die zuvor an meiner Brust geklebt hat, ist knallrot. Die andere allerdings auch. Weshalb ich davon ausgehen muss, dass sie stocksauer ist. Ihre funkelnden Augen, ihre zu Fäusten geballten Hände neben den wirklich viel zu kurzen Shorts und das zuckende Lid sind natürlich auch ein Indiz.

Scheiße, das Mädchen hat richtig lange Beine. Für einen Moment bin ich abgelenkt. Dann macht sie den Mund auf.

»Ich soll aufpassen? Ich bitte dich! Wer steht denn hier wie bestellt und nicht abgeholt vor der Tür und schafft es nicht zu klingeln?«

Touché.

»Und warum, verdammt noch mal, hast du kein Shirt an?«

Sie zeigt vage auf meinen Oberkörper, als wäre er eine Krankheit.

»Es ist scheißheiß, falls du das noch nicht gemerkt hast. So wie du eben an mir geklebt hast, schien es dich nicht zu stören, dass ich kein Shirt anhabe.«

Frech grinse ich sie an und verschränke die Arme vor der Brust. Außerdem muss sie sich nicht beschweren. Diese Shorts gehen fast nicht mehr als solche durch, sie ist barfuß und das Top ist trägerlos und verdeckt gerade so ihren Bauchnabel. Wenn sie nicht Yara wäre, das Lesemädchen, dann würde ich nicht nur sagen, dass sie hübsch ist, sondern dass sie verdammt hübsch ist. Sie trägt kein Make-up und sie braucht auch keines. Sie hat ein natürlich schönes Gesicht mit Hunderten von Sommersprossen, hellgrünen, strahlenden Augen und rosafarbenen Lippen.

Dass mir das überhaupt auffällt, ist einfach nicht gut. Diese Reise wird der Anfang von meinem Ende sein.

Ich schüttle den Kopf und hebe ihr die Mülltüte auf, die heruntergefallen ist. Widerstrebend nimmt Yara sie entgegen und schmeißt sie in die Tonne.

Neben mir angekommen, atmet sie tief ein, die Röte in ihrem Gesicht und der Ausdruck von Wut sind verflogen.

»Komm, lass uns reingehen. Em wird gleich weg sein, sie hat heute Nachtschicht.«

Ihre Stimme ist ruhig. Es wundert mich, dass ihre Tante uns allein lässt. Sie muss Yara vollkommen vertrauen, denn an mir kann es schlecht liegen.

Es ist gut, wenn jemand an einen glaubt.

Ich folge Yara in die Küche, den einzigen Raum, den ich kenne, und begrüße Emma, die gerade hektisch ihren Geldbeutel sucht.

»Ah, da ist ja das blöde Ding! Hallo, Noel. Ich muss jetzt los. Macht keine Dummheiten!«

Sie ist schon auf dem Weg zur Haustür, als sie uns sagt, dass Geld für eine Pizza auf dem Tisch liegt. Dann fällt die Tür hinter ihr zu und es ist still im Haus.

So muss sich eine Katze fühlen, die man gegen den Strich bürstet. Es muss so ekelhaft komisch sein wie diese Situation. Ich habe meinen Rucksack noch auf, aber immer noch kein Shirt an und stehe in der Küche, mit dem Blick auf Yara und keinem Plan, was als Nächstes kommt.

»Also. Ich bin hier.«

Nicht das Intelligenteste, was ich je gesagt habe. Aber auch nicht das Dümmste.

»Ja, ich nehme nicht an, dass du schon müde bist?«

»Nein, tut mir leid.«

»Das dachte ich mir. Falls du Hunger hast, können wir uns gerne etwas zu essen bestellen und noch einen Film sehen oder so, bis es richtig dunkel ist. Vorher können wir schon einmal die Schlafsäcke rauslegen.«

Das klingt vernünftig und wie auf Kommando knurrt mein Magen. Bei der Hitze habe ich den ganzen Tag keinen großen Hunger gehabt, jetzt meldet er sich umso lauter, was Yara ein leichtes Lächeln entlockt.

»Okay, ich denke, das war ein Ja. Komm, ich zeig dir das Wohnzimmer. Von da aus geht es auch direkt in den Garten.«

Yara stößt sich von der Küchenzeile ab, führt mich aus der Küche hinaus und den Flur weiter hinunter. Wir landen in einem gemütlichen und hellen Raum, mit Regalen und Büchern bis unter die Decke. Ich grinse. Yara ist definitiv ein Lesemädchen. Der Boden ist aus dunklem Holz, die Wände und Regale weiß. Es gibt ein richtig großes, dunkelgraues Sofa und sogar einen riesigen Fernseher inmitten all der Bücher. Ein kleiner Kamin steht in der Ecke und als ich Richtung Garten sehe, bleibe ich kurz stehen. Eine Wand komplett aus Glas, mit feinen Holzleisten durchzogen, und einer Tür, die in den Garten führt. Das letzte Licht des Tages scheint durch das Glas, färbt das Holz rot und es sieht wirklich wunderschön aus.

Yara steht inmitten dieses Schauspiels und breitet die Arme aus.

»Das ist das Wohnzimmer. Es ist nicht besonders groß und ziemlich vollgestellt, aber ich mag es sehr gerne.«

Und ich kann verstehen, warum.

Wir sitzen auf dem Sofa, es ist dunkel draußen, auf dem Tisch stehen die leeren Pizzakartons und vor uns flimmert der Fernseher. Es läuft bereits die zweite Folge von *Game of Thrones*. Für Yara gab es kein Halten mehr, als ich ihr sagte, dass ich weder die Bücher gelesen noch die Serie geschaut habe. Ich lebe nicht hinterm Mond, ich kenne die Serie. Ich habe sie eben noch nicht geguckt. Yaras Kommentar darauf war »You know nothing!«. Sie hat dabei ihre Stimme verstellt und wahrscheinlich sollte mir der Satz etwas sagen. Leider verstand ich den

Witz nicht. Da wir nicht müde waren, erschien es nur logisch, dass wir unsere Zeit noch ein wenig weiter damit vertrieben.

Yara blickt ganz fasziniert auf den Bildschirm und ich muss gestehen, dass mir da richtig was entgangen ist. Die Serie ist verdammt gut. Sie ist vor allem brutal und es wundert mich, dass Yara sie so klasse findet. Als die zweite Folge zu Ende ist, beginnt sie das erste Mal zu gähnen.

»Oh, ich wünschte, ich könnte dir die ganze Serie zeigen, aber bis morgen früh würden wir wohl nicht mal bis zur dritten Staffel kommen.«

Sie seufzt und schaltet den Fernseher aus.

Es ist unangenehm still nach dem Westeros-Gemetzel und ich zupfe an dem T-Shirt, das ich inzwischen übergeworfen habe.

»Komm, ich zeige dir das Bad.«

Yara überlässt mir das Bad und sagt, sie geht ins kleine Gästebadezimmer, um sich fertig zu machen. Ich ziehe mein Schlafshirt aus dem Rucksack, den ich mit nach oben ins Bad genommen habe, und tausche es gegen das, das ich anhabe. Dann putze ich mir die Zähne und gehe noch schnell aufs Klo. Wer weiß, ob ich das sonst heute Nacht finde.

Unten im Wohnzimmer wartet Yara bereits auf mich. Sie umarmt ein kleines mintfarbenes Kissen und trägt dünne Shorts und ein weiteres Shirt. Verlegen sieht sie mich an.

»Die Schlafsäcke liegen bereit.«

Das sanfte Licht des Hauses zeigt uns gerade noch den Weg bis zum Rasen. Es geht über eine kleine Terrasse und dann direkt in einen schönen Garten mit viel Gras, eingerahmt von einigen Büschen, soweit ich das in der Dunkelheit erkennen kann.

Yara leuchtet uns mit einer Taschenlampe den Weg, bis vor uns die Schlafsäcke auftauchen. Sie hat sogar eine große Matratze daruntergelegt und ich frage mich, wie sie das so schnell geschafft hat. Fragend sehe ich sie an.

»Die pumpt sich von allein auf. Ich dachte, das wäre bequemer, als ganz auf dem Boden zu schlafen. Schließlich hat Phil nirgendwo erwähnt, dass wir unbequem unter den Sternen schlafen sollen.«

Dieses Mädchen bringt mich öfter zum Grinsen, als mir lieb ist.

»Ja, da hast du wohl recht.«

Ich gehe um die Matratze, werfe meinen Rucksack daneben, streife meine Chucks und meine Socken ab, lege mein Kissen auf den Schlafsack und mich auf die Matratze. Yara schaltet die Taschenlampe aus und lässt sich neben mir nieder. Es ist noch immer so warm, dass wir die Schlafsäcke nicht brauchen, aber irgendwann heute Nacht mit Sicherheit.

So liegen wir nebeneinander, nur einen Hauch einer Berührung entfernt und sehen in den sternenklaren Himmel. Es ist still und leise. Bis Yaras Atemzüge unregelmäßig werden und ich spüren kann, wie die Matratze sich bewegt.

»Yara?«

Keine Antwort.

»Ist alles okay?«

Nichts. Aber ich weiß, dass sie noch wach ist. Dann begreife ich, was ich höre, und schließe kurz die Augen. Sie weint.

Scheiße, ich habe keine Erfahrung mit so was. Ich kenne sie noch nicht mal. Trotzdem lasse ich meine Hand über die Matratze gleiten, auf der Suche nach ihrer. Ich finde sie, nehme sie in meine und halte sie einfach fest. Sie wehrt sich nicht. Sie lässt mich sie trösten, auf meine verkorkste Art und Weise.

In diesem Moment bin ich diesem fremden Mädchen so nah wie lange Zeit zuvor niemand anderem.

15 Yara

Wir haben Angst, damit wir mutig sein können

Ich will nicht weinen, nicht wirklich, aber es geht nicht anders. Seit mir die Tränen über die Wangen laufen und mir jede von ihnen zeigt, dass der Schmerz, die Trauer und die Schuld nicht so tief begraben sind wie erhofft, versuche ich wenigstens leise zu sein. Noel soll es nicht hören. Es ist mir peinlich. Doch als seine Hand die meine findet, kann ich sie nicht wegschieben, nein, ich brauche sie und es ist mir egal, wie albern oder bescheuert er mich vielleicht findet. Es ist egal, wie fremd wir uns eigentlich sind.

Noels Hand fühlt sich warm an, warm und rau. Sie ist mir ein Anker und ich bin Noel dankbar, dass er nichts sagt, sich nicht über mich lustig macht, sondern einfach nur da ist.

Ab dem Moment, in dem ich mich auf die Matratze gelegt und den Blick gen Himmel gehoben habe, denke ich an Phil, wie er mir Geschichten und Mythen erzählt hat, wie ich sie ihm vorgelesen habe, wie die von Kassiopeia, und ich denke an diese Liste. Ich denke daran, dass er das alles so gerne erlebt und gesehen hätte und es nicht konnte. Ich denke daran, dass Phil jetzt einfach weg ist – und mit diesem Gedanken überschwemmen mich Gefühle, die ich schon längst begraben hatte. Alte

Wunden reißen auf und ich kann es nicht verhindern. Meine Gedanken kreisen um Phil, diese Liste, um den Tod und das Leben. Um alles, was ich verloren habe und woran ich schuld bin.

*

Am nächsten Morgen scheint mir die Sonne ins Gesicht und weckt mich auf. Die Vögel zwitschern fröhlich und eine Biene oder Hummel fliegt viel zu nah an mir vorbei, sodass ich ihr Summen laut und deutlich höre. Die Haut um meine Augen fühlt sich etwas klebrig an. Wahrscheinlich habe ich auch noch im Schlaf geweint.

Ich liege noch auf dem Rücken, den halben Schlafsack über mir. Wenn ich meine Beine bewege, raschelt er leise. Als ich die Augen leicht öffne und den Kopf langsam nach links drehe, sehe ich, dass Noel noch schläft. Er liegt auf der Seite, mir zugewandt, sein Atem geht regelmäßig, seine Lippen sind etwas geöffnet. Das dunkle Haar hängt ihm teilweise ins Gesicht und er sieht seltsam friedlich aus. Was mich aber aus dem Konzept bringt und wirklich erstaunt, ist, dass er noch immer meine Hand hält. Nicht, dass es sich schlecht anfühlt, aber … ja, was? Ich starre auf unsere verbundenen Hände, bewege vorsichtig meine Finger. Wenn Noel aufwacht und das sieht, könnte eine komische Situation entstehen. Nein, dann entsteht mit Sicherheit eine komische Situation, denn ich will nicht über das reden, was gestern passiert ist – über das, was mit mir los war. Und ich will auch nicht danach gefragt werden. Wenn Noel das sieht, würde die Nacht nicht zwischen meinem Gefühlsausbruch und diesem Tag stehen. Aus gestern würde heute werden.

Mein Blick gleitet noch einmal zu seinem Gesicht, dann wieder zurück. Wenn ich versuche, meine Hand jetzt wegzuziehen, könnte er zwar wach werden, aber mit etwas Glück merkt er nicht, dass das meine Schuld wäre. Langsam löse ich meine Finger von seinen. Seine Hand ist ziemlich schwer, vielleicht kommt mir das auch nur so vor, weil ich versuche, sie loszuwerden. Stück für Stück gleitet meine Haut an seiner vorbei und meine Hand trennt sich von seiner. Noel bewegt sich nur kurz, wird aber nicht wach, und ich atme erleichtert aus.

Vorsichtig und so leise wie möglich gleite ich aus dem Schlafsack und von der Matratze, dann gehe ich ins Haus. Es ist still. Die Uhr zeigt mir acht Uhr morgens an und ich bin richtig schockiert darüber, denn ich fühle mich fit. Und das erste Mal seit langer Zeit habe ich nachts keinen Albtraum gehabt.

Schnell flitze ich in mein Zimmer, schnappe mir meine Jeansshorts und ein schlichtes Top, mache mich im Bad fertig und setze mich dann mit einer kühlen Limonade und meinen Stiften in die Küche.

Vor mir auf dem Tisch liegt Phils Liste. Punkt eins streiche ich sorgfältig mit einem grünen Buntstift durch. Jeder Punkt wird mit einer anderen Farbe versehen werden, das habe ich mir vorgenommen. Bunt und fröhlich soll es am Ende aussehen. Das passt zu Phil und ich bilde mir ein, dass es ihm gefallen würde.

~~*1) Eine Nacht unter den Sternen schlafen*~~

Ein Punkt ist erledigt, bleiben noch neun. Als Nächstes wartet Bremen auf uns, danach die halbe Welt. Egal, wie oft ich mir diese Reise in Gedanken vorstelle, nie ist Noel dabei. Ich bin immer alleine und ich weiß nicht, warum.

Meine Finger malen Kreise auf die Tischplatte, während ich auf die Liste sehe. Ein leichtes Knarzen erregt meine Aufmerksamkeit, lenkt mich ab und sorgt dafür, dass ich den Blick hebe. Im Türrahmen steht Noel. Mit wirrem Haar und noch verschlafenem Gesichtsausdruck, mit zerknittertem Shirt und verschränkten Armen lehnt er da und beobachtet mich stumm. Unsere Blicke begegnen sich und für einen kleinen Moment glaube ich, er wird mich fragen, was los war oder ob wieder alles okay ist. Aber er sagt nichts. Stattdessen plappere ich los.

»Wie lange stehst du schon da?«

Oh, warum kann ich denn nie die Klappe halten?

»Nicht lange.«

»Du musst dir nicht am Türrahmen gelehnt die Beine in den Bauch stehen, das ist dir klar, oder?«

Irgendetwas an Noel bringt mich ständig dazu, zum Angriff überzugehen, dabei will ich sonst eher einfach nur weglaufen und nicht angreifen. So was nennt man dann wohl gegen sich selbst rebellieren. Das kann ich gut.

Noel nickt steif, drückt sich ab und setzt sich mir gegenüber. Immer noch stumm. Warum ist er eigentlich noch hier? Punkt eins ist geschafft, er könnte längst auf dem Weg in seine Wohnung oder sonst wohin sein.

»Danke«, höre ich mich selbst sagen und bin darüber dezent schockiert.

Ich habe es gesagt und ich weiß auch, dass ich es so gemeint habe. Während sich das Blut bereits in meinen Wangen sammelt und meine Hände schwitzig werden, warte ich auf einen bescheuerten Kommentar von Noel. Ich muss unbedingt mit dieser Selbstrebellion aufhören, das bringt nur Schwierigkeiten. Natürlich wollte ich mich bei Noel bedanken, aber gleichzeitig auch nicht, denn das führt unweigerlich dazu, dass Fragen gestellt werden. Es ist richtig so. Aber nicht alles, was richtig ist, ist auch gut oder einfach.

Der Zeiger der Küchenuhr tickt unaufhörlich. Explosionsartig schlägt er von Sekunde zu Sekunde.

»Da gibt es nichts zu danken.«

Kein dummer Spruch. Nichts. Skeptisch mustere ich ihn, warte, ob noch etwas kommt.

»Ich mache mich jetzt besser fertig und gehe.« Er hebt seinen Mundwinkel zu einem schiefen Lächeln. »Wann werfen wir uns den Wölfen zum Fraß vor?«

Ich unterdrücke den Impuls, ihm zu erklären, dass Wölfe keine Bestien sind, die sich sofort auf uns stürzen werden.

»Wir fahren direkt Montagfrüh los. Sie meinten, dieses Wochenende würde es nicht mehr klappen. Das ist vielleicht gar nicht so schlecht, dann haben wir genug Zeit, den Rest zu planen. Ich muss da noch ein oder zwei Hotels buchen.«

»Alles klar. Wann soll ich Montag hier sein?«

»Um zehn Uhr müssen wir in Bremen im Wolfcenter sein. Da treffen wir uns dann mit dem Wolfspfleger.«

»Wir sollten eineinhalb Stunden für die Fahrt einrechnen. Ich bin dann kurz nach acht hier.«

»Meine Tante wird wohl mit dir einmal um den Block fahren, um zu sehen, ob du wie ein Irrer fährst, und um ihre Nerven zu beruhigen. Erst dann gibt sie uns das Auto.«

»Keine Panik, ich werde das schon schaffen.«

Kein Witz, kein Sarkasmus, keine Überheblichkeit. Kurz sehen wir uns verlegen an. Hoffentlich wird am Montag alles wieder entspannt. Hoffentlich ist Noel wieder gemein, vorlaut, nervtötend und sarkastisch. Denn dieser Noel macht mir Angst. Er geht mir unter die Haut.

16 Noel

DER MIT DEM WOLF TANZT, ODER: WIE ICH MIR BEINAHE IN DIE HOSEN MACHE

Tock, tock, tock. Ich sitze an der Wand lehnend auf meinem Bett und schmeiße einen Tennisball an die gegenüberliegende Seite. Tock, tock, tock.

Die Wohnung ist endlich mal sauber. Keine Ahnung, ob sie jemals so sauber war wie jetzt. Tock, tock, ach scheiße! Das Geräusch geht mir richtig auf die Nerven, aber ich weiß einfach nichts mit mir anzufangen. Vorhin wollte ich laufen gehen, aber aus irgendeinem Grund konnte ich mich dann doch nicht aufraffen. Dann hab ich stattdessen die Wohnung geputzt.

Ich pfeffere den bescheuerten Ball in die Ecke und stöhne kurz auf.

Wer hätte geahnt, dass alles so kommt? Ich mit Sicherheit nicht. Nie hätte ich gedacht, dass ich mal verstehen würde, was es bedeutet, wirklich allein zu sein.

Fluchend fummle ich mein Handy aus meiner Jeans und starre auf die Uhr. Unmöglich. Es sind erst zwanzig Minuten vergangen, seit ich zu Hause bin. Die Uhr ist kaputt. Es sind bestimmt schon zwanzig Stunden.

Unter Urlaub habe ich mir immer etwas anderes vorgestellt.

Jetzt läuft er keine drei Tage und ich drehe schon durch, weil ich mich langweile. *Nein, weil du dich nicht ablenken kannst*, flüstert eine garstige Stimme in mir drin. Ich widerspreche ihr nicht. Phil ist tot, die Arbeit ist drei Wochen kein Thema und unsere nächste Aufgabe beginnt erst in zwei Tagen. Genug Zeit also, um den Verstand zu verlieren. Probleme sind Rudeltiere, so viel ist sicher. Geht eines, kommen gleich zwei dazu, ist eines da, ist ein anderes nicht mehr weit.

Noch ein Blick auf das Handy. Zwei weitere Minuten sind vergangen – keine Nachricht, von niemandem. Kurz lache ich auf. Es gibt ja auch niemanden. Plötzlich taucht Yara vor meinem inneren Auge auf und ich schüttle kurz den Kopf. Yara ist in drei Wochen ebenso Geschichte wie unser Ausflug und Phils Liste. Dennoch frage ich mich, warum sie so oft bei Phil war, ob es wirklich nur um ihn ging oder auch um sie. Ich frage mich, ob sie gestern nur wegen Phil geweint hat.

Scheiße, ich frage mich zu viele Dinge, die mit dem Lesemädchen zu tun haben.

⋆

Endlich Montag. Endlich Montag bedeutet auch, wieder etwas zu tun und nicht nur wie bescheuert dazusitzen und zu versuchen, sich nicht zu viele Gedanken über zu viele Dinge zu machen. Oder ohne Ziel durch die Straßen zu rennen. Seit Phils Tod kommt mir das bescheuert vor. *Ich* komme mir bescheuert vor. Dabei ist Laufen vorher das Einzige gewesen, das mir einen Ausgleich brachte zu meinem verkorksten Leben.

Yaras Haus kommt in Sicht und ich umschließe Phils Brief in meiner vorderen Hosentasche fester, sodass das Papier zerknittert. Nur noch neun Punkte. Egal, was alles in meinem

Leben passiert ist, Phil war nicht schuld daran und ich habe nie den Mumm gehabt, ihm das zu sagen. Die Liste gibt mir die Chance, es wiedergutzumachen. Zumindest ein wenig. Und ich verrate keinem, dass ich mir insgeheim erhoffe, dass Phil das irgendwie weiß, dass er mich jetzt sieht und alles versteht. Dass er mir verzeiht.

Ich betätige die Klingel und höre sogleich Schritte hinter der Tür, die sich kurz darauf öffnet. Ich muss mich schwer beherrschen, um nicht loszulachen. Es gelingt mir nur mäßig.

»Ja, ja, ich weiß. Du kannst ruhig lachen. Auch wenn das was ganz Normales ist und jeder das schon mal hatte. Kurzum, es ist eigentlich nicht lustig.«

Yara rollt mit den Augen. Sie ist angezogen, sieht startklar aus und nicht die dicken Augenringe, die eindeutig zeigen, dass das nicht Yaras Uhrzeit ist, sind so unglaublich witzig, sondern eine fette, tiefe Falte auf ihrer linken Wange. Eine Schlaffalte. Sie ist gigantisch.

»Nein, das ist nicht normal. Wie kriegt man so was bitte hin?«

Ich pruste los, woraufhin sie mich einfach stehen lässt. Lachend folge ich ihr ins Haus, schließe die Tür hinter mir und gehe in Richtung Küche. Der Duft von frischem Kaffee und Aufbackbrötchen schlägt mir entgegen und lässt meinen Magen freudig knurren.

»Mal im Ernst, wie tief war die Falte nach dem Aufstehen?«

In der Küche angekommen, grinst mich Yara an, beinahe gewinnend. Dann sehe ich ihre Tante Emma im Bademantel vor mir. Sie hat eine Schlaffalte im Gesicht, wie Yara. Scheiße. Kann man so was erben?

»Äh, ich wollte nicht unhöflich sein, ich …«

Ich stottere. Wie ein Idiot.

»Keine Panik, Noel.« Emma winkt ab und nippt mit geschlossenen Augen an ihrer Kaffeetasse, die beinahe eine Kaffeeschüssel ist. »Mir ist klar, wie komisch wir aussehen.«

Yaras Grinsen versiegt, meines erwacht. Deshalb sieht sie mich nur mit zusammengekniffenen Augen an.

»Wollen wir los?«

Das würden lange eineinhalb Stunden werden. Yara hat ja wirklich prächtige Laune.

»Wartet. Wollt ihr nicht noch frühstücken?«

»Ich habe keinen Hunger, Tante Em. Danke.«

»Was ist mir dir, Noel?«

Emmas Augen sind noch immer geschlossen. Es ist anscheinend auch nicht ihr Lieblingsabschnitt des Tages.

»Nein, danke, ich …«

Ich werde durch den lauten, knurrenden Protest meines Magens verraten. Ein paar Bissen von einer BiFi kann man kaum als Frühstück bezeichnen.

»Die zehn Minuten Zeit habt ihr. Ich ziehe mir schnell etwas an und versuche, meine Augen zu öffnen, damit wir uns um das Auto kümmern können.« Emma verschwindet aus der Küche und mir fällt auf, wie komisch es ist, sie beim Vornamen zu nennen. Ich habe mir nicht mal ihren Nachnamen gemerkt und kenne sie überhaupt nicht.

»Setz dich doch«, reißt Yara mich aus meinen Gedanken. »Was möchtest du trinken und was möchtest du auf dein Brötchen?«

»Wasser wäre gut und ihr habt nicht zufällig Nutella?«

Ja, es ist ungesund, so früh am Morgen Schokolade in sich

reinzuschaufeln, aber mal ehrlich, in Nutella könnte ich baden, so lecker ist es.

Völlig unerwartet hellt sich Yaras Gesicht auf.

»Du kannst auch das Brötchen weglassen und ich gebe dir gleich einen Löffel.«

»Das ist ein Witz, oder?«

»Ich verstehe die Frage nicht. Wieso sollte ich über Nutella Witze machen?«

»Du löffelst das Zeug aus dem Glas?«

Ich liebe Nutella, wirklich, und ich weiß, ich habe gedacht, ich würde auch darin baden, weil es so genial schmeckt, aber sind wir doch mal ehrlich: pures Nutella mit dem Löffel … Igitt!

»Das ist widerlich!«

»Du bist widerlich.«

»Wow, so eine sachliche Argumentationsweise habe ich gar nicht von dir erwartet. Ich bin beeindruckt.«

Sie knallt mir die Brötchen und das Nutellaglas auf den Tisch und stellt das Wasser daneben, bevor sie mich gekonnt ignoriert.

Das Brötchen schmeckt lecker und erst jetzt merke ich, wie groß mein Hunger tatsächlich ist. Yaras Schlaffalte verblasst langsam, aber ihr Auge zuckt wieder so komisch. Dabei gibt es gar keinen Grund dafür. Wegen Nutella werden keine Kriege geführt. Genüsslich schiebe ich mir das letzte Stück in den Mund und spüle mit Wasser nach.

Emma kommt gerade aus dem Flur und stellt sich beinahe munter vor uns.

»Wollen wir?«

Yara nickt ihr zu und geht bereits raus.

Nichts hätte mich auf das vorbereiten können, was uns draußen erwartet.

»Was zur … Ich meine, was ist das?«

Ich starre das dunkelrote Klappergestell an, das Yara Auto genannt hat, und drohe einen Kieferkrampf zu bekommen.

»Das ist Tante Ems kleines Auto. Oder ist das dem Herrn nicht edel genug?«

Yaras Tonfall ist eine Mischung aus Belustigung, Sarkasmus und Abfälligkeit.

»Fährt das Ding noch?«

»Das ist ein Oldtimer und kein Schrottauto!«

Yara sieht mich empört an und als Emma schlichtend eingreifen will, wird sie direkt unterbrochen.

»Wenn du keine Lust auf das Auto hast, dann geh doch zu Fuß!«

»Entschuldige bitte, ich will einfach nur gerne in einem Stück dort ankommen. Die Wölfe wären bestimmt sehr enttäuscht, wenn sie nicht als Erste an uns knabbern dürften.«

»Bitte beruhigt euch. Es fährt, es wird reichen.« Dann sieht Emma mich an. »Bitte sei vorsichtig und rase nicht.«

Ich soll nicht rasen? Vor mir steht ein alter VW Käfer. Das Ding hat wahrscheinlich noch nicht mal eine Servolenkung. Ich bin froh, wenn es überhaupt von der Stelle kommt.

»Er hat immerhin fünfzig PS und vier Gänge«, erzählt Yaras Tante weiter und ich weiß nicht, ob ich lachen oder weinen soll.

Immer noch unter Schock steige ich also in das *Auto* ein, das anscheinend den Namen Fritz hat. Kein Airbag. Keine Servolenkung. Fünfzig PS, hallt es in meinem Kopf nach. Der Motor knattert und das ganze Auto bebt und wackelt, als es losgeht. Wenigstens funktioniert die Bremse und von null auf hundert sind wir bestimmt, bis wir in Bremen ankommen.

Nachdem Emma mein Fahrkönnen abgesegnet hat und wir uns verabschiedet haben, starten wir.

Und jetzt, da wir endlich auf der Autobahn sind, kann ich aufatmen. Yara ist als Navigator mit Handy eine Niete. Aber ich sage nichts; wenn ihr Augenlid wieder anfängt zu zucken, habe ich verloren.

Das Auto ist laut, langsam, und trotzdem irgendwie bequem. Ich habe es inzwischen auf stolze neunzig km/h geschafft. Gerade hat uns ein Lkw überholt. Yara meint zwar, Fritz würde auch locker die hundert schaffen, aber sicher ist sicher. Da nehme ich lieber die fluchenden Lkw-Fahrer in Kauf.

Keiner von uns spricht. Yara redet nur mit mir, wenn sie mir sagt, wann wir abbiegen oder abfahren müssen. Es fühlt sich komisch an. Wie an dem Tag, als ich sie am Grab von Phil stehen sah. Es ist, als wären die letzten Tage nicht gewesen. Sie sieht schweigend aus dem Fenster, mehr nicht. Zu ihren Füßen liegt ein schwarzer Rucksack, passend zu ihren schwarzen Vans, der dunklen Jeans und dem schwarzen Top.

★

»Jetzt komm, er wird dich schon nicht beißen.«

»Das kannst du nicht wissen. Sieh ihn dir an, er ist riesig!«

Yara wird gleich die Geduld verlieren. Herr Peter, den jeder nur Pete nennt, steht währenddessen ruhig neben ihr und wartet, bis wir fertig sind. Durch den Zaun beobachten mich die zwei Wölfe und überlegten sich wahrscheinlich gerade, welcher Teil von mir am besten schmeckt.

»Es reicht bestimmt, wenn du reingehst. Wirklich. Phil war nie kleinlich.«

»Noel!«

Sie funkelt mich böse an und ich könnte schwören, dass sie mir gerade telepathisch verspricht, mich anstelle des Wolfes zu zerfetzen, wenn ich unseren Plan nicht durchziehe. Verdammter Mist! Ich fahre mir durch die Haare, hin und her, und wäge ab, was schlimmer ist – die Wölfe oder Yara.

Definitiv Yara.

»Okay, okay. Aber du bist schuld, wenn was schiefgeht.«

Sie ignoriert mich.

»Pete, wir sind so weit.«

»Alles klar, ihr zwei. Den Papierkram und das andere Zeug haben wir erledigt, jetzt kommen wir zu dem Teil, der Spaß macht.«

Gott, der Kerl hat echt Humor.

»Bleibt nah bei mir. Geht langsam, macht keine hektischen Bewegungen und lasst Tala und Kiro auf euch zukommen. Ihr dringt immerhin in ihr Revier ein.«

Er lacht schallend und klopft mir auf die Schulter, bevor er mich in das Wolfsgehege schiebt. Unwillkürlich muss ich an Kevin Kostner denken, der ohne Probleme mit einem Wolf tanzen kann, während ich mich gerade selbst verfluche, weil ich keine Hose zum Wechseln dabeihabe.

17 Yara

Was man verliert, kann man wiederfinden

Adrenalin rauscht durch meine Adern, mein Herz klopft wie wild. Kein Schmuck, keine sichtbaren Schnürsenkelenden, kein Haargummi. Die kratzfeste Jacke, die wir vorher von Pete bekommen haben, sitzt einigermaßen passend, aber mir wird bereits leicht warm darunter.

Noel trägt anscheinend immer noch den Kampf zwischen *Angst* und *Ego* aus, was mich ziemlich amüsiert. Der überhebliche Noel erzittert vor ein paar flauschigen Wölfen. Natürlich sind sie keine zahmen Tiere und man sollte Respekt vor ihnen haben, aber Wölfe sind auch keine Monster.

»Ah, sie kommen näher. Denkt an das, was ich euch gesagt habe. Lasst sie zu euch kommen, zeigt keine Angst, bewegt euch nicht hektisch.«

»Wieso sollten die sich überhaupt von uns streicheln lassen?«

»Die zwei wurden von uns mit der Flasche aufgezogen.«

Pete geht einen Schritt auf die Wölfe zu, während ich Noel mit Blicken zu erdolchen versuche.

Pete hat uns alles ganz genau erklärt, aber irgendwie wundert es mich nicht, dass Noel nicht zugehört hat.

Er wirft mir einen finsteren Blick zu. »Wieso bist du überhaupt so scharf darauf, Raubtiere zu tätscheln?«

Es ist eine einfache Frage, aber die Antwort ist es nicht. Kurz überlege ich, ob ich ablenken und nichts sagen soll. Aber dann verlassen die Worte beinahe von selbst meinen Mund.

»Ich mag Wölfe einfach. Sie sind wild, geheimnisvoll, wunderschön. Sie leben in Familienbanden und …«

Ich schlucke schwer, sage nicht, was mich noch mit ihnen verbindet, und versuche mich auf die Wölfe vor mir zu konzentrieren, die auf Pete zugehen. Zum Glück scheint Noel das auch aufzufallen, denn er versteift sich wieder neben mir und konzentriert sich nicht mehr auf mich.

»Der ganz weiße Wolf heißt Tala, sie ist das Weibchen, der graue hört auf den Namen Kiro«, erklärt uns Pete.

Die beiden kommen immer näher, sie gehen langsam, aber zielstrebig auf uns zu. Sie sind neugierig und doch auf der Hut, denn sie lassen uns keinen Moment aus den Augen und halten den Kopf gesenkt. Die Ohren stehen aufrecht, ihre Haltung zeigt, dass sie uns gegenüber noch skeptisch sind.

Langsam folge ich Pete und bleibe dann mit ihm stehen. Mein Herz rast, als Tala bei mir ankommt. Sie schnüffelt an meiner Hose, meinen Schuhen und schließlich berührt ihre feuchte Nase meine herabhängende Hand. Mein Puls rennt gerade mit meiner Atmung um die Wette, aber es fühlt sich großartig an. Aufregend. Meine Finger zittern, ich habe ein Grinsen im Gesicht und als Tala es zulässt, dass meine Finger durch ihr weißes, weiches Fell streichen, kann ich nur mit Mühe einen Freudenschrei unterdrücken. Während Pete Kiro begrüßt, stupst Tala mich an und lehnt sich an mein Bein. Nie, nie werde ich diesen Moment vergessen!

Vollkommen begeistert sehe ich mich nach Noel um, der nur wenige Schritte von uns entfernt steht, mit vor der Brust verschränkten Armen und skeptischem Blick auf die Wölfe. Wie kann er sich das entgehen lassen?

Noch während ich mir diese Frage stelle, sehe ich Kiro auf Noel zugehen, der sich prompt weiter versteift und ganz blass im Gesicht wird. Er weicht sogar einen Schritt zurück. *Tu das nicht*, denke ich und im gleichen Moment sagt ihm auch Pete, dass er stehen bleiben soll. Er darf nicht zurückweichen. Keine Flucht.

Ich schlucke schwer und spüre, wie Tala mich erneut anstupst, weil ich vergessen habe, sie weiterzustreicheln. Dann kommt Kiro bei Noel an. Er beschnüffelt ihn ziemlich stark und bleibt mit seiner Schnauze plötzlich an Noels rechter Hosentasche. Der Wolf rückt ihm richtig auf die Pelle, schnüffelt immer stärker und Noel steht einfach da, starrt ihn an und hält hilflos die Hände in die Luft.

»Scheiße, Pete, was macht er da?«

Noel sieht ihn fragend an.

»Er riecht was.«

Kiro stößt ein lautes Knurren aus und wirft Noel so plötzlich um, dass keiner von uns schnell genug reagieren kann. Noel liegt mit dem Rücken auf dem Boden, Kiro halb auf ihm und versucht, irgendwie an seine Hosentasche zu gelangen. Ich ahne Böses. Wenn Noel wirklich nicht zugehört hat bei der Einweisung …

Pete ist schon auf dem Weg zu den beiden. Tala scheint das Ganze nur wenig zu kümmern, sie schaut nur kurz hinüber und lehnt sich dann wieder an mein Bein. Mittlerweile sitzt sie auf meinem Fuß, der beginnt, taub zu werden.

Ich halte den Atem an, als Pete versucht, Kiro von Noel zu schieben, um an die Tasche heranzukommen. Der Wolf hält dagegen, knurrt noch einmal kurz und wenn Noel nicht schon am Boden läge, bin ich mir sicher, spätestens jetzt wäre er aus den Latschen gekippt.

»Mach schon Platz, du Dickkopf!«

Pete schafft es. Oh mein Gott, Noel, du bist so ein Idiot. Ich stöhne auf und kann es einfach nicht fassen. Noel hat eine BiFi in seiner Tasche.

Pete steht samt besagter BiFi in der Hand auf und sofort verliert der Wolf sein Interesse an Noel, der anscheinend noch gar nicht richtig realisiert, was hier gerade los ist.

»Junge, ich hab euch doch gesagt, dass so was nicht geht!« Er wedelt mit der BiFi in der Hand in der Luft herum und seine Stimme klingt ziemlich vorwurfsvoll. »Du kannst froh sein, dass er dir nicht die Hosen zerfetzt hat, um da ranzukommen. Du hast wirklich keine Minute zugehört vorhin, oder?«

Pete schüttelt den Kopf und kommt zu mir zurück, dicht gefolgt von Kiro. Letztendlich war es mehr Papier als Wurst, Noel hat schon ein Fünftel davon verputzt. Pete steckt das Papier ein und teilt den Rest zwischen Kiro und Tala auf. Kiro würde sowieso keine Ruhe geben, bevor er hat, was er will. Pete schimpft vor sich hin, dann sagt er uns, es wäre besser, wenn wir gleich wieder gehen.

Noel bleibt auf dem Boden sitzen, ich glaube, er schmollt. Vorsichtig ziehe ich meinen Fuß unter Talas schwerem Körper heraus. Anschließend nehme ich all meinen Mut zusammen und gehe vor ihr auf die Knie, sodass ich mit ihr auf Augenhöhe bin. Talas braune Augen sind wunderschön, ihnen wohnt ein eigener Zauber inne. Wachsam und neugierig sieht sie mich an. Unsere Nasenspitzen berühren sich fast, während meine Hände ihren Körper hinab durch das Fell gleiten. Es ist beängstigend und beruhigend zugleich – es berührt etwas tief in mir drin.

Ich dachte, ich hätte sie verloren. Die Fähigkeit, etwas ruhen zu lassen, zu vergessen. Dieses Gefühl, das dafür sorgt, dass nur dieser Moment zählt und alle Zweifel, Ängste und Probleme für wenige Sekunden verblassen.

Ich glaube, ich habe es wiedergefunden.

★

Dieses Mal ist es ein blauer Buntstift. Der Käfer ruckelt über die Autobahn, zusammen mit mir und einem ziemlich griesgrämigen Fahrer. Noels Stirnfalte ist unbeschreiblich tief, seine Hände umfassen beinahe krampfhaft das Lenkrad und seine Lippen sind zusammengepresst. Er ist wütend. Ich habe nur noch nicht herausgefunden, ob auf Pete, den Wolf, die BiFi, mich oder ausnahmsweise sogar auf sich selbst.

Gerade sieht anders aus, aber das hier wird bunt, dann kann es auch individuell werden. Ein krakeliger Strich ziert nun Nummer vier der Liste.

~~*4) Einen Wolf streicheln*~~

Mit meinen Fingern fahre ich über das mittlerweile stark zerknitterte Papier. Wie oft ich diesen Brief gelesen habe, kann ich nicht mehr zählen. Jedes Wort ist in meinem Gedächtnis fest verankert, ich kann den Brief auswendig.

Die Leichtigkeit ist verflogen, seit Noel und ich uns wieder auf dem Weg nach Hause befinden. Die Schwere, die vielen Gedanken kommen zurück und ich überlege die ganze Zeit, wie es wäre, wenn Phil noch lebte. Dann würde ich immer noch jeden Tag zu ihm fahren, ihm etwas vorlesen. Dann hätte ich das heute nicht erlebt. Ich schüttle den Kopf und schiele zu Noel. Seine Gesichtszüge haben sich etwas entspannt, aber seine Hände und seine Armmuskeln wirken ziemlich verkrampft. Aus irgendeinem bescheuerten Grund will ich, dass ihm das hier genauso gefällt wie mir. Dass er mir sagt, dass er die Wölfe auch klasse fand. Aber das wird nicht passieren. Der Idiot hat sich beinahe mit seiner BiFi in die ewigen Jagdgründe befördert und dafür gesorgt, dass wir nicht so lange bleiben konnten, wie ich es mir gewünscht habe.

»Wie lange willst du mich noch anstarren?«

Bei Noels plötzlichen Worten zucke ich zusammen.

»Komisch, ich wollte dich gerade fragen, wie lange *du* noch schmollen willst.«

Das mit dem *zuerst denken, dann reden* übe ich noch.

»Wie bitte? Ich schmolle nicht.«

Er verzieht das Gesicht zu einer Grimasse. Bei genauerem Hinsehen könnte es auch ein Lächeln sein.

»Klar, und du hattest auch keine Wurst in deiner Hose.«

Wie gesagt, das mit dem *zuerst denken, dann reden* übe ich noch.

»Was du nicht sagst!«

Dieses Mal ist es unverkennbar ein Grinsen, ein ziemlich freches noch dazu.

»Ich meinte nicht … ich meine …« Das mit dem Stottern muss aufhören, mir ist schon ganz warm. »Du weißt, dass ich von der BiFi geredet habe, Noel!«

Am liebsten würde ich wütend mit dem Fuß aufstampfen, was aber in einem Auto nicht besonders gut funktioniert.

»Die BiFi war lecker, ich kann es dem Wolf nicht verübeln, dass er sie haben wollte.«

»Sein Name ist Kiro.«

»Monsterwolf trifft es eher.«

»Er kann ja wohl nichts dafür, dass du so ein Idiot bist.«

»Lieber ein Idiot als ein Klugscheißer!«

Daraufhin weiß keiner von uns beiden etwas zu sagen, wir starren einfach nur die Windschutzscheibe nieder und beobachten, wie der fünfte Lkw uns überholt. Das Hochgefühl ist verflogen, Noel ist geblieben. Keine Ahnung, ob das ein guter Tausch ist.

Die Stille hält sich die ganze restliche Stunde bis zu mir nach Hause und bringt mich beinahe um. Als Noel Fritz endlich wieder in unserer Straße parkt, reiße ich die Tür auf und ziehe die frische Luft ein, die sofort den Knoten in meinem Magen löst. Der hat sich da drin stetig vergrößert, weil die Luft im Auto einfach unerträglich war – und damit meine ich nicht den Sauerstoffgehalt.

»Wann müssen wir das nächste Mal los?«

Beinahe emotionslos. Sowohl Noels Stimme als auch sein Gesicht.

»Solltest du das nicht wissen? Als Nächstes ist doch das Fallschirmspringen geplant, bevor wir das Land verlassen.«

»Stimmt. Ich schreibe dir nachher, wann und wo.«

»Du hast dich nicht drum gekümmert oder?«

Noel würdigt mich keiner Antwort, er wechselt lieber das Thema.

»Wann geht der erste geplante Flug?«

»Freitagfrüh, elf Uhr. Hoffen wir also, dass noch ein Termin in den nächsten drei Tagen frei ist.«

»Bis dann.«

Mehr sagt Noel nicht. Er hebt kurz die Hand, als er sich umdreht und geht. Noel ist und bleibt mir fremd, das wird mir in diesem Moment wieder klar. Das, und die Tatsache, dass ich mit ihm jeden Tag der nächsten zwei Wochen verbringen muss.

18 Noel

DER ANFANG VOM ENDE

Der Wolf hat mich voll aus der Bahn geworfen, er war größer als gedacht und nein, ich habe bei der dämlichen Vorbesprechung nicht zugehört, denn ich war zu beschäftigt damit, mir nicht in die Hosen zu machen, verdammt! Die dämliche BiFi habe ich vergessen. Ich kann es nicht glauben. Zweimal habe ich heute Morgen in das Scheißding reingebissen, bevor ich losmusste. Als ich die Schuhe binden wollte, war sie im Weg, und anstatt sie aufs Bett zu legen, habe ich sie halt in die Hosentasche gepackt, bevor ich mich gesetzt habe.

Der Gedanke an den Wolf – ich schüttle mich. Von wegen keine Monster. Er wollte mir an die Wäsche. Mir ist schleierhaft, wie jemand gelassen bleiben kann, wenn so ein Tier leise und geduckt auf einen zukommt, einen aus gelben Augen fixiert. Und weil ich es verbockt habe, ist Yara jetzt wütend. Das Schlimmste daran ist, ich kann mich da nicht rausreden. Ich bin selbst wütend auf mich. Aber bevor ich das vor ihr zugebe, reiße ich mir die Zunge raus. Dabei hat mich der Anblick von Yara mit dem weißen Wolf wirklich fasziniert. Wie kann es sein, dass Yara und der Wolf sofort Freunde waren und mir beinahe in den Hintern gebissen wurde?

Seit Stunden rede ich mir den Mund fusselig, habe alle in Hamburg und Umgebung angerufen, bei denen Yara und ich Punkt sechs erledigen könnten. Betteln war noch nie mein Ding, aber dieses Mal hatte ich keine Wahl. Denn Yara hat recht gehabt, ich hab mich einfach nicht drum gekümmert. Mit den Nerven schon völlig am Ende, erreiche ich schließlich jemanden, der das Ding *mit uns durchzieht*, wie Tom, der Besitzer des Flugplatzes, es nennt. Mittwoch geht es los. Tom war ganz aufgeregt, endlich mal wieder mit dem Fallschirm zu springen.

»Mittwochabend, 20 Uhr, Sprungplatz Itzehoe. Wir brauchen das Auto, ich bin also gegen 18 Uhr da. Fahrtzeit eine Stunde, mit Fritz wahrscheinlich sehr viel mehr. Kosten pro Sprung 179 €. Den Himmel berühren können wir Mittwoch von der Liste streichen.«

Senden.

Wie ein Gestörter tigere ich im Zimmer auf und ab, fluche alle zwei Minuten und zerstöre immer wieder meine nicht vorhandene Frisur. Dann starre ich auf mein Handy. Keine neuen Nachrichten.

Nur während des Duschens und des Essens meiner Pizza höre ich auf, durch die Wohnung zu laufen, hin und her, oder wie ein Irrer alle zwei Minuten auf mein Handy zu glotzen. Jetzt ist es bereits neun Uhr abends und Yara hat noch immer nichts geschrieben. Viel beschissener ist, dass ich gar nicht weiß, wohin wir am Freitag fliegen. Irland? Schweden? Mir ist klar, dass Yara denkt, ich wäre ein Idiot oder ich würde das Ganze hier nicht ernst nehmen. Aber genau das ist es ja, ich nehme das hier viel zu ernst und mache mir nur Gedanken darüber – und über Phil. Deshalb bekomme ich manches einfach nicht mit. Ich mache das bestimmt nicht mit Absicht. Wer ist denn schon gerne mit Absicht ein Depp?

Keine neuen Nachrichten … Bevor ich das Handy in die Ecke pfeffere, schreibe ich lieber noch mal.

»Okay?«

Gesendet.

Auf eine Frage muss sie antworten. Yara ist viel zu höflich, um das zu ignorieren. Es dauert nur wenige Minuten, bis das von mir heißersehnte Icon auftaucht und mir eine Nachricht ankündigt.

»Ja.«

Das ist verdammt deprimierend. Stöhnend schmeiße ich das Handy aufs Bett und mich irgendwie hinterher. Alles wird in einer Katastrophe enden. Das ist der Anfang vom Ende. Ich fühle es.

*

Den Tag überstehen, schlafen, den Tag überstehen, schlafen, den Tag überstehen – zu Yara fahren. Irgendwie wird da ein Muster erkennbar. So geht das schon, seit wir Phils Liste haben.

Yara, das Lesemädchen. Es irritiert mich, dass ich meine Pläne mit ihr abstimmen muss. Rücksicht nehmen, für jemanden mitdenken, das ist nicht mein Ding. Es fühlt sich grauenhaft an. Wenn Yara in der Nähe ist, versuche ich, nicht zu genau darüber nachzudenken, warum das so ist. Nicht über sie, nicht über meine Mutter, meinen Scheißjob, diese beknackte Wohnung, mein zielloses Leben. Über das Alleinsein.

Am meisten geht mir gegen den Strich, dass ich mich dabei ertappe, das, was Yara denkt, irgendwie wichtig zu nehmen. Es sollte mir egal sein, dass sie, seit wir aus Hamburg losgefahren sind, nichts weiter als Hallo zu mir gesagt hat. Einmal hat sie genickt und ich glaube, einmal hat sie so etwas wie gegrunzt. Was auch immer es war, es klang nicht nett.

Diese Stille und das Wissen, dass ich der Grund dafür bin, sind nicht gerade förderlich für meine Laune. Hier drin ist es arschheiß. Fritz hat natürlich keine Klimaanlage und die winzige Lüftung verdient diesen Namen nicht. Das kleine Scheißhaus hat sich über den Tag kräftig aufgeheizt, mein Shirt klebt an meinem Rücken und auch das offene Fenster bringt nur wenig. Es ist schwül, still, nervig. Gott, ich kann nicht glauben, dass ich ein schlechtes Gewissen habe, weil ich Yara das mit den Wölfen versaut habe – und damit irgendwie auch Phil.

Auf dem alten Flugplatz stehen ein kleines Flugzeug und davor vier Männer, die sich unterhalten. Ansonsten ist nichts los. Ich parke Fritz vor dem Gebäude und gehe mit Schweige-Yara Richtung der Männer.

»Hey, seid ihr die zwei, die es nicht abwarten konnten?«

Der kleinste der vier, in einfachen Jeans und blauem Hemd, spricht uns an.

»Ja, genau. Das ist Yara, ich bin Noel.«

Wir geben uns die Hand.

»Ich bin Tom, mir gehört der Laden. Die zwei da drüben sind Nick und Joey, sie werden noch mit euch kuscheln, sie sind eure Sprungpartner.«

Während Nick und Joey nicht über den flachen Witz lachen können, amüsiert sich Tom umso mehr.

»Der hier neben mir ist Micha, euer Pilot. Normalerweise haben wir mittwochs früher Schluss, aber wir wollten uns das nicht entgehen lassen. Die Sache mit der Liste fanden wir klasse.«

Tom meint es ernst und sein Blick sieht mir verdächtig nach Mitleid aus. Yara kann ihn plötzlich nicht mehr ansehen und scheint einen festgetretenen Kaugummi auf dem Boden gerade richtig interessant zu finden.

»Danke, Tom. Also, was müssen wir wissen?«

Tom nickt uns zu und lächelt voller Vorfreude.

»Alles klar, legen wir los.«

Es gibt eine zwanzigminütige Einweisung. Tom setzt uns davon in Kenntnis, wann hier was wie gewartet wird, wie die Sicherheitsstandards aussehen. Nick und Joey sagen uns, wie der Sprung ablaufen wird, wie die Fallschirme funktionieren und die Landung verläuft. Noch hat Yara sich äußerlich gut im Griff. Zumindest bis uns der Pilot erklärt, dass wir in circa viertausend Metern Höhe abspringen werden. Yaras Augen drohen rauszufallen, ihr Lid zuckt, ihre Hände sind zu Fäusten geballt und sie starrt alle einfach nur an.

»Yara? Alles okay?«

Natürlich ist es das nicht. Den Impuls unterdrückend, sie an der Schulter zu berühren, sehe ich sie einfach nur fragend an. Keine Reaktion. Erst bei Toms Frage, ob sie das alles überhaupt schafft, kriegt sie ein Nicken zustande.

Overall, Lederkappe, Sprungbrille werden uns in die Hand gedrückt. Den Overall ziehen wir über, dann geht es zum Flugzeug.

»Das ist eine Cessna Caravan 675. Ein tolles Maschinchen. Ihr werdet sie lieben.«

Der Pilot grinst und scheint es vollkommen ernst zu meinen. Das wird auch Yara plötzlich klar, die ein kleines hysterisches Kichern herausbringt.

»Einsteigen, Leute!«

Tom verabschiedet sich, der Pilot geht zum Cockpit, wir betreten mit Nick und Joey das Flugzeug. An der Seite befinden sich wenige Sitze, ich geselle mich neben Yara, die man mittlerweile mit einem Stück Kreide verwechseln könnte.

»Es wird alles gut werden.«

Sie antwortet nicht. Aber völlig unerwartet spüre ich ihre Hand über meiner. Sie bricht mir beinahe alle Knochen, während sie nach draußen sieht.

»Wir haben unsere Flughöhe gleich erreicht«, teilt uns Micha mit und auf einmal wird mir auch ganz mulmig.

Ich gestehe, die Idee mit dem Sprung aus viertausend Metern Höhe mit einer Fallgeschwindigkeit von ungefähr zweihundert Kilometern pro Stunde war nicht meine beste.

Ich stehe auf, ziehe Yara hinter mir her. Ihre Hand ist schweißnass.

»Hast du Höhenangst?«

»Nein«, flüstert sie.

»Was ist dann los?«

»Ist das dein Ernst? Mich will gleich jemand aus diesem Flugzeug schmeißen, ich werde auf die Erde zurasen, ich …«

Ja, ich weiß, was sie meint. Als ich ihre Hand loslassen will, spüre ich einen stärkeren Druck, der aber sofort wieder nachlässt. Yara atmet tief ein.

Joey schnallt mich vor sich, verbindet uns, schließt die Gurte, überprüft alles noch mal. Das Gleiche macht Nick mit Yara, die aussieht, als müsse sie sich jeden Moment übergeben. Wir setzen die Kappen und Brillen auf.

»Flughöhe ist erreicht«, dröhnt es aus dem Cockpit.

Nick geht mit der angeschnallten Yara zwei Schritte vor, die Tür wird geöffnet, der Wind peitscht und pfeift uns um die Ohren. Verfluchter Mist, ist das hoch.

»Bitte, bitte, nicht.« Yara drückt sich gegen Nick und schüttelt panisch den Kopf. »Ich kann das nicht. Ich weiß nicht, ob ich das kann, ich meine, ich …«

Sie beginnt zu stottern, bringt keinen vernünftigen Satz zustande und als Nick ihre Oberarme umfasst und schreit, dass alles gut geht und sie ihm vertrauen soll, würde ich ihm am liebsten eine runterhauen, Yara abschnallen und sie in den Arm nehmen. Sie sieht mich noch einmal an, dann stürzen die zwei in die Tiefe und wir hinterher.

Atmen, atmen, atmen – nicht nur ein, auch aus wäre definitiv mal gut.

Und dann setzt der Kick ein.

»Wohooo«, schreie ich, weil ich es nicht zurückhalten kann.

Es ist ein unbeschreiblich geiles Gefühl zu fallen, zu fliegen, frei zu sein. Ich breite die Arme aus, ich sehe nach unten und dann hoch in den Himmel. Beinahe sieht es aus, als könne ich ihn tatsächlich berühren. Laut lachend strecke ich die Arme und in Gedanken grüße ich Phil. Irgendwie ist er hier bei mir und ich höre seine Stimme in meinem Kopf.

Unter mir öffnet sich Yaras Fallschirm und ich bin froh, dass alles gut geht. Kurz darauf entfaltet sich auch unserer und ein Ruck fährt durch uns, als wir dadurch abgebremst werden. Bis wir unten ankommen, kann ich die Ruhe und die Aussicht noch genießen. Der Tag neigt sich dem Ende entgegen und ich kann nicht beschreiben, wie unfassbar toll das aussieht. Die letzten Sonnenstrahlen tauchen die Landschaft unter uns in ein Meer aus Farben, die grünen Baumkronen leuchten plötzlich gelb, der Himmel färbt sich in den verschiedensten Rottönen. Alles wirkt so klein, so weit weg. So unendlich weit weg.

Dann kommt der Boden immer näher. Die einzelnen Äste

der Bäume, die Fläche der Landebahn, einzelne Wege, alles wird größer, klarer, schärfer.

»Zieh deine Beine an!«, ruft Joey.

Er landet für mich mit und ich setze die Füße erst auf den Boden, als er sicher steht. Der Fallschirm kommt hinter uns zum Erliegen. Nick befreit Yara bereits aus den Gurten und Riemen. Das Grinsen auf meinem Gesicht fühlt sich an, als würde es einmal um meinen Kopf laufen, was anatomisch vollkommen unmöglich ist, aber scheiße, genau so fühlt es sich an. Das Adrenalin rauscht noch durch mich hindurch, mein Herz klopft wie wild und ich bin das erste Mal seit langer Zeit einfach glücklich. Auch wenn es nur kurz sein wird, ich will es genießen.

Mein Blick gleitet zu Yara, aber sie steht mit dem Rücken zu mir. Als Nick endlich die Gurte gelöst hat, ihr die Kappe und die Brille runtergenommen hat, renne ich zu ihr. Unsere Tandempartner sammeln bereits die Schirme ein. Yara bewegt sich nicht. Aus einem Impuls heraus drehe ich sie und nehme sie schwungvoll in den Arm, drücke sie an mich, während ich lache und viel zu schnell atme. Zuerst rührt sie sich nicht. Dann merke ich, was hier los ist, und will sie sofort loslassen, aber ihre Arme hindern mich daran. Sie umarmt mich, sie hält sich an mir fest. Ihre Hände krallen sich am Rücken in meinen Overall und ich spüre, wie ihr Körper zittert. Scheiße, sie hat solche Angst gehabt und ich hab es genossen. Ganz sanft drücke ich sie von mir und hebe ihr Kinn an. Ihre Wangen sind knallrot, ihre Haut blass, ihre Sommersprossen leuchten förmlich darauf. Die Augen sind leicht rot und ihre Wimperntusche verschmiert. Sie weint. Immer noch.

Scheiße, scheiße, scheiße.

Ich führe sie zu der Wiese neben dem Rollfeld und setze

mich mit ihr ins Gras. Der Blick zum Horizont ist frei, die Sonne geht gerade unter und taucht die Welt in ein wunderschönes Rot, ein freundliches Orange und Gelb.

Mein Arm liegt noch um Yaras Schultern.

»Du denkst bestimmt, dass ich einen Knall habe.«

Ihr Flüstern hätte ich beinahe überhört.

»Wieso sollte ich? Weil du Angst hattest, aus einem Flugzeug zu springen?«

»Nein. Ich weiß es nicht.«

Sie presst ihre Lippen zusammen und ich versuche herauszufinden, was sie mir eigentlich sagen will.

»Ich hatte Angst, ja, aber nicht vor dem Springen oder dem Fliegen. Ich hatte auch nicht vor dem Fallen Angst. Ich hatte Angst vor dem Aufprall. Das klingt wirklich bescheuert.«

Sie schüttelt den Kopf, dann hebt sie ihn und sieht sich den Sonnenuntergang an.

»Aber als ich dann in der Luft war, da fühlte ich mich so frei, so anders. Mir fielen Phils Worte ein. Ein paar Tage … ein paar Tage vor seinem Tod, da hat er mir gesagt, dass heute ein ganz besonderer Tag werden würde. Er hat gesagt, dass wir etwas Tolles zusammen machen. Bestimmt hat er sich etwas anderes darunter vorgestellt.«

Sie schnieft kurz, aber sie lächelt. Sie sieht mir direkt in die Augen.

»Er hat sein Wort gehalten. Heute war Phil bei mir, da oben. Und es war ganz besonders.«

Yaras Augen wirken so klar, so traurig und ernst zugleich.

»Heute ist mein Geburtstag.«

19 Yara

Manchmal sehen wir klarer,
wenn wir unsere Augen schließen

Noel sieht mich an, als wäre ich eine Außerirdische. Eigentlich hatte ich nicht vor, meinen Geburtstag zu erwähnen. Heute ist ein ganz normaler Tag, wie jeder andere – und es ist der erste ohne meine Eltern. Irgendetwas an Noel bringt mich immer wieder dazu zu reden, obwohl ich das gar nicht will. Als ich an den Sprung dachte, an dieses Gefühl, da ging es nicht anders. Es ist rausgerutscht und weil Noel mich gerade so komisch ansieht, bereue ich es.

Ein paar Mal öffnet und schließt sich Noels Mund, während er verwirrt mein Gesicht betrachtet. Ich wische mir verlegen die letzten Tränen und die Rückstände meines Mascaras aus dem Gesicht.

»Herzlichen Glückwunsch, Yara.«

Seine Stimme klingt warm und rau, sein schiefes Lächeln wirkt ein wenig verrutscht und ich sehe, wie er schwer schluckt. Wir sitzen nebeneinander und schauen uns an, so lange, bis es mir zu viel wird, bis ich die Augen schließe und mir versuche zu sagen, dass alles gut ist oder dass es das schon irgendwann wieder sein wird. Doch selbst mit geschlossenen Augen sehe ich Noel vor mir. Mir kommen wieder die Tränen und ich verfluche mich selbst dafür, denn ich weiß nicht, warum. Eine einzelne Träne schafft es meine Wange hinunter. Ruckartig öffne ich die Augen, als ich etwas Warmes auf meiner Haut spüre.

Noel wischt sie mir weg, streicht mir über die Wange und blickt mich einfach nur an. Mein Atem beschleunigt sich und ich glaube ihn das erste Mal wirklich richtig zu sehen, als Noel, nicht als den Idioten.

»Yara, ich …«

»Hey, ihr zwei, wir wollen los. Bringt den Overall rüber und dann machen wir noch die Kasse fertig.«

Wir zucken beide zusammen, als Tom Noel unterbricht und uns vom Rollfeld zuwinkt. Noel zieht seine Hand fort, als hätte er sich die Finger verbrannt, und hält den Blick gesenkt. Räuspernd erhebt er sich. Ich tue es ihm gleich und streife meinen Overall ab.

»Gib ihn mir, ich bringe ihn weg und regle das mit Tom. Du kannst schon zu Fritz gehen.«

Er drückt mir die Autoschlüssel in die Hand und wendet sich ab. Seufzend beobachte ich, wie die letzten Strahlen am Horizont verschwinden, wie der Tag der Nacht weicht. Der freie Fall ist vorbei, eben kam der Aufprall.

Mit angezogenen Beinen warte ich in Fritz auf Noel. Er steigt ein, ohne etwas zu sagen, er schnallt sich an, er startet den Wagen. Ich starre ihn an und warte. Worauf, weiß ich selbst nicht, aber ich würde am liebsten schreien. Ich fühle mich allein. Ich spüre noch immer Noels Hand auf meiner Wange, obwohl sie längst nicht mehr da liegt. Mit dem Kopf am Fenster sehe ich, wie die Welt an mir vorüberzieht, und warte weiter auf eine Reaktion von Noel, auf eine Berührung, ein Wort. Hoffnung ist etwas, das uns hilft und quält zugleich. Manchmal warten wir vergeblich.

★

Am nächsten Tag fühle ich mich grauenhaft. Tante Em hat einmal zu oft auf meine Augenringe hingewiesen und einmal zu oft gefragt, ob wirklich alles okay ist. Nur mit Mühe konnte ich mir ein Lachen verkneifen. Nichts ist *okay*. Das weiß sie ganz genau. Ich hatte wieder Albträume, das erste Mal, seit wir im Garten geschlafen haben. Sie kamen heute Nacht zurück und haben mich mit der Kraft einer Dampfwalze unter sich begraben.

Gerade bin ich auf dem Weg nach draußen. Keine Ahnung, wo ich hinwill, aber ich halte es hier drin kaum noch aus. Meine Gedanken fliegen immer wieder zu Noel. Nachdem er mich gestern Abend hier absetzte, hat er nur noch gefragt, wo wir uns Freitag treffen. Ich sagte ihm, direkt am Flughafen, er sagte okay. Ich beginne das Wort *okay* wirklich zu hassen. Ich erinnerte ihn daran, dass wir von Irland direkt weiterfliegen, er also ordentlich packen soll und zwar für Schweden, Brasilien, Frankreich und Italien. Ich schüttle den Kopf. Dabei kann es mir doch total egal sein, was Noel wie in seinen Koffer packt.

Stöhnend schnappe ich mir den Haustürschlüssel, öffne die Tür und bleibe sofort perplex stehen, als ich etwas vor mir auf dem Boden entdecke. Irritiert sehe ich nach links und rechts, aber da ist niemand. Dafür liegt auf der Fußmatte vor unserer Tür ein kleines Paket. Ich hebe es hoch, setze mich auf die Stufe vor dem Eingang und lege es auf meinen Schoß. An der Seite baumelt ein Schild.

Für Yara

Komisch. Neugierig öffne ich das Paket und halte den Atem an, als ich sehe, was drin liegt. Ein Märchenbuch. Vorsichtig streiche ich über den Einband, schlage es auf und sage dem Buch Hallo. So, wie Phil es getan hat. Auf dem Boden des Pakets liegt eine Karte.

Happy Birthday, Lesemädchen

Auch ohne Namen weiß ich, dass Noel es war. Dieser Idiot. Lachend und weinend zugleich drücke ich die Karte an mich und kann nicht fassen, dass er mir ein Buch gekauft hat. Dass er es heute früh einfach vor die Tür gestellt hat, ohne zu klingeln.

Schnell raffe ich das Papier zusammen, schmeiße die Pappe in den Müll, schnappe mir Buch und Karte und renne rauf in mein Zimmer. Vorsichtig lege ich beides auf den Schreibtisch und nehme mein Handy vom Nachttisch. Schwer atmend, lachend, mit klopfendem Herzen und zitternden Händen setze ich mich aufs Bett und öffne WhatsApp, den Nachrichtenverlauf mit Noel. Natürlich habe ich mir nicht überlegt, was ich schreiben will. Nein, ich habe nicht darüber nachgedacht und starre jetzt einfach auf das Display. Tief atme ich ein und sage mir selbst, dass ich mich zusammenreißen muss.

»Du bist verrückt. Hat dir das schon mal jemand gesagt?«

Noel ist online. Wenn mein Herz nicht bereits auf Hochtouren arbeiten würde, spätestens jetzt würde es das tun.

»Mehrmals, ja ;)«

Lachend schüttle ich den Kopf.

»Danke«

»Gern geschehen«

Ich will nicht, dass die Unterhaltung damit schon zu Ende ist. Fieberhaft überlege ich, was ich noch sagen kann – und nehme dann das, was mich schon die ganze Zeit beschäftigt.

»Wieso hast du nicht geklingelt?«

»Ich wollte, dass es dich wirklich überrascht. Ich wollte, dass das Geschenk dich glücklich macht. Wer weiß, ob ich es nicht kaputt gemacht hätte.«

Obwohl mich seine Antwort überrascht, weiß ich, was Noel meint. Aber aus irgendeinem Grund bin ich mir sicher, dass das nicht passiert wäre.

»Vielleicht hätte es mich genauso überrascht. Und vielleicht hätte ich mich noch mehr gefreut.«

Noel lässt sich Zeit mit seiner Antwort. Dann wird mir klar, dass ich keine Frage gestellt habe, und ich bin kurz davor, an meinen Fingernägeln zu kauen, weil ich Angst habe, dass dies ein Tschüss war – ohne wirklich Tschüss gesagt zu haben.

Noel schreibt und ich beginne aufzuatmen.

»Tja, Lesemädchen, das werden wir wohl nie erfahren;) Ich freue mich, dass es dir gefällt.«

Lesemädchen. Am Anfang klang es wie eine Beleidigung, heute fühlt es sich eher wie ein schöner Spitzname an.

»Danke!«

»Bis Freitag. Viel Spaß beim Lesen!«

Ziemlich glücklich lege ich das Handy zur Seite und schnappe mir das Buch von Noel. Es war einmal – so fingen alle Geschichten an, auch meine. Aber wie wird sie enden?

20 Noel

EIN PUNKT AUF EINER LISTE, NICHT MEHR UND NICHT WENIGER

»Es tut mir sehr leid, Miss. Sie sind in unserem System für ein Doppelzimmer eingetragen.«

»Aber hier steht ganz klar, dass ich zwei Einzelzimmer gebucht habe. Zwei! Also ein Zimmer für je eine Person.«

Yara wedelt verzweifelt mit ihrer Buchungsbestätigung vor der Nase des Rezeptionisten herum. Der kann, Gott sei Dank, Deutsch, auch wenn sein gälischer Akzent deutlich rauszuhören ist. Wenn Yara immer noch mit ihm auf Englisch reden müsste – ich glaube in ihrem jetzigen Schockzustand hätte sie das nicht geschafft.

Vor ungefähr zwei Stunden sind wir in Dublin gelandet. Nachdem wir unser Gepäck wiederhatten und einen Bus gefunden hatten, fuhren wir sofort ins Hotel. Yara hat uns, in weiser Voraussicht, in einem Hotel in direkter Nähe zum Trinity College einquartiert. Eigentlich war der Plan herzukommen, das Gepäck schnell abzuladen und gleich zur Bibliothek zu laufen. Wäre aber witzlos, wenn das einfach so funktioniert hätte.

Ich seufze auf und beobachte, wie Yara den Mann vor ihr beinahe zu Tode starrt.

»Buchen Sie uns bitte um.«

Yaras Lid zuckt. Oh, oh.

»Wir haben keine Zimmer mehr frei.«

»Hören Sie, wir haben bereits für unsere zwei Einzelzimmer online bezahlt.«

»Dann seien Sie doch froh! Das Doppelzimmer ist eine Suite und kostet mehr als Ihre zwei Einzelzimmer.«

Yara holt gerade Luft und die Fassungslosigkeit tropft aus jeder ihrer Poren. Das radiert allerdings nicht das Lächeln aus dem Gesicht von Mister Rezeptionist. Noch bevor Yara uns um Kopf und Kragen redet, entschließe ich mich, dazwischenzugehen. Kraftvoll schiebe ich Yara zur Seite.

»Alles klar, danke! Geben Sie uns einfach die Schlüsselkarte.«

»Wir wünschen einen angenehmen Aufenthalt.«

Sie mich auch.

»Wann müssen wir morgen auschecken?«

»Spätestens um vierzehn Uhr müssen Sie die Karte wieder hier an der Rezeption abgegeben und das Zimmer geräumt haben.«

Ich schnappe mir Yara und zerre sie zum Aufzug. Hinauf ins fünfte Stockwerk, Zimmer fünfhundertsechs. Sie schmollt und redet nicht mit mir. Als ob das jetzt meine Schuld ist! Mir geht der Arsch gerade auf Grundeis. Doppelzimmer. Verdammt. Bei unserem Glück heißt das Doppelbett – eines, das man nicht auseinanderziehen kann.

Klick. Grünes Licht. Die Tür springt auf. Wir landen in einem hellen und freundlichen Raum. Weiße Wände, dunkler Teppichboden, eine dunkle große Couch, ein Fernseher und eine große Fensterfront. Ich streife meinen schweren Backpacking-Rucksack ab und lehne ihn an die Wand. Kurz lasse ich meine Schultern kreisen. Das Ding ist wirklich verdammt schwer, aber schließlich musste ich auch echt viel Zeug reinpacken. Yara stellt ihren ebenfalls ab. Er ist etwas kleiner als meiner, aber sie sieht damit trotzdem ziemlich komisch aus. Der Rucksack ist fast so groß wie sie selbst.

»Komm, lass uns mal sehen, was es noch so gibt.«

Ich gehe direkt nach links und lande im Badezimmer. Toilette, Dusche, Waschbecken. Sauber, hell, nichts Besonderes. Eine Tür weiter und wir stehen plötzlich im Schlafzimmer. In *dem einen* Schlafzimmer mit *dem einen* Bett. Ein ganzes. Unausziehbar.

Schweigend stehen wir nebeneinander und starren darauf. Es ist zwar riesig, aber irgendwie werde ich das Gefühl nicht los, dass es gar nicht riesig genug sein könnte. Dabei ist das wirklich albern und lächerlich, schließlich haben wir schon nebeneinander geschlafen, auf dieser komischen Matratze, und da kannten wir uns noch weniger, als wir es jetzt tun.

Das war etwas anderes, flüstert mir meine innere Stimme zu und verflucht, sie hat ja recht. Irgendetwas ist anders. Und wenn es nur ist, dass Yara und ich angefangen haben, uns zu akzeptieren.

»Ich werde einfach auf der Couch schlafen.«

Yara sagt nichts.

»Komm, lass uns losziehen und Punkt acht der Liste erledigen.« Ich könnte schwören, dass Yara sich nichts Schöneres vorstellen kann als eine Bibliothek zu besuchen, denn ihre Augen funkeln verräterisch, man sieht ihr die Vorfreude an. »Lesemädchen« hat nie besser gepasst als in diesem Moment.

Beinahe ehrfürchtig legt Yara den Kopf in den Nacken und ich sehe deutlich, wie sich ihr Brustkorb schneller hebt und senkt, wie ihre Augen sich vergrößern und ihre Wangen sich röten. Ihr Mund ist zu einem kleinen *O* geformt und durch ihre Reaktion auf diesen Ort kann ich nicht anders, als zu lächeln und mich mitzufreuen.

Die Bibliothek ist imposant, die Decken unbeschreiblich hoch und kunstvoll, das Holz der Regale wirkt edel. Es hängt der Geruch nach Leder, Staub, Papier in der Luft oder, wie Yara sagen würde, der Duft nach Geschichten und Abenteuern – die Erinnerung an Phil.

»Es ist unglaublich«, flüstert sie.

Das ist es. Nie konnte ich mir vorstellen, dass eine Bibliothek mich einmal in Staunen versetzen würde. Aber diese hier, dieser ganze Ort schafft es. Ich stehe inmitten all dieser Bücher, zwischen Gängen, die 4,5 Millionen Bände von ihnen beherbergen, und Mauern, die so etwas wie Ehrfurcht in mir aufsteigen lassen. Diese Bibliothek ist die größte Irlands und mit Sicherheit die eindrucksvollste. Sie verteilt sich auf mehrere Gebäude und wuchs mit jedem Jahr, seit das College vor ungefähr vierhundert Jahren gegründet wurde.

Yara zieht ein Blatt Papier aus ihrer Tasche, reißt mich damit aus meinen Gedanken. Phils Liste. Es folgt ein gelber Buntstift und ich sehe, wie sie ihn in Wellenlinien über Punkt acht zieht.

~~*8) Die Bibliothek in Dublin besuchen*~~

Stift und Papier werden wieder eingesteckt, dann strahlt sie mich völlig unvermittelt an. Sie nimmt meine Hand und zieht mich hinter sich her.

»Komm mit!«

Man sieht ihr das Glück an. Und so wie sie ihre Augen nicht

von den ganzen Büchern abwenden kann, schaffe ich das bei ihr nicht. Es geht nicht. Ich möchte wissen, was passiert ist, als wir die Bibliothek betreten haben, wo die Yara geblieben ist, die fast nur traurig ist, selten lacht – weder über sich noch über andere – und bei der man immer das Gefühl hat, sie mit irgendetwas zu verletzen. Zumindest geht es mir so. Diese Yara hier hat keine Sorgen, sie lacht, strahlt, sie ist glücklich. Nur ganz kurz wünsche ich mir, sie könnte immer so sein – und ich mit ihr.

»Alles in Ordnung?«

Yara hält an, bleibt vor mir stehen und sieht mir skeptisch in die Augen. Scheiße, was ist nur los mit mir? Mir wird bewusst, dass sie immer noch meine Hand hält. Mein Blick gleitet zu unseren Händen, ich spüre, wie warm ihre Haut ist, wie weich. Trotzdem ist ihr Griff fest. Wenigstens so lange, bis ihr klar wird, wohin ich sehe, und sie ihre Hand wegzieht. Sie senkt den Blick. Wahrscheinlich denkt sie, mir ist das unangenehm gewesen, deshalb ist es ihr unangenehm. Aber das ist es nicht. Es hat mir gefallen. Ich fange an, Yara zu vertrauen, mich wohlzufühlen. Verflucht noch mal, ich fange an, nicht mehr zu wissen, was ich will.

»Ja, alles okay. Komm, wir gehen weiter.«

Sie nickt, aber die fröhliche Yara ist weg. Wegen mir.

Während wir durch die Gänge schlendern, uns umsehen und den entgegenkommenden Menschen ausweichen, während Yara, wenn keiner hinschaut, gedankenverloren über den Ledereinband der Bücher streicht, denke ich an Phil und diese Liste. Ich frage mich, warum all das hier wichtig für ihn war.

»Was denkst du, warum sind wir hier?«

»Was meinst du?«

»Na ja, als Phil noch sehen konnte, hat er nicht viel gelesen.«

»Als er noch sehen konnte? Was ist passiert?«

»Phil wurde erst vor ungefähr zwei Jahren blind. Wusstest du das nicht? Von jetzt auf gleich. Sie sagen, es war ein Schlaganfall in der Sehrinde. Ich hatte keine Ahnung, dass es so was überhaupt gibt. Und ich frage mich, warum das jetzt so wichtig für ihn war. Das Lesen, die Bücher.«

Ich schiele zu Yara, die plötzlich lächelt.

»Das hätte ich nie gedacht. Also, dass Phil mal sehen konnte. Ich kann es mir kaum vorstellen.« Sie macht eine Pause und schluckt schwer. »Weißt du, wie ich Phil kennengelernt habe?«

Ich schüttle den Kopf.

»Vor etwas weniger als einem Jahr bin ich zu Tante Em gezogen. Ich hatte keine Wahl. Da sie in dem Altersheim arbeitet, ging ich sie besuchen.« Ihre Stimme ist belegt, sie räuspert sich. »Am Anfang jeden Tag, wenn sie da war, auch am Wochenende. Manchmal hatte sie keine Zeit, einmal habe ich das Haus erkundet und bin im zweiten Stock gelandet. Phils Zimmertür stand offen und ich sah ihn, wie er mit seinem Stuhl vor dem Fenster saß. Ich dachte, er sieht hinaus, aber er hat sich nicht einmal bewegt. Er hat mich wirklich erschreckt, als er mich plötzlich fragte, warum ich denn da einfach nur in der Tür stehe.« Lächelnd schüttelt sie den Kopf. »Er saß mit dem Rücken zu mir. Phil hatte ein besonderes Gespür für seine Umgebung – für mich. Seit diesem Tag kam ich ihn immer öfter besuchen. Nach einem Monat fragte er mich, ob ich ihm etwas vorlesen möchte. Bücher wurden unsere Zuflucht, unser gemeinsames Ritual. Wir erlebten die Geschichten zusammen. Er hat sie geliebt und hätte all das hier bestimmt gerne gesehen.«

Wir haben mittlerweile angehalten. Mitten im Gang, zwischen all den Büchern.

»Wenn ich hier stehe und die Augen schließe, dann kann ich mir einreden, dass Phil noch da ist. Dass er hier bei mir ist und mit mir diesen Moment erlebt. Mit uns. Wenn ich die Augen schließe und den Geruch dieser Bibliothek in mich aufnehme, sehe ich Phil vor mir, wie er ein Buch aufschlägt, über die Seiten fährt und daran riecht. Hier zwischen all den Geschichten fühle ich mich …«

Ihre Stimme bricht und ich sehe, wie sehr sie mit sich kämpft.

Ich kämpfe auch mit mir. Im gleichen Maß, wie ich ihr zeigen will, dass es mir auch so geht, dass er mir ebenfalls fehlt und ich nicht so ein Vollarsch bin, wie sie denkt, genauso will ich es nicht. Es macht mir eine Scheißangst.

»Du bist hier nicht allein.«

Yara hebt überrascht den Blick. In ihren Augen haben sich Tränen gesammelt. Noch hält sie sie zurück.

»Ja, so fühlt es sich an. Ich denke, Phil liebte Bücher, weil er durch sie Dinge erleben konnte, die er selbst nicht mehr erleben und sehen konnte.«

Ich nicke, beobachte sie und frage mich, warum sie zu ihrer Tante ziehen musste, was mit ihren Eltern ist. Ich möchte sie fragen, warum sie Emma immer auf der Arbeit besucht hat, anstatt zu Hause zu bleiben oder etwas mit Freunden zu unternehmen. Aber wenn ich sie ansehe, weiß ich, dass sie mir keine Antworten geben wird.

Zu gerne will ich jetzt einen Schritt auf sie zugehen. Nur einen. Mehr nicht. Dann kann ich sie in den Arm nehmen und ich kann ihr sagen, dass sie nicht mehr alleine ist. Aber sie würde mir nicht glauben. Ich glaube es mir ja noch nicht einmal selbst. Nein, ich bleibe stehen, ich Feigling!

»Es war ihm wichtig, weil es dir wichtig war.«

Sie tut es. Sie macht den Schritt. Ihre Arme umschlingen meinen Oberkörper, ihr Kopf ruht auf meiner Brust. Sie ist so klein, dass ich mein Kinn nicht auf ihn drauflegen kann. Mein Herz trommelt wie bekloppt und ich stehe einfach nur da, weiß nicht, wohin mit meinen Händen, meinen Armen, meinen Gedanken. Wieso konnte sie nicht einfach stehen bleiben? Wieso hat sie das getan?

Zitternd schließe ich sie in meine Arme und spüre, wie sie sich entspannt. Ich hingegen werde gleich zerplatzen vor Unentspanntheit.

Das hier, das sollte ein Punkt auf einer Liste werden. Es sollte um einen beschissenen Punkt gehen, den man erledigen muss.

Jetzt ist es mehr. Scheiße, es ist so viel mehr.

21 Yara

Manchmal ist es okay, nicht okay zu sein

Lieber streite ich mit Noel, als vor ihm zu stehen und nicht zu wissen, was ich sagen soll.

Der Besuch in der Bibliothek war wundervoll und traurig zugleich. All diese Bücher zu sehen, diese Bibliothek zu betreten, war schon immer ein großer Wunsch, den ich mir nun dank Phil erfüllen durfte. Mit jedem Schritt freute ich mich und gleichzeitig kamen Schuldgefühle auf. Ich war nur dort, weil Phil nicht mehr da war.

In jedem Gang fragte ich mich, was Phil jetzt wohl sagen, wie es ihm gefallen würde, und ich habe von Beginn an versucht, es für ihn zu genießen. Aber lange bleiben die traurigen Gedanken und die Erinnerungen nicht fern. Die Realität sitzt nicht gerne auf der Ersatzbank. Nein, wenn du sie ignorierst, kommt sie auf dich zu, schlägt dir ins Gesicht und sagt: Hier bin ich!

Nachdem ich Noel erzählt habe, wie ich Phil kennenlernte, verbrachten wir noch einige Stunden in der Bibliothek. Schweigend. Seite an Seite gingen wir weiter durch die Gänge, langsam und in die eigenen Gedanken versunken. Erinnerungen, wie ich Phil vorgelesen habe, wie wir die Geschichten am Ende weiterspannen und uns fragten, was die Charaktere wohl heute machten, kamen zurück.

Irgendwann war es Zeit zu gehen. Noel erwähnte kurz, dass er eigentlich noch in einen Pub wollte, aber obwohl ich sagte, dass wir das gerne machen können, lehnte er doch ab.

Zu Fuß machten Noel und ich uns auf den Weg ins Hotel. Es war nicht besonders weit und das Wetter war schön. Auf dem Zimmer haben wir etwas gegessen, Fernsehen geguckt, aber noch immer so gut wie nicht geredet. Nichts außer: Was willst du essen? Welchen Film möchtest du sehen? Ja, nein, okay und danke.

Jetzt stehen wir voreinander, halb im Schlafzimmer, halb im Wohnzimmer. Die Luft ist so aufgeladen, ich habe Angst, einen Stromschlag zu bekommen, wenn ich mich zu schnell bewege. Außerdem spüre ich ihn. Noel. Er ist auf meiner Haut. Der Duft von ihm, von Tannennadeln und Wald und von dem Weichspüler seines Shirts hängt mir in der Nase. Ich spüre seine Arme um mich herum und weiß noch, wie es sich angefühlt hat.

»Gute Nacht, Yara.«

Eine der Decken aus dem Schlafzimmer und eines der Kissen liegen bereits auf der Couch. Sie ist zwar groß, aber garantiert nicht so gemütlich wie das Bett. Ich habe ein schlechtes Gewissen, weil er dort schlafen muss. Am liebsten würde ich ihm sagen, dass er ruhig mit im Bett schlafen kann. Neben mir. Es macht mir nichts aus. Nein, eigentlich weiß ich das nicht. Wenn ich es sage, was wird Noel dann denken? Bereits in meinen Gedanken klingt der Satz irgendwie verzweifelt und ich will wirklich nicht wissen, wie er klingt, wenn ich ihn tatsächlich ausspreche.

»Gute Nacht«, flüstere ich.

Noel nickt und ich schließe beinahe mechanisch die Tür. Ich bin allein in diesem großen Raum. Mit diesem großen Bett. Mitten in Irland.

Seufzend öffne ich den Rucksack ganz und ziehe meine Schlafsachen heraus. Ich war bereits im Bad, jetzt höre ich, wie Noel das Wasser anstellt. Die Müdigkeit kommt ziemlich schnell und ziemlich plötzlich. Ich schaffe es gerade noch, meine Jeans und mein Top gegen meine mintfarbenen Schlafshorts und ein weißes Top zu tauschen, dann lasse ich mich aufs Bett fallen und gebe dem Schlaf nach.

Das wütende Gesicht meiner Mutter taucht vor mir auf, sie sieht mich über ihre Schulter an. Noch schlimmer ist allerdings das enttäuschte Gesicht meines Vaters, die traurigen Augen, die mich durch den Rückspiegel anstarren. Es fühlt sich grauenhaft an. Dann wird es hell in unserem Auto, viel zu hell für diese Nacht. Wir werden geblendet. Ich sehe noch, wie mein Vater nach meiner Mutter greift, dann höre ich ihren Schrei. Er ist laut und sie hört einfach nicht auf zu schreien. Ich will, dass sie aufhört.

»Yara, hörst du mich? Es ist alles gut! Wach auf, du träumst.«

Gedämpft dringt Noels Stimme zu mir durch. Ich bin es, die schreit, nicht meine Mutter. Als ich das begreife, verstumme ich, aber ich lasse meine Hände weiterhin auf meinen Ohren liegen, drücke sie zu und presse die Lippen aufeinander. Ich wiege mich hin und her, zittere und immer wieder sehe ich ihre Gesichter vor mir.

Ich bin schuld. Ich habe sie getötet. Ich bin schuld. Ich habe sie getötet.

Eine Endlosschleife bildet sich in meinem Kopf.

»Ganz ruhig, ich bin da. Es war nur ein Albtraum.«

Noel versucht, mich zu beruhigen. Wie ein Häufchen Elend liege ich in seinen Armen, während er mich hält. Er hält mich zusammen. Denn ich bin kurz davor zu zerbrechen. Wie gerne würde ich ihm sagen, dass es kein Albtraum war. Aber ich zittere zu sehr und meine Lippen mit mir. Ich kann einfach nicht aufhören. Auch nicht, als Noel die Decke wieder um mich wickelt und um sich selbst. Als er mich warm hält, mir liebe Worte zuflüstert, ohne zu wissen, was mit mir geschieht. Was ich getan habe.

Die Tränen rinnen meine Wangen hinab und ich kann sie so wenig stoppen wie meine Erinnerungen, wie meine Träume und meine Ängste.

»Komm schon, es ist vorbei!«

Nein! Ich schüttle den Kopf. Noel packt mich, zieht mich zu sich hoch. Ich muss ihn ansehen. Er trägt nur seine Boxershorts. Anscheinend kam er sofort zu mir, als er mich schreien hörte. Seine Haut ist wundervoll braun, beinahe wie dunkles Karamell. Seine Muskeln sind angespannt. Seine Augen. Sie sind wunderschön. Und selbst im dunklen Schein der kleinen Nachttischlampe scheinen sie zu leuchten.

Ich sehe ihn einfach nur an. Ich will nicht zerbrechen. Ich will vergessen und in seinen Augen ertrinken.

Seine Hände wandern von meinen Oberarmen nach oben, über meine Schultern und meinen Hals, sie umfassen mein Gesicht.

Seine Lippen treffen auf meine, sie sind unheimlich warm und weich. Der Kuss ist sanft wie ein Flüstern. Wie ein Pflaster für meine Wunde.

Meine Hände legen sich beinahe von selbst auf Noels Brust, ich schließe die Augen und genieße diesen Moment. Den Moment der Nähe, der Zufriedenheit. Mein Herz rast, aber nicht mehr wegen des Albtraums, sondern wegen Noel. Er bewegt seine Lippen, streicht über meine und ich rücke näher zu ihm. Seine Hand fährt in mein kurzes Haar, bleibt in meinem Nacken liegen, er zieht mich näher zu sich, vertieft den Kuss. Schwer atmend versinke ich darin und kann nicht glauben, dass ich Noel küsse. Dass es mir gefällt, mich tröstet und mich heilt. Dass es mich bewegt.

Viel zu schnell lässt er von mir ab, lehnt seine Stirn an meine und versucht zu Atem zu kommen, genau wie ich. Unter meiner Hand spüre ich den schnellen Rhythmus seines Herzens.

»Es scheint dir besser zu gehen.«

Noel hat nach jedem Wort Luft geholt und bringt mich damit zum Grinsen. Ja, es geht mir besser. Dank ihm.

»Ich gehe mal wieder rüber … ich …«

»Nein! Bleib hier.«

Nun klinge ich doch verzweifelt. Aber es ist mir egal.

»Bitte, lass mich nicht allein.«

Noel lehnt sich zurück, sein Blick gleitet über mein Gesicht. Vielleicht überlegt er gerade, ob ich einen Widerspruch ertragen würde. Als er nickt, entweicht die Luft ruckartig meiner Lunge, Erleichterung breitet sich aus. Er lässt mich los, um sich hinzulegen, er zieht die Decke zurecht und hält sie dann für mich auf. Zögerlich kuschele ich mich an ihn und bette meinen Kopf auf dem Arm, den er um mich herumlegt. Er liegt auf dem Rücken, mit dem rechten Arm unter dem Kopf und dem Blick zur Decke. Meine Lippen spüre ich nur allzu deutlich, genau wie Noels warme Haut und seinen Atem. Der Albtraum ist nur noch ein schwacher Geist in meinem Kopf.

Ich schließe die Augen – mit dem Gefühl von Noels Lippen auf meinen.

*

Die Müdigkeit verfliegt langsam, ich werde wach. Gähnend strecke ich mich. Die Geschehnisse von heute Nacht prasseln auf mich ein, schlagartig öffne ich die Augen und setze mich auf. Noel ist weg.

Oh Gott! Stöhnend lasse ich meinen Kopf in meine Hände sinken. Ich hatte wieder einen Albtraum. Noel hat mich geküsst – aber er ist nicht mehr hier, er hat sich rausgeschlichen. Vielleicht wollte er mich einfach nicht wecken. Vielleicht ist es ihm unangenehm. Egal, was es ist, früher oder später werde ich aus diesem Zimmer raus müssen und Noel sehen. Um fünfzehn Uhr geht unser Flug. Ich hebe den Kopf, greife nach meinem Handy auf dem Tischchen. Jetzt ist es gleich halb zwölf. Mist, ich habe wirklich lange geschlafen.

Schnell steige ich aus dem Bett, ziehe mich an und versuche, mit den Händen mein wirres Haar zu kämmen.

Okay, Yara. Auf geht's!

Selbstbewusst öffne ich die Tür und gehe ins Wohnzimmer. Ich horche, aber es ist vollkommen still.

»Noel?«

Keine Antwort. Ich schaue ins Bad, das auch leer ist. Sein Rucksack steht noch hier, also wird er wohl nicht über alle Berge sein. Der Gedanke daran lässt mich kurz hysterisch kichern, bevor ich mich selbst wieder zur Ordnung rufe.

Ich bleibe im Bad, werfe einen Blick in den Spiegel und drohe ohnmächtig zu werden. Ich sehe grauenhaft aus. Geschwollene Augen und Augenringe, die man trotz meiner gebräunten Haut sieht. Unzählige Knoten in den Haaren vervollständigen das Bild. Ich dachte immer, Knoten in kurzen Haaren sind unmöglich. Ausnahmen bestätigen die Regel.

Nachdem ich wieder halbwegs ansehnlich bin und gerade meine Zahnbürste wegstecke, höre ich unsere Zimmertür zuschlagen.

»Yara?«

»Ich bin im Bad«, rufe ich Noel zu und schließe schnell den Kulturbeutel.

Im Wohnzimmer steht Noel. Er stellt Kaffeebecher und zwei Teller mit Toast, Marmeladenbecherchen und Eiern mit Speck auf den Tisch. Dann dreht er sich um.

»Hey.«

»Hey.«

»Ich wollte dich nicht wecken, aber ich dachte, vielleicht hast du Hunger. Das Frühstück unten wird gerade abgeräumt, ich habe noch schnell was für uns ergattert.«

Er weicht meinem Blick aus. Irgendetwas ist anders.

»Ähm, danke. Ich habe wirklich Hunger.«

Er nickt kurz, als hätte er nichts anderes erwartet, und setzt sich hin. Schweigend geselle ich mich zu ihm. Unwohlsein breitet sich aus, dabei fühle ich mich nicht schlecht oder anders. Nein. Eigentlich hat sich das alles ziemlich gut angefühlt.

Wir essen in Ruhe, packen unser Zeug, checken aus. Man könnte meinen, mit mir zu reden wäre eine Qual. Nicht, dass Noel unhöflich wäre oder ein Idiot, obwohl er das ziemlich gut kann. Nein, er ist einfach nur still. Zu still. Was auch immer Noel denkt, ich habe kein Problem mit dem, was passiert ist. Aber vielleicht hat er es.

Ich beschließe, ihn im Flugzeug, auf dem Weg nach Schweden, darauf anzusprechen. Dort kann er mir nicht ausweichen. Bis dahin werde ich das Schweigen ertragen müssen.

Die Fahrt zum Flughafen zieht sich. Auf dem Weg zum Check-in hat Noel es so eilig, dass er mich abzuhängen droht. Ich greife nach seinem Arm, ziehe ihn zurück.

»Noel! Du musst nicht so rennen. Wir kriegen den Flug ohne Probleme.«

Er bleibt stehen, sieht mir das erste Mal richtig in die Augen und ich hole tief Luft.

»Yara, es tut mir leid. Ich …« Er schließt kurz die Augen, fährt sich durch die Haare. »Ich hoffe, dir geht es besser. Es tut mir leid, dass es dir gestern so schlecht ging.«

»Ja, dank dir ist alles wieder gut.«

»Ich, ähm, also, das gestern. Es ist vielleicht besser, wenn wir das vergessen. Das war … keine so gute Idee.«

Ich starre ihn einfach nur an. Seine Worte hallen in mir wider und ich kann nicht fassen, dass er das gesagt hat. Ich kann nicht fassen, wie weh es tut.

In diesem Moment wird mir klar, dass es okay ist, auch mal nicht okay zu sein.

22 Noel

Manchmal verletzen wir andere, um sie zu beschützen

Verfluchte Scheiße! Scheiße, scheiße, scheiße! Ich kann nicht glauben, wie sich das anhört. Ich kann nicht glauben, wie unfassbar bescheuert das klingt – oder dass ich das überhaupt gesagt habe.

Yaras Gesichtszüge entgleiten ihr für einen Moment und dann steht da nicht mehr Yara, nein, dann steht da wieder das Lesemädchen, das ich eigentlich nicht kenne.

»Kein Problem, Noel.« Sie spuckt meinen Namen beinahe aus. »Gott sei Dank war es nicht meine *nicht so gute Idee*, sondern deine.«

Sie geht einfach an mir vorbei, mit erhobenem Kopf, und ich möchte mir gerade richtig kräftig in den Arsch treten. Unzählige Male habe ich mir heute Morgen überlegt, wie ich das Thema anspreche, ob und wie ich es sage. Also, dass der Kuss nichts zu bedeuten hatte. Und da geht es schon los. Er bedeutet mir nämlich etwas. Yara zu küssen, das war … Ich kann mich nicht erinnern, dass sich jemals etwas so verdammt gut angefühlt hat. Ich hatte Angst, dass sie das genauso sieht oder schlimmer noch, dass sie das genaue Gegenteil empfunden hat. Beides hat mir Angst gemacht, das tut es noch, auch wenn das bescheuert klingt. Ich kann keine Beziehung haben, ich kann für niemanden auf diese Weise da sein und niemand sollte auf diese Weise für mich da sein müssen. Niemand sollte sich um mich kümmern müssen.

Ich wollte Yara nie wehtun. Aber mir ist klar geworden, dass ich sie verletzen muss, um sie zu beschützen. Vor mir. Meinem verkorksten Ich und meinem chaotischen Leben. Vor einem einfachen Kerl ohne Zukunft.

Wir checken ein, gehen ins Flugzeug, setzen uns hin. Wir schweigen – und doch sagen wir so viel.

Mit einem Satz habe ich alles kaputt gemacht, was zwischen uns war. Was auch immer es gewesen ist. Was auch immer daraus hätte werden können. Gott, ich will auf irgendetwas einschlagen. Ich bin nicht nur ein Idiot, ich bin auch ein Feigling.

In Stockholm müssen wir umsteigen. Eine halbe Ewigkeit sitzen wir am Flughafen und warten auf den Anschlussflug nach Nordschweden, Kiruna. Ab und an traue ich mich, Yara anzusehen. Es bringt mir nichts, ich habe keine Ahnung, woran sie denkt oder wie es ihr geht. Ich kann es nicht einmal vermuten. Auch wenn es mich stutzen lässt, dass sie nicht einmal ein Buch liest, sondern nur stumm in die Luft starrt oder hinaus, durch eine der großen Fensterfronten.

Als wir in Kiruna ankommen und wir uns ein Taxi zum Hotel Vinterpalatset nehmen, halte ich diese nervtötende Stille nicht mehr aus. Sie ist wie die Ruhe vor einem Sturm.

»Wie lange bleiben wir hier, bevor es weitergeht?«

Yara rührt sich nicht und kurz denke ich, dass sie mir keine Antwort geben wird. Sie sieht aus dem Fenster. Ihre ruhige Stimme erklingt und ich hätte vor Erleichterung beinahe laut aufgelacht.

»Wir werden drei Nächte hier sein. Ich wollte auf Nummer sicher gehen, da wir die Nordlichter kaum sehen werden, wenn es bewölkt ist. Es wird eine kleine Reisegruppe geben, mit der wir uns dann auf den Weg machen.«

Froh, dass sie wieder mit mir redet, suche ich krampfhaft nach etwas, um das Gespräch am Laufen zu halten.

»Wieso fliegen wir ausgerechnet nach Kiruna?«

»Dort befindet sich das Schwedische Institut für Weltraumphysik. Kiruna ist einer der bedeutendsten Standorte der Weltraum- und Atmosphärenforschung. Ich dachte, es wäre nicht schlecht, noch etwas mehr über die Polarlichter zu erfahren, als einfach nur schnell hinzufahren, sie anzusehen und wieder abzureisen.«

Yara hat ihre Hausaufgaben gemacht. Gerade ist mir das so ziemlich egal. Ich will nur wissen, wie es ihr geht, was sie denkt. Ich will, dass sie wieder mit mir redet – und zwar richtig. Wenn ich könnte, würde ich jedes einzelne verfluchte Wort von vorhin zurücknehmen. Aber da ich weder einen Zeitumkehrer wie Hermine habe noch einen DeLorean wie der Doc und Marty McFly, muss ich die dämliche Suppe, die ich mir eingebrockt habe, wohl auslöffeln.

Das Gebäude gleicht einem Landhaus. Es sieht gemütlich aus und wir erfahren, dass das Hotel in Privatbesitz ist. Es ist klein und hat seinen persönlichen Charme. Manche würden altbacken sagen, ich finde es ganz witzig, muss ich gestehen. Es wirkt sauber und die Leute sind freundlich. Wenn jetzt noch das hauseigene Essen schmeckt, dann ist es mir egal, dass die Teppiche nicht ganz zu den Wänden passen.

Direkt im Foyer steht eine kleine Gruppe von Touristen, die sich von einem Mann um die dreißig etwas über Kiruna erzählen lassen. Worte wie Aussicht, Polarlicht, Ausflug schwappen zu uns hinüber und Yara beschließt, den Kurs zu wechseln. Anstatt einzuchecken, steuert sie samt Rucksack auf die Gruppe zu.

»Entschuldigen Sie, bitte. Wollen Sie alle heute Abend die Polarlichter beobachten?«

»Hallo. Ja, genau! Seid ihr auch angemeldet zur Tour?« Der Mann sieht schnell auf seiner Liste nach. »Seid ihr Yara und Noel?«

»Ja, unser Flug hatte etwas Verspätung.«

»Ah, schön. Mein Name ist Luke. Diese Gruppe besteht nur aus Deutschen, deshalb können wir das mit dem Englisch sein lassen.«

Er zwinkert Yara zu und als sie das erste Mal seit meinem Buchstabenunfall richtig lächelt, drohe ich zu platzen vor aufgestauter Frustration.

»Leider werden wir heute Abend nicht losgehen. Es ziehen bereits zu viele Wolken auf.«

Wir werfen einen Blick hinaus. Luke hat recht. Es ist schon dunkel, aber die Wolken sind deutlich zu erkennen.

»Vielleicht haben wir morgen mehr Glück. Wir treffen uns um achtzehn Uhr oben im Tagungsraum für eine kleine Informationsveranstaltung zum Thema Polarlicht. Ihr geht einfach die Treppe ganz nach oben, ihr könnt es nicht verfehlen. Gegen neunzehn Uhr dreißig gibt es Abendessen. Danach beginnen wir unseren Ausflug, wenn das Wetter es zulässt.«

Yara bedankt sich höflich und winkt den anderen sechs Personen zu, meist ältere Ehepaare, während ich stocksteif nichts tue und ihr schließlich zur Rezeption folge.

Sie drückt mir meinen Schlüssel in die Hand. Einzelzimmer.

»Komm, wir müssen in den ersten Stock.«

Ihre Stimme ist ruhig, emotionslos. Es macht mich wahnsinnig.

Oben angekommen, zeigt sie auf Zimmer Nummer vier, ihres liegt daneben. Zimmer fünf.

»Bis morgen. Ich …«

… will noch etwas sagen, aber sie unterbricht mich sofort.

»Bis morgen.« Dann verschwindet sie in ihrem Zimmer und schließt die Tür.

Seufzend öffne ich meine Tür. Heute werde ich nichts mehr tun können. Wir haben am Flughafen etwas gegessen und das Abendessen hier ist schon vorbei, trotzdem knurrt mein dämlicher Magen.

Das Zimmer ist klein, quasi eine Sardinenbüchse. Aber hey, das Bett ist größer als gedacht und, wie ich feststelle, nachdem ich den Rucksack abgesetzt habe, auch ziemlich bequem. Ich streife im Liegen irgendwie meine Schuhe ab, krieche unter die Decke und lehne mich an die Wand. Die Decke ist dick, gemütlich und warm. Im Gegensatz zu Hamburg und Dublin ist es hier kalt. Sommer heißt in Nordschweden maximal siebzehn Grad, heute waren es nur vierzehn. Es regnet. Hoffentlich verziehen sich die Wolken bis morgen Abend.

Erschöpft greife ich nach der Fernbedienung auf dem alten kleinen Holztisch. Bevor ich den Röhrenfernseher, ein Relikt aus vergangenen Zeiten, anschalte, drücke ich kurz meine Wange an die Wand und horche. Sie ist das Einzige, was mich gerade von Yara trennt. Na schön, und der Schwachsinn, den ich gesagt habe. Ihre Schritte sind klar zu hören. Dann quietscht ihr Bett und es wird still.

Resigniert drücke ich den roten An-Knopf und schaue mir irgendetwas auf Schwedisch an. Ich verstehe kein Wort, aber das macht nichts, denn ich bin mit den Gedanken sowieso ganz woanders. Bis auf das flimmernde Licht des Fernsehers erleuchtet nichts das Zimmer. Es lullt mich ein, ich werde müde. Mit dem Kopf an der Wand schließe ich die Augen.

*

Stöhnend werde ich langsam wach. Mein Nacken fühlt sich an, als wäre ein Lkw drübergefahren. Kein Wunder, wenn man so einschläft. Der Fernseher ist verdammt laut, ich sollte ihn ausmachen. Mit geschlossenen Augen suche ich nach der Fernbedienung. Dann glaube ich meinen Namen zu hören. Wo ist denn dieses Scheißding? Dann noch einmal, gefolgt von einem Schrei. Komischer Film.

Ruckartig öffne ich die Augen, schüttle die Müdigkeit ab. Der Fernseher flimmert nur noch schwarz-weiß. Wieder ein Schrei. Ich stolpere aus dem Bett, reiße die Tür auf und bleibe schlitternd vor Yaras stehen. Die Frau aus dem Zimmer neben ihrem hat schon den Kopf rausgestreckt und schaut skeptisch um die Ecke. Keine Ahnung, wie spät es ist, es ist mir auch egal. Yaras Namen schreiend hämmere ich gegen ihre Tür, aber so wie sie selbst schreit, hört sie das wohl kaum. Scheiß Albträume! Und wer weiß, woher sie kommen.

Immer mehr Köpfe lugen aus den Zimmern hervor, die Leute fragen, was los ist, aber ich antworte nicht.

Zum Glück sind die Türen genauso alt wie der Fernseher und so dünn wie die Wände hier. Mit voller Kraft werfe ich mich dagegen. Das Krachen ist so laut, ich weiß nicht, ob es die Tür oder meine Schulter ist. Verdammt, tut das weh! Ich beiße die Zähne zusammen und renne wieder dagegen, mit mehr Kraft, schneller. Das Holz am Schloss reißt, die Tür gibt nach und ich fliege mit ihr ins Zimmer. Erst jetzt kommt mir der Gedanke, dass irgendjemand in diesem Haus auch einen Ersatzschlüssel für ihre Tür hat. Aber selbst wenn, es hätte zu lange gedauert. *Mir* hätte es zu lange gedauert.

Das Zimmer ist dunkel, das Licht aus dem Flur erhellt es nur leicht. Bei Yara angekommen, schalte ich die Nachttischlampe an. Wie beim letzten Mal liegt sie da, sie hält sich die Ohren zu und schreit. Völlig außer Atem setze ich mich zu ihr, nehme sie in den Arm und versuche sie zu beruhigen. Die Meute steht mittlerweile in der Tür, interessiert und schockiert zugleich.

»Ist alles in Ordnung?«, fragt ein älterer Herr und während ich mich mit Yara vor und zurück wiege und sie langsam aufhört zu schreien, frage ich mich, ob das eine ernst gemeinte Frage ist. Als ob irgendetwas an dieser Situation nach *in Ordnung* aussieht.

Trotzdem sage ich Ja. Ich bitte alle zu gehen und die kaputte Tür irgendwie zu schließen. Nur zögerlich verlassen die Geier ihren Aussichtsturm und ich bin kurz davor auszurasten.

Als sie schließlich weg sind und Yara ruhig ist, beginne auch ich wieder langsamer zu atmen. Mit meiner Hand streiche ich ihr über den Rücken. Sie ist wach, ich höre sie weinen und sehe, wie sich ihre Augen ab und an öffnen und wieder schließen.

»Es tut mir leid.«

Das aus ihrem Mund zu hören, versetzt mir einen Stich. Sie muss sich nicht entschuldigen. Für gar nichts. Ich hätte es schon längst tun müssen. Ihre Stimme klingt ganz rau und kratzig, weil sie so lange geschrien hat.

»Mir auch.«

Sie nickt nur an meiner Brust und ich ziehe sie enger an mich.

»Verrätst du mir, warum du so schlimme Albträume hast?«

Kurz versteift sie sich, traut sich nicht zu atmen.

»Es sind keine Albträume«, flüstert sie.

»Natürlich sind es das! Niemand schreit, wenn er schöne Träume hat.«

»Nein.« Sie schüttelt den Kopf. »Es sind Erinnerungen.«

Das sind die schlimmsten Albträume. Ich kenne das. Ich frage nicht weiter; wenn sie es erzählen will, wird sie es irgendwann tun. Jeder hat sein Päckchen zu tragen, hat Phil immer gesagt. Und niemand weiß wirklich, wie groß das der anderen ist.

»Danke, dass du hergekommen bist.«

»Leider haben wir die Tür dabei verloren. Wir werden sie ersetzen müssen.«

»Du kannst jetzt wieder rübergehen. Ich komme schon klar.« Sie drückt sich von mir ab, will mir Platz machen, aber das kann sie vergessen.

»Auf keinen Fall!« Ich ziehe sie zurück. »Egal, was du von mir hältst, egal, was für ein Arschloch ich war und wovor du Angst hast, ich werde dich nachts nicht mehr alleine lassen. Nicht mehr, bis wir wieder zu Hause sind. Ist das klar?«

»Noel, ich …«

»Ich werde nicht gehen!«

23 Yara

Es gibt keine besseren Freunde und keine größeren Feinde als Herz und Verstand

Dieses Mal wache ich nicht alleine auf. Meine Hände ertasten warme Haut, ein Sweatshirt, das nicht zu mir gehört. Warmer Atem ist zu spüren und leise Atemgeräusche zu hören. Noels Oberkörper hebt und senkt sich mit ihnen.

Vorsichtig stütze ich mich ab, sehe zu ihm. Er schläft noch. Sein Mund ist leicht geöffnet, sein hellbraunes Haar steht wirr und chaotisch nach allen Seiten ab. Sein Arm ist verdammt schwer, aber ich schaffe es, ihn zur Seite zu schieben, um aufzustehen. Ich möchte ihn nicht wecken. Auf Zehenspitzen suche ich meine Sachen zusammen und gehe ins Bad. Der heiße Wasserdampf der Dusche beginnt den Raum zu erfüllen, während ich mit der Stirn an den kalten Fliesen lehne, die Augen schließe und versuche, meine Gedanken zu ordnen.

Noel hat meine Tür kaputt gemacht. Ich habe wieder geschrien. Mit Ausnahme vom letzten Mal habe ich das seit fast einem halben Jahr nicht mehr getan. Ich hatte es unter Kontrolle. Natürlich nicht die Albträume, aber irgendwie mich selbst. Diese Reise reißt Wunden auf. Wunden, die ohnehin nicht verheilt sind. *Noel* reißt sie auf, dabei weiß er es nicht einmal – und ich habe keine Ahnung, warum das so ist.

Das Wasser fließt über mich drüber, perlt an meinen Wimpern und meiner Nase ab, es hüllt mich in einen schützenden Kokon. Nach jedem dieser Albträume würde ich nur zu gerne stundenlang unter der Dusche stehen, in diesem Kokon bleiben. Ich fühle mich schmutzig danach und die Last der Erinnerung wiegt so schwer, dass sie mir jedes Mal beinahe die Luft zum Atmen raubt. Sie legt sich auf meine Lunge, drückt sie zusammen. Sie legt sich auf mein Herz.

Noel hat gesagt, es tut ihm leid. Vielleicht meinte er meine Albträume, vielleicht meinte er seine Worte von gestern. Was auch immer es ist, ich werde nicht mehr böse auf ihn sein. Ich habe nicht die Kraft dazu. Auch wenn es wehtut. Eigentlich bin ich schuld gewesen, nicht er. Er hat mich getröstet, er war bei mir – auf seine Art und Weise. Ich war diejenige, die da irgendetwas gesehen hat, was da nicht ist. Ich war diejenige, die es an sich herangelassen hat. Das, was wichtig ist, sollte ich nicht aus den Augen verlieren. Phil und die Liste. Ich möchte nicht mit Noel streiten. Meine Gefühle sind mein Problem, nicht seines. Ich werde einfach wieder Yara sein, das Lesemädchen, und er wird einfach wieder Noel sein, der überhebliche Idiot, der mich in den Wahnsinn treibt.

Mit dem Duschen fertig, angezogen und einigermaßen gefasst gehe ich aus dem Bad. Noel ist wach, liegt aber noch auf dem Bett. Er ist noch da.

Zögerlich trete ich auf ihn zu und merke, dass es nicht funktioniert. Ich kann nicht mehr einfach nur das Lesemädchen sein und er der Idiot. Die Dinge haben sich geändert.

»Guten Morgen. Geht es dir besser?«

»Ja, danke.«

Mehr fällt mir nicht ein.

»Gut, dann laufe ich schnell rüber und mache mich fertig. Lust auf Frühstück?«

Ich nicke ihm zu. Im Vorbeigehen lächelt er mich an. Sein Grinsen wird noch breiter, als er die kaputte Tür passiert.

Oh, Yara, wo bist du nur hineingeraten?

Meine Mutter hat mir, als ich klein war, immer Märchen vorgelesen. Von *Es war einmal* bis hin zu *und sie lebten glücklich bis an ihr Lebensende.* Das gute Mädchen bekam ihr Happy End, der gute Junge kämpfte stets für das, was richtig war. Damals hat meine Mutter zu mir gesagt: »Yara, pass gut auf dein Herz auf. Es ist dein größter Schatz, dein kostbarstes Gut.« Jetzt stehe ich hier, fahre mit meinen Fingern über meinen Nacken, über mein Tattoo und beginne zu begreifen, was sie mir sagen wollte.

Ich stehe hier und flüstere: »Du hast mir nicht gesagt, dass man es so einfach stehlen kann.«

*

Der Tag zog ziemlich unspektakulär an uns vorbei. Wir haben viel Zeit draußen verbracht, haben die Umgebung erkundet, sind spazieren gegangen. Heute Morgen musste Noel dem Rezeptionisten erklären, warum meine Tür kaputt ist und so viele Leute sich über den Lärm heute Nacht beschwert haben. Begeisterung sieht anders aus, kann ich nur sagen. Ich schäme mich dafür und werde das Gefühl nicht los, von jedem Menschen in diesem Hotel schief angesehen zu werden. Noel hat schnell klargemacht, dass ich die nächsten zwei Nächte in seinem Zimmer schlafe, meine Tür würde ohnehin nicht so schnell repariert sein. Ich wollte widersprechen, aber ich hatte keine Chance. Wirklich, ich habe es versucht. *Ja, rede dir das nur ein.*

Gerade sitzen wir im Tagungsraum des Hotels, direkt unterm Dach, und warten auf Luke. Einfach alles in diesem Raum ist aus Holz. Die Dachschrägen, die Tische, die Stühle, die Wände. Ausnahmen sind nur die kleinen süßen Tischlampen und das Whiteboard, das in diesem antik anmutenden Raum ziemlich fehl am Platz wirkt.

Luke kommt freudestrahlend herein, legt seine Papiere vorne auf den Tisch und klatscht in die Hände.

»Wir haben Glück! Bisher ist der Himmel klar und laut Wettervorhersage und den bisherigen Berechnungen soll das auch so bleiben. Heute Abend werden wir uns also auf den Weg machen und mit etwas Glück werden wir die Polarlichter in wenigen Stunden sehen.«

Man kann die freudige Erwartung aller im Raum deutlich spüren. Sogar Noel lächelt.

»Doch bevor wir zu Abend essen und danach losgehen, werdet ihr von mir noch einiges über das Phänomen Polarlicht lernen.«

Luke macht das Licht aus und schaltet den Beamer an.

»Wie der Name vermuten lässt, sind Polarlichter besonders an die Polargebiete gebunden. Sie treten meist in einem Gürtel rund um den magnetischen Pol auf. Entsprechend werden sie dann auch als *Nordlicht* oder *Südlicht* bezeichnet, oder *Aurora borealis* und *Aurora australis*. Die Entstehung dieses wunderschönen Naturschauspiels hat maßgeblich mit der Sonne zu tun. Von der Stärke der Sonnenwinde hängen die Stärke und das Auftreten der Polarlichter ab. Die Farben des Polarlichts sind rot, grün und blau. Mischfarben wie violett, weiß und auch gelb entstehen aus diesen Grundfarben. Welche Farben das Polarlicht hat, hängt von den Bestandteilen der Atmosphäre ab und davon, in welcher Höhe sich das Schauspiel ereignet.«

Völlig gebannt lausche ich Lukes Stimme, nehme die Bilder auf, die an die Wand geworfen werden, und kann die Vorfreude auf nachher kaum zügeln. Unvorstellbar, dass wir diese Bilder bald nicht nur mithilfe eines Beamers sehen werden, sondern mit eigenen Augen, im realen Leben.

Nach dem Abendessen ist es so weit. Wir packen uns dick ein, trinken noch einen Tee und ziehen dann los. In meiner kleinen Tasche habe ich meine Kamera verstaut, ich will das festhalten. Luke führt uns zu einer Stelle außerhalb von Kiruna, wo uns kein künstliches Streulicht die Sicht auf den Himmel und die Polarlichter versperren kann. Der Ausflug wird um die vier Stunden dauern.

Wir gehen los, wir reden und wir lachen. Die Gruppe ist aufgeregt, alle sind freundlich und gut gelaunt. Selbst Noel und ich sind entspannt und reißen Witze. Auch wenn meine meist nicht so lustig sind. Noel meint, ich würde mich zu sehr anstrengen, woraufhin ich ihm einfach nur die Zunge rausstrecke. Ich sage am besten nichts mehr, hier wird alles gegen mich verwendet.

Es wird dunkler, die Lichter von Kiruna werden kleiner. Nach einem anstrengenden Marsch sind wir da. Jetzt müssen wir Geduld haben. Luke versorgt uns alle mit einem Pappbecher und Tee aus seiner Thermoskanne.

»Meinst du, wir haben heute Abend schon Glück?«

Noel sieht mich von der Seite an und nippt dann an seinem Tee. Er verbrennt sich die Zunge. »Scheife, if daf heif …« Er nuschelt und lispelt gleichzeitig und ich kann nicht anders, als laut loszulachen.

»Jeder weiß, dass man erst pusten muss.«

Ich schüttle immer noch lachend den Kopf.

»Ich weiß, wir haben Glück. Der Himmel ist so klar.«

Mit dem dampfenden Tee in den Händen und den fröhlichen Stimmen der anderen im Ohr lege ich den Kopf in den Nacken und sehe mir die Sterne an. Sie leuchten hier so viel heller und klarer als daheim. Sie wirken größer und kräftiger. Mit einer Gänsehaut auf den Armen denke ich an den ersten Punkt auf unserer Liste. An unsere erste Nacht unter den Sternen.

Dann geht ein Raunen durch die Menge. Ich sehe es auch, ohne Lukes Finger zu folgen, der auf die bunten Streifen zeigt. Kurz kommt mir der Gedanke, meine Kamera aus der Tasche zu holen oder mein Handy, damit ich ein Foto machen kann oder einen Film. Aber ich tue es nicht. Ich halte die Bilder mit meinen Augen fest, mit meinen Gedanken. Ich nehme sie, fange sie und schließe sie ein. Ich denke an Phil und hoffe, dass er das gerade auch sieht.

Die Farben des Nordlichts werden heller und heller, sie tanzen am Himmel, schlängeln sich an ihm entlang. Ein buntes tosendes Meer, in schillernden Farben, mit wilden Wellen, die unter den Sternen tanzen. Sie spiegeln sich in uns wider.

Unsere Welt besteht aus vielen kleinen Wundern, wir nehmen uns nur zu selten die Zeit für sie.

Noel greift nach meiner freien Hand und ich lasse es zu. Wir haben es geschafft. Wir sind hier und haben wieder etwas erlebt, wieder einen Punkt der Liste erfüllt – für Phil. Diesen Punkt werde ich in vielen bunten Farben durchstreichen, mit allen, die gerade über uns am Himmel leuchten.

⋆

Zurück im Hotel, folge ich Noel in sein Zimmer. Vor dem Frühstück haben wir bereits meine Sachen rübergebracht, meine Tür war nicht mehr zu retten.

Zu zweit stehen wir nach unserem stundenlangen Ausflug in diesem Zimmer, das kleiner und kleiner zu werden scheint. Selbst wenn Noel mir hier Freiraum geben wollen würde, wäre es nicht möglich. Weder ist eine Couch vorhanden noch bietet der Boden genug Platz, um dort zu schlafen. Mal abgesehen davon, dass ich das nicht von ihm verlangen würde. Nein, ich bin froh, dass ich heute Nacht nicht allein bin – dass ich es, bis wir zu Hause sind, nicht mehr sein werde.

Schließlich liegen wir im Bett, Schulter an Schulter. In dem dunklen Zimmer dröhnt jeder Atemzug wie ein Gewitter in meinen Ohren und ich traue mich nur zu flüstern.

»Noel?«

»Ja?«

»Schläfst du schon?«

»Dann würde ich dir kaum antworten.«

Das Lächeln in seiner Stimme ist nicht zu überhören.

»Warum hast du Phil so selten besucht?«

Innerlich ohrfeige ich mich dafür, dass ich diese Frage gestellt habe, und ich bin unsagbar froh, dass ich Noels Gesicht in diesem Moment nicht sehen muss. Die Sekunden verrinnen, werden zu Minuten, meine Augenlider werden bereits schwer und ich glaube nicht mehr, dass er mir noch antworten wird.

»Weil ich egoistisch war – und feige.«

Seine Worte verlassen beinahe abgehackt seinen Mund, wirken gepresst.

»Das glaube ich dir nicht.«

Er ist kein egoistischer Mensch. Nicht der Noel, den ich kennengelernt habe. Nicht der Noel, der ein fremdes Mädchen tröstet und für sie eine Tür zerstört, weil sie Albträume hat. Nein.

»Das solltest du aber. Mach dir keine Illusionen, dass ich das nicht bin. Ich bin kein netter Kerl, Yara.«

»Du hast nicht zu entscheiden, was ich von dir denke. Ich glaube nicht, dass du egoistisch warst. Vielleicht siehst du es heute so, weil Phil nicht mehr da ist. Aber damals war es etwas anderes.«

Meine Stimme ist leise, ich versuche, ruhig zu sprechen. Es soll nicht wie ein Widerwort klingen.

»Ich war nicht da, als er mich gebraucht hat. Ich bin nicht da gewesen, weil ich mich mehr um mich gekümmert habe. Was ist das, wenn nicht Egoismus?«

Der Schmerz in seiner Stimme raubt mir den Atem. Ich weiß genau, was er meint. Ich weiß, was Leid und Schuld bedeuten, und ich weiß, wie es sich anfühlt, wenn man nichts dagegen tun kann.

»Ich habe ihn für Fehler verantwortlich gemacht, die jemand anderes begangen hat.«

Niemals habe ich gedacht, dass Noel weiterredet. Ich bleibe stumm, ich warte. Ich nehme seine Hand.

»Meine Mutter war … Ich war kein Wunschkind. Mein Vater hat uns früh verlassen, ich kenne ihn nicht. Meine Mutter hat es jahrelang irgendwie geschafft, sich und mich durchzubringen. Phil war immer für uns da, ich war immer lieber bei ihm als bei ihr.« Zitternd holt er Luft. »Eines Tages war sie einfach weg. Ein Zettel auf dem Küchentresen der Wohnung mit den Worten *Ich kann nicht mehr* ist das Einzige, was mir von ihr blieb. Ich zog zu Phil, habe mich unmöglich benommen. Es gab zu viele Partys, zu viel Alkohol. Zu viel von allem. Irgendwann kurz vor meinem sechzehnten Geburtstag hat Phil mir gesagt, wie leid es ihm tut und dass er nicht gedacht hätte, dass sie wirklich geht.«

Vergeblich versuche ich stillzuhalten, ruhig zu atmen. Noel lacht freudlos auf.

»Gott, er wusste es. Sie hat es ihm ein paar Tage zuvor angedroht und er hat gedacht, es wäre eine ihrer Launen. Er hat nichts getan und ich habe ihn dafür verantwortlich gemacht. Für alles.«

Er drückt meine Hand fester, sein Atem geht so schnell, als wäre er einen Marathon gelaufen, ich kann ihn klar und deutlich hören.

Ich könnte sagen, dass es mir leidtut, aber niemand weiß besser als ich, dass diese Worte niemandem helfen. Nein, sie sind nichts wert. Stattdessen drehe ich mich zu ihm, kuschle mich an ihn.

»Phil war dir nie böse. Ich bin mir sicher, er wusste, wie viel er dir bedeutet.«

Noel drückt mich an sich und ich spüre sein Nicken. Ich weiß nicht, ob er mir glaubt, aber ich wünsche es mir.

24 Noel

WIR BESTEHEN AUS ERINNERUNGEN

Während Yara neben mir ihr Buch liest, lese ich zum hundertsten Mal Phils Brief und die Liste. Fünf Punkte sind erledigt, fünf sind noch offen.

Schweden war wundervoll. Nie hätte ich gedacht, dass die Nordlichter mich so umhauen würden. Sie waren unbeschreiblich. Aber es waren nicht nur sie, ich denke, es war auch Yara. Deshalb sind wir die Nacht danach noch mal auf eigene Faust losgezogen, um sie zu sehen. Wir konnten nicht genug bekommen. Man gab uns eine Karte und der Weg war nicht besonders kompliziert, wir haben den Aussichtspunkt ohne Probleme selbst erreichen können. An diesem Ort zu sein, ein zweites Mal und noch dazu nur wir beide, das war der Moment, in dem ich das Gefühl hatte, Punkt drei der Liste wirklich durchstreichen zu können.

Jetzt sitzen wir im Flugzeug nach Brasilien. Yara wird zu einer Freundin. Keine Ahnung, ob sie das weiß, aber ich vertraue ihr. Ich sehe zu ihr, sehe, wie sie ihre Nase krauszieht, wenn sie etwas liest, was sie bewegt. Wie ihre Sommersprossen ihr Gesicht noch schöner machen, obwohl sie sie nicht ausstehen kann. Seit meine Mutter Phil und mich verlassen hat, ging es stetig bergab. Seit ich herausfand, dass Phil von ihrem Plan wusste, habe ich niemandem mehr vertraut und mich auf niemanden mehr verlassen. Es gab keinen Menschen, in dessen Gegenwart ich mich wirklich wohlgefühlt habe, nicht mal Phil, auch wenn ich das gerne wollte. Als ich Yara das erste Mal sah, wusste ich nicht, was ich von ihr halten soll. Als ich erfuhr, dass ich mit ihr um die halbe Welt reisen muss, habe ich gedacht, sie würde mich nerven, eine Last sein. Das kleine Lesemädchen. Über all diese Gedanken kann ich nur noch den Kopf schütteln. Verdammt, ich will auch wirklich nicht wissen, was sie von mir gehalten hat – oder immer noch hält. Eines ist klar, seit all dieser Zeit ist Yara der erste Mensch, dem ich wieder vertraue. Es ist genauso schön, wie es angsteinflößend ist.

»Wieso siehst du mich so an?«

Sie blickt auf ihr Buch, aber natürlich hat sie gemerkt, dass ich sie beobachte.

»Nur so.«

Sie lächelt. »Lügner.«

Das ist fast noch schlimmer als das mit dem Vertrauen. Sie fängt an, mich zu durchschauen.

»Du siehst komisch aus, wenn du liest.«

»Wie bitte?« Ruckartig dreht sie den Kopf zu mir und starrt mich mit großen Augen an. »Ist Prinz Charming zurück?«

»Der war nie weg. Ich war doch immer charmant, seit unserer ersten Begegnung. Aber du … puh.«

Sie weiß, dass ich sie aufziehe, aber trotzdem nimmt sie es ernst.

»Oh ja, ich erinnere mich. Du warst wirklich sehr nett und zuvorkommend. Soll ich noch mal alles wiederholen, was du zu mir gesagt hast?«

Sie setzt ihr Gewinnerlächeln auf, während ich die Lippen schürze.

»Nein«, sage ich resigniert.

Den Scheiß will ich nicht aus ihrem Mund hören. Ich bin mir durchaus bewusst, dass ich kein Sonnenschein war.

»Was liest du?«

Neugierig beuge ich mich zu ihr.

»Ich lese *Lucian*. Es ist eines meiner Lieblingsbücher.«

»Das heißt, du kennst es schon?«

»Natürlich!«

Völlig verwirrt sieht sie mich an. Okay, eigentlich sieht sie mich an, als hätte ich sie nicht mehr alle, weil ich ihr diese Frage überhaupt gestellt habe.

»Äh, und wie oft hast du das Buch jetzt schon gelesen?«

Sie muss ernsthaft darüber nachdenken. Mit dem Zeigefinger auf dem Kinn grübelt sie.

»Hm, ich denke, so um die fünfzehn Mal. Aber ich bin mir nicht sicher.«

Ich sage ihr nicht, dass sie verrückt ist, aber sie ist es. Der Name Lesemädchen war nie passender als in diesem Moment.

»Da ist ja jemand sprachlos.«

Sie lacht über mich, ich kann es ihr nicht verübeln. Ich *bin* sprachlos. Wer liest schon fünfzehn Mal ein und dasselbe Buch?

»Du verstehst das nicht.«

»Was genau?«

»Das mit dem Buch. Ich sehe es dir an. Vielleicht solltest du ein Buch, das du bereits kennst, auch noch mal lesen.«

»Was soll mir das bringen?«

Ihr verschmitztes Lächeln weicht einem anderen Lächeln. Einem weichen und beinahe liebevollen. Sie klappt ihr Buch zu, streicht über den Buchrücken. Dann nimmt sie meine Hand und legt sie darauf.

»Phil hat mal zu mir gesagt, dass man während des Lesens einen Teil von sich selbst zwischen den Zeilen eines Buches hinterlässt. Jedes Mal, wenn ich das Buch aufklappe, werde ich die Geschichte auf eine andere Art lesen und verstehen, und ich werde mich immer daran erinnern, wie und wo ich es zuvor gelesen habe. Er hat gesagt, man würde dann nicht nur dieses Buch aufschlagen, sondern Erinnerungen.«

Meine Hand wird von ihrer über den Einband des Buches geführt und ihre Worte gehen mir durch Mark und Bein. Ich schlucke schwer, entziehe ihr meine Hand. Es wird zu viel. Zu viel Yara, zu viel Phil, zu viele beschissene Erinnerungen und Gefühle.

»Ja, vielleicht probiere ich es mal aus.«

Nur schwer kriege ich den Satz heraus und ich weiß, damit ist das Gespräch beendet. Kommentarlos schlägt sie das Buch wieder auf und liest weiter, bevor ich noch ein letztes Mal einen Blick auf die Liste werfe.

~~*1) Eine Nacht unter den Sternen schlafen*~~
2) Einen Spaziergang im Regenwald machen
~~*3) Die Nordlichter beobachten*~~
~~*4) Einen Wolf streicheln*~~
5) In den Louvre gehen und alle Bilder ansehen
~~*6) Den Himmel berühren*~~
7) In Venedig mit einer Gondel fahren
~~*8) Die Bibliothek in Dublin besuchen*~~
9) Einen Baum in einem fremden Land pflanzen
10) Leben

Punkt neun werden wir gleich in Brasilien mit Punkt zwei erledigen. Yara hat uns eine kleine Tour durch den Amazonas gebucht, samt Lodge mitten im Urwald. Wir werden von unserem Guide direkt am Flughafen von Manaus abgeholt. Ungefähr dreißig bis vierzig Kilometer von Manaus entfernt liegt unsere Lodge. Den größten Teil werden wir mit dem Geländewagen fahren, den Rest werden wir zu Fuß zurücklegen. In unserer Lodge steht dann schon das kleine Bäumchen, das wir mitten im Amazonas pflanzen werden.

Phils Liste wandert wieder in meine Hosentasche, dafür ziehe ich die Infobroschüre über den Amazonas heraus. Mal sehen, was da alles auf uns zukommt.

Der Amazonas besteht größtenteils aus tropischem Regenwald. Es gibt keine klassischen Jahreszeiten, zumindest werden die Monate nicht so unterteilt, wie wir es kennen. Im Regenwald wird nur zwischen Trocken- und Regenzeit unterschieden.

Zum Glück neigt sich die Regenzeit im Juli bereits dem Ende entgegen. Ich überfliege die Broschüre und bleibe an der Überschrift *Ein typischer Tag im Regenwald* hängen.

Morgens lösen sich die Nebelfelder rasch auf, mittags wird es heiß. Der Regenwald heizt sich auf, speichert die Energie der Sonne. Später ziehen erste Wolken auf, es beginnt sehr schwül zu werden. Die Wolken verdichten sich immer mehr und am späten Nachmittag gibt es meist starken Regen, begleitet von Blitz und Donner. Am Abend lässt der Regen nach und die Nacht kann mit Temperaturen um 21 °C »frisch« werden.

Wow, das hört sich doch richtig klasse an. Dieser Klimawechsel wird mir den Rest geben. Wir werden schwitzen wie die Schweine. Hamburg im Hochsommer ist bestimmt ein Witz dagegen.

»*Olá! Eu sou José.*«

Ein Mann, ich schätze Ende zwanzig, mit ziemlich jugendlichem Gesicht steht vor uns und gibt uns die Hand. Seine Haut ist so braun, ich kann kaum wegsehen. Seine Haare sind schwarz und mit einem Zopf im Nacken gebunden. Sein Lächeln ist allerdings ansteckend. Aber ich habe trotzdem kein Wort von dem verstanden, was er gesagt hat.

»*Olá José.*« Yara lächelt, wirkt aber nervös. »Äh, *yo sou* …«

Weiter kommt sie nicht, dann fängt José an zu lachen und winkt ab.

»Es ist süß, dass du es versuchst, aber wir sollten noch an deiner Aussprache arbeiten. Portugiesisch ist nicht so leicht.«

Yara lacht auch und entspannt sich sichtlich.

»Du sprichst Deutsch?«

»Offensichtlich, oder?«

Obwohl er mir damit einen vor den Latz knallt, mag ich José. Er ist ein cooler Typ und sein portugiesischer Akzent ist echt lustig.

»Ich habe drei Jahre in Deutschland gelebt und gearbeitet, bevor ich wieder nach Brasilien zurückkam.«

»Das ist Noel und ich bin Yara. Schön, dich kennenzulernen.«

»Alles klar, ihr zwei. Wollen wir los? Mein Jeep steht gleich da hinten.«

Er zeigt in Richtung Straße, wir folgen ihm.

Auf dem Weg zum Auto schmelze ich beinahe. Wirklich. Ich wusste nicht, was Hitze bedeutet, bevor ich aus dem Flugzeug gestiegen bin. Bei uns ist diese schwüle Hitze eine ganz andere als hier.

Yara setzt sich nach vorne, ihr wird schlecht, wenn sie im Auto hinten sitzt. Ich quetsche mich auf die Rückbank und bin froh, dass alle Fenster bereits offen sind. José setzt das kleine weiße Klappergefährt in Bewegung und Brasilien beginnt an uns vorbeizuziehen. Zum Glück haben wir am Flughafen, bevor wir in die Maschine gestiegen sind, bereits unsere Pullover weggesteckt und gegen Top und T-Shirt getauscht. Ich ziehe noch schnell meine Sonnenbrille aus dem Rucksack, dann geht es mir schon besser.

»Ihr müsst hier viel trinken«, schreit José uns über den Lärm des Jeeps und der offenen Fenster hinweg zu. »Und ich hoffe, ihr habt Mückenspray dabei.«

Das Grinsen, das er mir im Rückspiegel zuwirft, ist beinahe diabolisch und versetzt mich in Angst und Schrecken. Yara dreht sich langsam zu mir um, ihre Miene ist verzogen. Das heißt dann wohl nein. Sie werden uns auffressen!

»Welche Gefahren drohen uns denn noch, außer auf dem Teller von Moskitos zu landen?«

»Oh, es wird euch gefallen, der Regenwald ist vielfältig. Einige Schlangen- und Affenarten, viele verschiedene Vogel- und Fischarten. Kaimane.«

»Bitte sag mir, dass das ein portugiesischer Name für ein wirklich nettes Tier ist und du nicht richtige Kaimane meinst.«

Ich stöhne auf.

»Nein, leider meine ich wirklich Alligatoren. Vergessen dürfen wir auch nicht die Jaguare und Ozelots.«

Sein Lachen hallt durch den Wagen und ich zucke zusammen. Ganz toll, wirklich. An Land werden wir von Moskitos zerstochen oder von Wildkatzen verschlungen und im Wasser erledigen uns die Alligatoren. Ich bin begeistert.

»Keine Panik, es gibt auch noch nette Tiere. Die Vögel singen nur, na ja, bis auf die Harpyie, und das Faultier ist zu faul, um euch anzugreifen.«

Witzig, richtig witzig!

25 Yara

Killermoskitos und andere Katastrophen

Je mehr José erzählt, umso mehr weicht die Vorfreude der Ahnung, die Regenwaldtour könnte schlimmer werden als der Sprung aus dem Flugzeug.

Das Auto haben wir abgestellt und sind jetzt zu Fuß unterwegs. Die Hitze ist unbeschreiblich. Es ist schwül, stickig, die Luft steht beinahe. Der Schweiß klebt an mir, rinnt mir den Nacken hinab über den Rücken, mein Top ist bereits vollkommen verschwitzt. Zum Glück ist es weiß und man sieht es nicht. Meine Jeans ist zu einer zweiten Haut geworden, wenigstens sind meine Chucks auf diesem Untergrund einigermaßen bequem und nützlich. Der Rucksack wird Schritt um Schritt schwerer, während wir durch den Dschungel gehen. Mittlerweile ist sogar José still, es ist einfach zu heiß. Man hört einige Vögel singen, die Blätter rascheln, wenn wir sie zur Seite schieben, herabgefallene Äste knacken unter unseren Füßen. Und dann ist da noch der fluchende Noel, der alle zehn Sekunden sich selbst schlägt, in der Hoffnung, auch mal eine der Mücken zu erwischen.

»Leute, mal im Ernst, warum quälen die Viecher nur mich?«

Klatsch. Ein neuer Versuch.

»Scheiße!«

Und wieder ist er fehlgeschlagen.

»Du bist eben ein ganz Süßer«, sage ich lachend.

»Oh ja, dein Schweiß muss unheimlich anziehend sein«, schreit José über seine Schulter, damit Noel es auch hört.

Der schlägt weiter grummelnd nach den Mücken. Ich konzentriere mich lieber auf unsere Umgebung. Es ist wunderschön hier. Die Bäume sind riesig, sie sind so vielfältig und zwar auf andere Art als bei uns. Jeder Baum versucht den anderen zu übertreffen. Büsche, Sträucher oder so findet man kaum. Alle Pflanzen strecken sich begierig der Sonne entgegen, kaum ein Lichtstrahl dringt bis zu uns hindurch, das Blätterdach über uns ist dicht. Ein einziger wunderschöner Blätterhimmel.

»Na, bewunderst du das viele Grün?«

Noel kommt schwer atmend neben mir an. Seine Haare kleben an seinem Nacken und an seiner Stirn, eine Schweißperle läuft über seine Schläfe. Sein T-Shirt klebt genauso an ihm wie mein Top an mir. Ich muss mich richtig beherrschen, ihn nicht anzustarren. Er sieht wirklich gut aus. Was nicht gut ist, ist, dass mir das andauernd wieder auffällt.

»Hast du schon eine Moskito erwischt?«

»Nein. Aber ich werde dieses Land nicht verlassen, bevor ich das nicht geschafft habe. Sie machen mich wahnsinnig.«

Sein Gesichtsausdruck ist zum Brüllen komisch. Er nimmt die Attacke der Killermoskitos persönlich. Noel hat ein Ziel!

»Ich sehe es schon, du wirst bald in Brasilien leben.«

»Haha, das ist nicht witzig. Du hast keinen einzigen Stich, du verstehst das nicht. Es brennt wie die Hölle! Und wenn die Viecher meinen Schweiß lieben, dann bin ich ihnen ausgeliefert. Ist ja nicht so, dass es hier nicht verdammt heiß ist.«

Klatsch, er schlägt sich auf den Hals.

»Und ich selbst verpasse mir noch blaue Flecken.«

Er sieht mich an und als er erkennt, dass ich wirklich kurz davor bin loszulachen, kann er sein Grinsen auch nicht mehr unterdrücken.

»Lach du nur! Vielleicht mögen sie deinen Schweiß bald auch.«

»Wir sind da.«

José hält an und zieht unsere Aufmerksamkeit auf sich. Er sieht Noel belustigt an.

»Keine Sorge, gleich bist du erlöst. Ihr könnt in Ruhe duschen und euch umziehen. In der Lodge findet ihr über euren Betten ein Moskitonetz und auf dem Tisch steht ein Spray, das sie abhalten sollte, dich zu quälen. Kommt mit.«

Ich meine, von Noel ein *Gott sei Dank* zu hören. Der arme Kerl.

»Das da vorne, das ist eure Hütte. Hier stehen noch ein paar um euch rum, aber gerade sind nicht viele belegt. Ihr seid hier also ziemlich allein und mitten im Dschungel. Aber ihr findet alles Nötige drinnen. Hier in der Nähe gibt es extra für die Touristen und Besucher der Lodges einen kleinen Imbiss mit typisch brasilianischen Speisen. Es wird euch gefallen. Kleine Snacks und genügend Wasser findet ihr in eurem Zimmer. Heute Abend hole ich euch für das Abendessen ab.«

José bleibt vor der Lodge stehen und sieht uns erwartungsvoll an. Ich muss aufpassen, dass meine Kinnlade nicht runterfällt. Ich bin jetzt schon vollkommen hin und weg von dieser Hütte, sie sieht so gemütlich aus. Es gibt eine Veranda und sogar eine Hängematte. Eine Hängematte! Ich bin kurz davor, Freudensprünge zu machen. Ich wollte schon immer mal in einer ein Buch lesen. Die Lodge ist aus Holz gebaut. Das Dach wurde mit Strohmatten überdeckt, aber ich bin mir sicher, dass sich darunter noch zusätzliches Dämmmaterial befindet. Vor den Fenstern hängen dunkelgrüne Vorhänge und Rollos, es gibt kein Glas.

José verabschiedet sich und wir betreten endlich unser Reich für die nächsten Tage. Noel schmeißt sofort den Rucksack von sich und ich tue es ihm gleich. Das Zimmer ist nur wenig größer als das in Schweden, aber es hat viel mehr Charme. Vielleicht macht das auch die Umgebung.

»Hm, zwei Einzelbetten, aber wenigstens ein Zimmer. Ich schiebe sie nachher zusammen.«

»Bitte?«

Irritiert sehe ich Noel an, der mich schockiert zurück ansieht. Wahrscheinlich war es keine Absicht, das laut zu sagen.

»Äh … ich meine … das brauchen wir ja nicht, wir sind ja, wie gesagt, in einem Zimmer. Also … ich gehe dann mal duschen.«

Schneller, als ich reagieren kann, macht er sich auf die Suche nach dem Badezimmer, während ich die beiden Einzelbetten mit den darüberhängenden Netzen kritisch beäuge. Dann fällt mir auf, dass es keine Lampen gibt. Kein Strom. Natürlich ist das klar, aber man ist so daran gewöhnt, dass es erst mal ganz unwirklich erscheint. Zum Glück habe ich Tante Em bereits am Flughafen auf den neuesten Stand gebracht und ihr gesagt, dass alles in Ordnung ist.

Ich hieve den Rucksack auf eines der Betten, öffne ihn und nehme alle Sommersachen heraus. Auf der anderen Seite gibt es zwei Kommoden, in eine verstaue ich meine Sachen sorgfältig. Auf der anderen steht übrigens Noels heiß ersehntes Mückenspray. Den Brief von Phil samt Liste verstecke ich in der Schublade des kleinen Nachttischchens, auf dem eine große Kerze steht. Da ich auch duschen und diese klebrigen Sachen endlich loswerden will, nachdem Noel fertig ist, lege ich mir bereits frische Sachen aufs Bett. Die Chucks ziehe ich schon aus, ebenso die Socken, und ich seufze wohlig auf, als meine nackten Füße das kühle Holz berühren. Mit dem Arm wische ich mir über die Stirn. Es wird immer schwüler. José hatte recht, bald wird es regnen.

Hinter mir kracht eine Tür und Noel kommt wieder ins Zimmer. In Shorts, barfuß, Oberkörper frei. Innerlich stöhne ich auf. Und zwar, weil dieser Junge es mir echt schwer macht. Er macht es mir schwer, diesen Kuss zu vergessen. Dafür vergesse ich immer schneller, wie bescheuert er sich danach aufgeführt hat und wie verletzend.

»Du kannst jetzt duschen gehen, aber mach dir keine Hoffnungen auf eine echte Dusche. Das Wasser kommt aus einem Schlauch und du musst immer an so einer komischen Schnur ziehen. Wenigstens ist es einigermaßen kühl.«

Ich starre auf seine Muskeln. Ich sehe sie mir nicht an, nein, ich starre – und ich weiß es.

»Yara?«

»Häh?«

Wow, ich werde immer geistreicher. Mist!

»Ich sagte, du kannst duschen gehen.«

Oh, wie gerne würde ich ihm dieses überhebliche und allwissende Grinsen aus dem Gesicht wischen. Stattdessen schnappe ich mir meine Sachen und eile aus dem Raum.

Nach hinten raus gibt es eine Tür, die in ein halbes Zimmer führt. Es gibt noch Wände, aber kein Dach mehr, unter mir ist ein Abfluss und der Holzboden neigt sich leicht, damit das Wasser abfließen kann. Links an der Wand ist die Halterung für die Dusche, rechts gibt es einen Haken für das Handtuch. Ich hänge es auf, lege meine Sachen über die Wände und ziehe die verschwitzten Klamotten aus. Sie landen in der Ecke, da, wo auch noch Noels Sachen liegen. Morgen werde ich sie auswaschen und aufhängen.

Mit Shampoo und Seife bewaffnet ziehe ich am Seil und quietsche kurz auf, als das Wasser meine erhitzte Haut trifft. Gott, fühlt sich das gut an. Ich schrubbe meine Haare, wasche mich und ziehe noch zwei- bis dreimal an dem Seil, bis all der Schaum weggespült wurde und aus meinen Haaren raus ist. Nach dem Abtrocknen schlüpfe ich in meine Sachen. Die Haare rubble ich etwas länger als sonst. Hier gibt es keinen Strom, also bleibt der Föhn brav im Rucksack. Aber es ist so warm und schwül, dass es keinen Unterschied macht. Meine Haare sind in Minuten trocken und danach wird mir wieder der Schweiß den Rücken hinunterlaufen. Das wird nicht die letzte Dusche heute gewesen sein.

So wie Noel gehe ich barfuß wieder ins Zimmer. Ich trage ein lockeres Top in dunklem Rot und etwas weitere Shorts, damit sie nicht direkt wieder an mir kleben. Im Zimmer angekommen, sieht er mich ganz seltsam an.

»Wieso grinst du so komisch?«

»Na ja, ich habe gerade das Klo entdeckt. Das Plumpsklo. Du wirst es lieben. Es war ein richtiges Abenteuer.«

Kein Strom, kein Problem. Eine Dusche mit Seil, kein Problem. Kein warmes Wasser, hier sowieso kein Problem. Aber ein Plumpsklo versetzt mich in Angst und Schrecken. Natürlich ist mir in den hintersten Winkeln meines Verstandes klar gewesen, dass das nur logisch ist, so ganz ohne fließendes Wasser. Aber es jetzt noch mal zu hören …

»Oh ja, du wirst es genießen!«

»Ach, sei ruhig«, sage ich und lasse mich aufs Bett fallen.

»Scheiße!«

Noel flucht plötzlich laut und kräftig und springt auf, eilt in Richtung Dusche. Als er wiederkommt, fährt er sich nervös durch die Haare, greift in seine Hosentaschen.

»Was ist los?«

Er antwortet nicht. Stattdessen durchwühlt er beinahe panisch seinen Rucksack, sämtliche Taschen und Ritzen seiner Sachen. Fluchend rennt er aus der Lodge, setzt von der Veranda und jagt Richtung Nirgendwo. Ich fahre hoch, renne ihm hinterher.

»Wo willst du hin?«

»Ich muss noch mal zurück!«

»Wohin zurück? Komm schon! Gleich fängt es an zu regnen – und zwar in Strömen. Noel!«

Er reagiert nicht, hört nicht auf mich, sondern läuft einfach weiter. Frustriert stampfe ich mit dem Fuß auf und atme kurz tief durch. Dann renne ich ihm hinterher. Es wird dunkler, die Wolken werden immer mehr. Ein Gewitter zieht auf und das ist hier an der Tagesordnung. Es wird nicht einfach nur mal kurz nieseln.

»Noel, warte!«

»Scheiße, scheiße, scheiße …«

Sein Blick heftet am Boden, er hört nicht auf zu fluchen.

»Was ist denn los, verdammt noch mal?«

»Ich habe Phils Liste verloren und den Brief. Er war in meiner Hosentasche. Er ist weg!«

Ich höre die Verzweiflung in seiner Stimme und bin kurz davor, mit ihm mitzufluchen. Es ist das Letzte, das ihm von Phil blieb, und wenn sein Brief nur halb so schön und persönlich war wie meiner, dann … Trotzdem kann er nicht einfach wie ein Berserker durch den Regenwald stampfen.

»Noel! Jetzt warte doch!« Ich packe seinen Arm, zwinge ihn dazu, stehen zu bleiben. »Du kannst nicht einfach drauflosgehen. Du hast keine Ahnung, wohin du gehst. Wir sehen die Lodge kaum noch. Ich denke …«

»Geh zurück, Yara! Ich werde nicht ohne diese Liste hier weggehen.«

»Du bist so ein Dickkopf! Es wird gleich in Strömen regnen, wer weiß, was alles passieren kann.«

Aber er hastet schon weiter, ist taub für meine Argumente. Schritt um Schritt entfernen wir uns von der Lodge.

Dann fällt der Himmel auf uns herab. Nicht einmal das dichte Blätterwerk kann uns vor dem heftigen Niederschlag schützen. Wir rennen von Baum zu Baum, aber Noel will nicht aufhören zu suchen. Tropfen um Tropfen landet das Regenwasser auf uns, dringt in unsere Klamotten und rinnt uns über die Haut. Donner und Blitz mischen sich zu dem Regen und ich weiß nicht, wohin mit mir, meinen vollkommen durchnässten Sachen und meinem wild klopfenden Herzen. Die Sicht wird immer schlechter, das Gewitter immer stärker.

»Verflucht, Noel!« Wütend bleibe ich stehen, schreie ihn an. »Wir müssen uns einen Unterschlupf suchen oder zurück zur Lodge.«

Endlich bleibt er stehen und kommt auf mich zu. Er sieht

sich um und runzelt die Stirn. Dann merke ich es. Er hat die Orientierung verloren – und ich weiß auch nicht mehr, aus welcher Richtung wir gekommen sind. Wir laufen zurück, zumindest hoffe ich das.

»Halt, lass uns da rein.«

Der Donner dröhnt durch den Urwald, er und der Regen verursachen eine Gänsehaut auf meinen Armen. Ich zeige auf einen Baum, der hoch in den Himmel wächst. Er sieht nicht aus wie die anderen Bäume. Es wirkt, als wären seine Wurzeln vom Himmel zum Boden gewachsen, nicht umgekehrt. Er hat viele starke Wurzelstränge und nicht einen dicken Stamm. Dadurch ergeben sich Hohlräume, in die wir uns quetschen.

Jetzt sitzen wir mitten im Regenwald. Hilflos. Alleine. Während eines Sturms. Klatschnass. Ohne eine Ahnung, wo wir sind und wie wir wieder zur Lodge kommen. Nur, weil Noel nicht auf mich gehört hat.

Ich fange an zu zittern und ich weiß nicht, ob aus Wut, Verzweiflung oder weil ich vollkommen nass bin. Ich beginne zu frieren, trotz der warmen Temperaturen.

Ich bemerke aus den Augenwinkeln, wie Noels Blick immer wieder an mir hängen bleibt.

»Warum siehst du mich so an?«

Ich zucke kurz zusammen, ich habe nicht damit gerechnet, dass meine Stimme so unsicher klingen würde. Ich will stark sein. Ich will, verdammt noch mal, wütend auf Noel sein.

Er hört einfach nicht auf, mich anzusehen, und ich spüre jeden seiner Blicke. Ich balle die Hände zu Fäusten, presse die Zähne aufeinander und versuche ihn zu ignorieren. Nur wegen ihm sitzen wir in einem Baum fest.

»Es tut mir leid.«

»Weißt du, nicht alles wird sofort wieder gut, wenn man sich entschuldigt. Ich habe dir gesagt, wir finden nicht zurück, aber ich wollte dich nicht alleine gehen lassen, weil ich auch weiß, wie wichtig diese Liste für dich ist. Wie wichtig Phils Brief ist. Und jetzt? Jetzt haben wir den Salat.«

»Ich weiß.«

Noel rückt näher an mich ran. So weit, bis sich unsere Schultern berühren.

Einzelne Wassertropfen fallen auf meinen Kopf oder meine Beine, denn obwohl wir hier einigermaßen geschützt sind, regnet es trotzdem rein. Direkt vor uns geht die Welt unter. Der Donner dröhnt über uns, hallt zwischen den Wurzeln des Baumes wider, Blitze erleuchten den Regenwald. Nur schwer unterdrücke ich ein Stöhnen bei dem Gedanken daran, dass wir jetzt in der Lodge sitzen könnten. Lachend und vor allem trocken. Ich könnte jetzt in der Hängematte liegen und von der Veranda aus dem Regen lauschen, ein Buch lesen. Ich kann wirklich verstehen, dass Noel den Brief wiederhaben will. Wenn ich meinen verloren hätte – allein bei dem Gedanken schnürt sich meine Kehle zu und ein fetter Kloß bildet sich in meinem Hals. Aber wir hätten auf José warten müssen.

Noels Stimme ist wie ein Flüstern, rau, tief, ein wenig kratzig, und reißt mich aus meinen Gedanken.

»Ich habe wirklich schon viele Fehler in meinem Leben gemacht.«

Was er nicht sagt! Ich schnaufe und lege mein Kinn auf meine angezogenen Beine, auf meine Knie.

Nur dieses eine Mal will ich wütend sein.

»Und was, zum Teufel, habe ich damit zu tun?«

Ich drehe den Kopf, funkle ihn böse an, okay, ich versuche es. Ich will ihm sagen, dass gerade wirklich ein schlechter Moment ist, um mit so was anzufangen. Doch seine Augen lassen alles verstummen, jeden Gedanken in mir, jedes Geräusch, bis nur noch das laute Klopfen meines Herzens bleibt.

»Du siehst aus wie mein nächster Fehler, Yara.«

26 Noel

FEHLER SIND ETWAS GUTES. WIR LERNEN AUS IHNEN

Klatschnass sitze ich hier, lausche dem Echo meiner Worte in meinem Kopf und beobachte, wie Yara in eine Art Schockzustand fällt. Ihre Augen weiten sich, sehen aus, als suchen sie etwas, ihre Lippen teilen sich und ihre Wangen färben sich langsam rot. Kein Wunder, ich habe sie komplett überrumpelt – und wenn ich ehrlich bin, mich auch. So ist das alles nicht geplant gewesen. Nein, eigentlich gab es überhaupt keinen Plan. Die Worte haben in einem Schwall meinen Mund verlassen, einfach so. Jetzt, nachdem ich sie gesagt habe, weiß ich, dass sie stimmen. Es fühlt sich nicht schlecht an, sondern verdammt richtig. Yara wird mein nächster Fehler sein. Nicht, weil irgendetwas an ihr falsch ist, sondern weil ich sie mit Sicherheit enttäuschen werde. So etwas zu wissen und es trotzdem zu wagen, das macht es zu einem Fehler. Aber es ist mir egal. Es ist mir egal, wie egoistisch das ist.

Wir sitzen in einem Baum und mir ist auch klar, dass Yara gerade ernsthaft versucht, wütend zu sein. Vielleicht ist sie es sogar. Sie hat auch allen Grund dazu. Ich habe keinen Plan, wo wir sind. Der Standort *Baum im Regenwald* ist ziemlich unpräzise, muss ich gestehen.

Ihre Lippen schließen sich wieder, ihre Augen verengen sich und ihr Lid beginnt zu zucken. Ja, das mit dem Fehler kann man wohl missverstehen. Scheiße, ich habe echt ein Talent für so was. Aber bevor sie mir sagen kann, was für ein Idiot ich bin, setze ich alles auf eine Karte. Ich beuge mich zu ihr, schneller, als sie reagieren kann, und ziehe sie an mich. Sie erzittert leicht, als sich unsere nassen Shirts berühren. Sie erzittert, als ich meine Lippen auf ihre lege. Zuerst reagiert sie nicht, dann spüre ich, wie sie sich entspannt, wie ihre Lippen sich zusammen mit meinen bewegen und wie ihr heißer Atem auf meinen trifft. Bei Gott, es ist das schönste Gefühl dieser Welt.

Yaras Arme legen sich um meinen Hals, ihre Hand fährt durch mein Haar, über meinen Nacken und ihre Zunge spielt mit mir, bis ich eine Gänsehaut bekomme, bis ich sie noch fester an mich drücke. Unser Atem schlägt gegeneinander, findet seinen eigenen Takt. Dank Yara riecht es sogar am Ende der Welt nach Gänseblümchen.

Mein Versuch, Yara nicht zu mögen, ist genauso gescheitert wie der, sie zu beschützen und sie von mir fernzuhalten.

Eigentlich will ich den Kuss nicht beenden. Mir fällt nichts ein, was ich weniger will. Aber wenn ich das hier nicht beende, kann ich für nichts garantieren. Sanft streiche ich mit den Lippen noch ein letztes Mal über ihre, bevor ich sie leicht von mir schiebe. Wir öffnen die Augen, unser Atem geht stoßweise, mein Herz läuft auf Hochtouren, zertrümmert mir fast die Brust. Yaras Wangen leuchten beinahe so sehr wie ihre Sommersprossen und das Grün ihrer Augen.

Ich sollte etwas sagen.

»Wir sollten unsere Shirts ausziehen.«

Yara sieht mich irritiert an.

»Ich meine, sie sind klatschnass und uns wird nicht so schnell kalt, wenn wir Haut an Haut … also, es trocknet schneller, wenn …«

Oh Gott, was rede ich da? So uncharmant ich das auch rübergebracht habe, es stimmt. Yara würde weniger zittern.

Mir bleibt der Mund offen stehen, als sie ohne Vorwarnung ihr Top über den Kopf zieht und nur noch im Bikini-Oberteil vor mir sitzt. Herausfordernd sieht sie mich an, aber ich brauche einen Moment, um mich zu sammeln. Es ist amtlich, ich fülle die Fettnäpfchen, in die ich trete, stets selbst.

Kurz und schnell atme ich ein und aus, bevor ich auch mein T-Shirt ausziehe und neben das Top von Yara gleiten lasse.

»Komm her.«

Ich lehne mich an eine der Wurzeln und breite die Arme aus. Yara kuschelt sich an mich, legt ihren Kopf in meine Halsbeuge. Ihr warmer Atem gleitet über meine Haut, während ich versuche sie zu wärmen, und mit meinen Händen über ihre Arme fahre.

»Noel?«

»Ja?«

»Wenn du mir morgen wieder sagst, mich zu küssen wäre eine *nicht so gute Idee* gewesen, werde ich dich verprügeln müssen.«

Ich spüre ihr Lächeln, das ansteckend wirkt.

»Ich habe dir eben schon gesagt, du bist mein nächster Fehler.«

»Wieso hast du ihn dann begangen?«

»Weil ich …«

»Sag es nicht!«

»Was denn?«

»Dass du egoistisch bist.«

»Kannst du etwa Gedanken lesen?«

»Nein. Aber irgendwie dich.«

Sie drückt sich fester an mich, legt ihre Hand auf mein Herz. Ich schlucke schwer.

»Na gut, dann sagen wir eben, dass es nicht anders ging. Vielleicht war es ein Fehler. Vielleicht werde ich dich ganz furchtbar enttäuschen. Aber ich wollte es wenigstens versuchen, es herausfinden.«

»Danke«, flüstert sie mir zu.

»Wieso bedankst du dich?«

»Weil ich dein Fehler sein darf. Fehler sind etwas Gutes. Wir lernen aus ihnen.«

Ich schließe die Augen und genieße das Gefühl, Yara so nah bei mir zu haben.

Sie verändert mich. Sie hat es schon die ganze Zeit getan. Denn sie ist der einzige Mensch, von dem ich nicht möchte, dass er mir fernbleibt.

»Deine Gedanken sind unheimlich laut.«

Ich lächle.

»Also kannst du sie hören?«

»Nein, leider nicht. Aber ich merke, dass du nicht aufhörst zu denken. Was beschäftigt dich?«

»Zu viel.«

»Erzähl mir etwas. Etwas Schönes.«

Sie zieht ihre Beine noch enger zu sich, kuschelt sich richtig an meine Seite und seufzt wohlig auf.

»Ich denke, dass das hier der schönste Moment seit langer Zeit ist und ich verdammt froh bin, die Liste auf dem Weg verloren zu haben.«

Der Regen prasselt unaufhörlich nieder. Ich versuche mich auf ihn zu konzentrieren, anstatt auf Yara und meine verkorksten Gefühle. Oder auf ihre Hand auf meinem Bauch, ihren Atem auf meiner Haut, den Geruch von Gänseblümchen … Verdammt! Was ist nur los mit mir? Wie kann ich froh sein, Phils Brief und seine Liste verloren zu haben?

Yara hebt ihren Kopf, stützt sich ab und dreht ihr Gesicht zu mir, sodass sie mir in die Augen sehen kann. Sie lächelt. Und dann ist sie es, die mich küsst. Das erste Mal. Erst jetzt kann ich mich richtig entspannen. Jetzt, wo ich weiß, dass sie das alles genauso will wie ich. Auch wenn ich keinen Plan habe, was *das alles* eigentlich genau ist.

»Wie ich sehe, störe ich.«

Wir fahren auseinander, als hätten wir uns verbrannt.

»José!«

Yara atmet erleichtert aus.

»Es ist wirklich unhöflich, nicht da zu sein, wenn ich euch zum Abendessen abholen will.« Diabolisch grinsend stellt er sich vor den Baum und stemmt die Hände in die Hüfte. »Aber ich kann es euch nicht verübeln. Ihr habt eine tolle Alternative gefunden.«

»Entschuldige, wir haben uns verlaufen. Dann hat es angefangen zu regnen und …«

José winkt ab und unterbricht Yaras Erklärungsversuche.

»Zum Glück seid ihr nicht allzu weit gekommen. Zumindest nicht so weit, dass ich euch nicht mehr finden konnte. Und vielleicht tröstet es euch, wenn ich euch sage, dass ihr nicht die Ersten seid, die hier in diesem Baum Unterschlupf gesucht haben. Los, kommt. Der Regen lässt bereits nach und das Essen wartet. Wir brauchen einige Minuten nach Hause.«

Ich helfe Yara beim Aufstehen, dann schnappen wir uns die nassen Oberteile und verlassen den Baum. Ich stecke Yaras Top mit meinem Shirt hinten in meine Hosentasche. Sie hängen halb raus, aber die Hose ist sowieso nass und so müssen wir sie nicht tragen. Zugegeben, gerne hätte ich noch mehr Zeit mit Yara inmitten dieses Baumes verbracht, aber nach dem Essen werden wir wieder in der Lodge sein. Ungestört. Der Gedanke daran lässt mich lächeln, ohne dass ich es stoppen kann.

Yara streift mich mit ihrem Rehaugenblick. Diesem Blick, den sie aufgesetzt hat, als Patrick uns fragte, ob wir zusammen Phils Liste erfüllen. Damals kam der Blick von einer Fremden und schon da konnte ich ihm nicht standhalten. Heute reißt er mir den Boden unter den Füßen weg.

Wie in Trance nehme ich Yaras Hand, sie ist weich und überraschend warm. Sie geht seitlich hinter mir, es ist zu wenig Platz, um direkt nebeneinander zu laufen. Wir folgen José und jetzt, da ich nicht mehr nach dem Brief und der Liste suche, merke ich, dass wir uns wirklich mitten im Nirgendwo befinden.

»Ihr seid ein wenig vom Weg abgekommen, was?«

José lacht, während er weiter vorausgeht.

Es regnet noch, aber lange nicht so stark wie bis vor wenigen Minuten. Jetzt genieße ich es. Das Wasser kühlt mein erhitztes Gemüt, auch wenn es selbst nicht besonders kalt ist. Ich spüre jeden Tropfen auf meiner Haut genauso intensiv wie Yaras Hand in meiner. Der Boden ist nass und weich. Wir haben keine Schuhe an, sind barfuß. Nach dem Duschen haben wir keine angezogen und ich bin so schnell aus der Lodge – ich hatte es vergessen, Yara hatte keine Zeit dafür.

Wie eine Ewigkeit kommt mir unser Marsch hinter José vor.

»Ahhhhh!«

Yara schreit plötzlich laut auf, ein heftiger Ruck, ihre Hand entgleitet mir beinahe. Ich drehe mich. Sie fällt auf den Boden, gibt erstickte Laute von sich und umfasst ihren rechten Knöchel. Sofort bin ich bei ihr, frage, was passiert ist. José schiebt mich zur Seite, kniet sich ebenso vor sie. Mit ernster Miene hebt er ihren nackten Fuß an, besieht den Knöchel und da entdecke ich sie: Bisswunden.

José stößt ein lautes und wütendes *Merda* aus, bevor er ihren Fuß loslässt und ihr Kinn grob anfasst. Erschrocken sieht Yara ihn an und atmet schwer, mit tränenverhangenen Augen.

»Wie sah die Schlange aus?«

»Lass sie sofort los!«

Die Wut pulsiert in meinen Adern, ich packe Josés Hand grob und ziehe ihn von Yara weg. Ich will nicht, dass er ihr Angst macht. Verflucht, er soll ihr nie wieder so nah kommen.

»*Menino*, lass den Quatsch! Sie muss mir sagen, was sie weiß. Was sie gesehen hat! Hier kriechen nicht nur Kuscheltiere durchs Gebüsch. Wenn die Schlange sehr giftig war, wird sie schnell Probleme bekommen.«

Sein strenger Blick, seine schneidende Stimme, seine angespannte Haltung – sie zeigen mir, wie ernst es ist.

»Ich ha… habe sie nicht gesehen. Ich habe nur den Schmerz gespürt.« Yara wird bereits ganz blass.

»*Merda! Merda! Merda*!« José springt auf, fährt sich mit der Hand durch die Haare. »*Bora! Vamos!* Trag sie, *Menino*! Sie muss schnell Medikamente bekommen.«

»Yara, ich weiß, es tut weh, aber wir bringen dich jetzt schnell zur Lodge, okay?«

Ihre Zähne hat sie mittlerweile in ihre Unterlippe gegraben. Sie nickt mir zu, sieht mir in die Augen. Scheiße, wie konnte das passieren? Wenn ich nicht einfach losgelaufen wäre …

»Es ist nicht deine Schuld.«

Erschrocken erwidere ich ihren Blick, dann greife ich unter sie und hebe sie auf meine Arme. Die ihren umfassen meinen Hals, halten sie mit fest, während ihr Kopf an meiner Brust ruht.

So schnell wie möglich hetzen wir durch den Dschungel. Der Regen vermischt sich mit meinem Schweiß, ich atme schwer – und Yara ebenso. Manchmal entfährt ihr ein zischender Laut. Sie wird in meinen Armen gut durchgeschüttelt, aber ich kann gerade nichts tun, um ihre Situation erträglicher zu machen. Nichts, außer sie fester zu halten und schneller zu laufen.

»Wir sind gleich da. Alles wird gut, Yara.«

»… du musst nur fest daran glauben«, flüstert sie in meine Halsbeuge.

Ihr Kopf rutscht ab, gleitet nach hinten, ihre verschränkten Arme lösen sich.

»Yara! Hörst du mich? Verdammt, Yara!«

Sie reagiert nicht.

»José, ich glaube, sie ist ohnmächtig geworden.« Meine Stimme ist ein heiserer Schrei.

»Los, wir sind gleich da!«

Die Lodge zeichnet sich vor uns ab. Mit Yara auf dem Arm renne ich die Stufen der Veranda hoch, hinein, raus aus dem Regen. Ich lege sie aufs Bett. Wir atmen schwer, wir alle. José sieht nochmals nach dem Biss. Er blutet. Die Eintrittswunden der Fangzähne sind klar zu erkennen. Mittlerweile ist ihr

Knöchel angeschwollen und die Haut um die Bisswunde stark gerötet.

»Du bleibst hier, ich renne zum Haupthaus, hole Medikamente und Hilfe. Es würde zu lange dauern, sie von hier ins Krankenhaus zu schaffen. Wenn wir Pech haben, war es eine Bothrops asper. So schnell, wie es ihr schlechter geht, ist davon auszugehen. Bleib bei ihr!«

José ist weg. Hilflos breche ich vor Yaras Bett zusammen, sinke auf die Knie und nehme ihre Hand. Ein leises Stöhnen entfährt ihr. Sie ist wach.

»Yara? Hörst du mich?«

Langsam öffnet sie die Augen und dreht den Kopf zu mir. Ich sehe, wie sie schwer schluckt. Ihre Haare kleben an ihrer Stirn und an ihren Wangen, ich streiche sie vorsichtig zur Seite.

»Verdammt, du bist heiß!«

Sie fühlt sich an, als würde sie verbrennen.

»Das fällt dir jetzt erst auf?«

Ihr Versuch eines Lächelns scheitert kläglich, obwohl sie mir eines beschert.

»Nein, das tut es nicht.«

Mit einer Hand halte ich die ihre, mit der anderen fahre ich weiter über ihre Wange. Ihr Mund ist leicht geöffnet, sie atmet ziemlich schnell. Viel zu schnell. Ein Blick nach unten zeigt mir, dass ihre Wunde noch blutet. Scheiße!

»Es wird schon wieder. So schlimm ist es gar nicht, es zwickt nur ein wenig. Morgen können wir unsere Tour machen.«

Wenn sie nicht so vor mir liegen würde, mit schweißbedeckter Haut, vom Regen durchtränkten Sachen, Fieber und einer blutenden Wunde, verursacht durch eine beschissene Schlange, dann würde ich ihr vielleicht glauben. Sie streicht mir durch die Haare, über die Wange. Sie versucht zu lächeln und sagt mir immer wieder, dass alles gut wird, wenn ich nur daran glaube. Das ist verrückt. Eigentlich sollte ich ihr all das sagen, sollte der Starke und Mutige von uns beiden sein, aber Yara dreht den Spieß einfach um. Ich versinke in ihren Augen, versuche ihr so viel zu sagen, ohne dabei zu reden – und ich hoffe, sie versteht mich. Ich hoffe, sie versteht jedes einzelne ungesagte Wort.

José stürmt in die Lodge, lässt uns zusammenzucken. Er hat, neben einem kleinen Koffer, noch eine ältere Frau mitgebracht, die sich sofort über Yaras Bein beugt. Sie ist relativ klein, hat tiefbraune Haut, schwarzes, mit grauen Strähnen durchzogenes langes Haar, das zu einem Zopf geflochten ist.

»Das ist Maria. Sie ist Ärztin. Sie wird helfen.«

José ist völlig außer Atem und steht mit vor der Brust verschränkten Armen vor dem Bett. Mit kritischem Blick sieht er Maria zu, wie sie den Koffer öffnet und einzelne Medikamentenpackungen, Verbände und eine Spritze herausholt. Maria wendet sich an Yara, ihre Züge werden weich. Sie redet auf Portugiesisch mit ihr und streicht ihr beinahe liebevoll über das Bein.

»Sie sagt, dass es sein kann, dass dir noch lange übel sein wird, das Fieber kann noch etwas anhalten. Morgen sollte es viel besser sein. Aber du sollst dich einige Tage ausruhen und vielleicht zur Überprüfung ins Krankenhaus fahren.«

José übersetzt es für uns und spricht Yara direkt an. Sein Akzent ist wesentlich stärker als sonst, vielleicht weil er selbst so aufgewühlt ist.

Während Yara wieder wegdriftet, nicke ich José dankend zu.

Maria reinigt und versorgt die Wunde, spritzt ihr das Gegengift und ein Antibiotikum. Dann verbindet sie den Biss und legt einen kalten Umschlag darauf, damit die Schwellung schneller zurückgeht. Das Ganze dauert länger als gedacht und zehrt an meinen Nerven. Die Stille in der Lodge ist erdrückend. Ich kann nichts tun, außer Maria bei ihrer Arbeit zuzusehen und zu hoffen, dass es Yara bald besser geht.

Nach gefühlten Stunden steht Maria auf, wischt sich mit der Hand über die Stirn und lächelt mich an, bevor sie samt Koffer nach draußen verschwindet.

»Und? Wird sie wieder?«

»*Sim*. Das hoffen wir. Wir müssen sie im Auge behalten und notfalls ins Krankenhaus bringen. Sollte es innerhalb der nächsten Stunde schlimmer werden und die Wunde nicht aufhören zu bluten, sollte ihr Fieber nicht zumindest ein wenig runtergehen …«

José redet nicht zu Ende und ich will auch gar kein *dann* hören. Er verlässt die Lodge mit dem Versprechen, in einer Stunde wieder mit Maria nach uns zu sehen.

Yara liegt vor mir, blass und leblos. Trotzdem sehe ich ihr warmes Lächeln vor mir, sehe ihren Blick, der mich durchbohrt. Mein Herz fühlt sich an, als befinde es sich in einem Schraubstock. Ich wollte das hier nicht.

Ich erinnere mich, warum ich mich von allen ferngehalten habe. Ich erinnere mich, warum ich mich verändert habe, als meine Mutter ging, und warum ich mich habe hängen lassen. Ich erinnere mich, warum ich ausgezogen bin, als ich erfahren habe, dass Phil es wusste. Warum ich ihm nicht verzeihen konnte. Ich erinnere mich, warum ich nie wieder jemandem vertrauen wollte, warum ich niemanden mehr an mich heranlassen wollte.

Es tut nur weh. Es tut so verdammt weh.

27 Yara

Gefühle gleichen einem Gewitter – sie kommen manchmal völlig unerwartet, aber meistens mit voller Kraft

»Du liest ja immer noch.«

Seufzend schüttelt meine Mutter den Kopf und tritt lächelnd an mein Bett. Sie lässt sich auf der Kante nieder und streicht mir über die langen Haare. Wehmütig klappe ich das Buch zu und drehe mich zu ihr.

»Yara, weinst du?«

Ich möchte es verneinen, aber es wäre gelogen. Sie zieht mich an sich.

»Was ist los, mein Schatz?«

Tief sauge ich ihren Duft ein. Sie riecht immer ein wenig nach Vanille. Leise schafft es eine Träne aus meinem Augenwinkel, bevor ich sie aufhalten kann.

»Glaubst du, dass es für jeden von uns ein Happy End geben kann, Mama?«

Sie schiebt mich von sich und lächelt mich an.

»Wieso fragst du das?«

»Ich habe wieder in dem Märchenbuch gelesen, das Papa mir geschenkt hat. Und alle bekommen am Ende ihr Happy End. Ich habe mich gefragt, ob wir auch eins bekommen.«

»Wenn alle Geschichten gut ausgehen, warum warst du dann so traurig?«

»Weil alle vorher ganz schlimme Sachen erleben. Das hat mich traurig gemacht. Sie haben es nicht verdient.«

»Ich verstehe, was du meinst«, sagt sie mir und nickt.

»Glaubst du, wir bekommen auch eins? Ohne dass uns etwas Schlimmes vorher passiert?«

Sie drückt mich wieder an sich, küsst mich auf den Kopf.

»Ja. Alles wird gut, du musst nur daran glauben, Yara. Immer.«

Die Szene verschwimmt vor meinen Augen, mein zehnjähriges Ich wird zu meinem jetzigen Ich. Zu dem Ich vor dieser Nacht.

»Los, Yara! Du kannst nicht immer zu Hause sitzen und lesen oder Hausaufgaben machen. Das Leben besteht nicht nur aus Büchern und einem Zimmer mit vier Wänden.«

Meine beste Freundin Lia verschränkt wütend die Arme vor der Brust.

»Wie stellst du dir das vor?«

»Komm schon! Es ist eine Party, nichts weiter.«

»Genau. Eine Party an einem Donnerstagabend. Wir haben morgen Schule und keinen Führerschein. Wie sollen wir da überhaupt hinkommen?«

»Mach dir keine Sorgen. Meine Eltern sind mal wieder nicht da, du kannst bei mir schlafen und wir sagen deinen Eltern einfach nichts. Außerdem hat Matti schon angeboten, dass er uns mitnehmen kann.«

Gewinnend grinst sie mich an. Aber mir wird ganz schlecht bei dem Gedanken, meine Eltern anlügen zu müssen. Ich habe sie noch nie angelogen. Und ich war noch nie auf einer Party. Bisher waren sie nicht besonders reizvoll für mich. Ich ging lieber klettern, in den Park oder blieb mit meinen Büchern daheim.

»Lia, ich weiß wirklich nicht, ob das so eine gute Idee ist.«

»Adam wird da sein.«

»Na und?«

Ich spüre bereits, wie das Blut in meine Wangen schießt.

»Na und?« Empört sieht sie mich an. »Das ist DIE Chance, endlich mal an ihn ranzukommen. Du stehst seit Monaten auf ihn, dabei kennt er nicht mal deinen Namen.«

»Okay. Lass uns hinfahren.«

Ich weiß nicht, was das hier ist. Aber ich weiß, was als Nächstes passiert – wie es ausgeht. Die Sirenen klingeln in meinen Ohren, ich höre mich selbst schreien, dabei habe ich das Gefühl, mich nicht zu bewegen. Alles ist dunkel und leer. Immer wieder bin ich woanders, immer wieder durchlebe ich das alles und kann nicht sagen, wie lange ich in dieser Hölle aus Dunkelheit und Schmerz, aus Erinnerungen und Realität schwebe. Ich weiß nicht, wo ich bin.

Irgendetwas klingelt, piept und auf einmal tut alles weh. Meine Lider fühlen sich wie festgeklebt an, meine Augen vollkommen geschwollen. Der Duft von Desinfektionsmittel steigt in meine Nase, setzt sich fest. Als ich mich bewegen will, zieht ein stechender Schmerz durch alle meine Muskeln und lässt mich leise stöhnen. Zumindest sollte es ein Stöhnen werden, aber irgendwas unterdrückt es. Ich kann kaum schlucken. Langsam öffne ich die Augen. Es ist unfassbar hell.

»Yara! Yara, kannst du mich hören?«

Ein Schluchzen dringt zu mir und eine Stimme, die ich kenne. Was macht Tante Em hier? Mein ganzer Kopf dröhnt und gleichzeitig scheint er wie in Watte gepackt. Meine Gedanken sind vernebelt. Ich öffne die Augen und sehe in ihr Gesicht.

»Oh mein Gott!«

Sie springt von ihrem Stuhl auf und ich höre sie schreien, ich sei wach. Ich verstehe nicht, warum das so wichtig ist. Ein fremder Mann kommt zu mir, er trägt einen Kittel. Mein Gehirn versucht, mir etwas zu sagen, eine Erkenntnis liegt mir auf der Zunge. Sie ist beinahe greifbar, aber ich komme einfach nicht darauf. Ich drehe den Kopf. Alles hier ist weiß. Neben mir stehen Monitore. Sie piepen leise, in gleichmäßigen Abständen. Dutzende von Kabel sind da. Mein Blick gleitet an mir herunter. Die Kabel enden bei mir. Ich werde panisch.

»Alles ist gut, Yara! Bitte beruhige dich!«

Eine Frau kommt dazu. Ich muss mich beinahe übergeben, als sie mir einen Schlauch aus dem Mund ziehen. Tief sauge ich die Luft ein und bereue es sofort, weil meine ganze Lunge brennt wie Feuer. Vorsichtig und schwer atmend hebe ich meine Hand. Sie zittert und fühlt sich an, als wäre sie zentnerschwer. In meinem Arm enden Schläuche – und auch in meiner Nase. Fragend sehe ich Em an. Wieso bin ich hier? Wieso bist du hier? Was ist passiert?

Der Mann und die Frau verlassen das Zimmer. Ich sei stabil, aber schwach.

Em tritt zu mir, sie weint und setzt sich neben mich.

»Ich bin so froh, dass du wach bist. Dass es dir gut geht.«

»Wo sind wir hier?« Meine Stimme ist ein Krächzen.

»Du kannst dich nicht … ich meine, du weißt nicht …?«

Sie beendet die Frage nicht, aber ich schüttle nur den Kopf. Nein, ich habe keine Ahnung.

»Wir sind im Krankenhaus.«

»Wo sind Mama und Papa?«

Sie sagt nichts. Wieso sagt sie nichts?

»Was ist passiert?

»Der Unfall, Yara.«

Und dann erinnere ich mich. Ich schreie und in diesem Moment bin ich mir sicher, dass ich niemals damit aufhören kann.

Wieder und wieder höre ich meinen Namen in der Dunkelheit. Ich erkenne die Stimme. Sie ist warm und kratzig zugleich, sie klingt nach Zuhause und nach Vertrautheit.

»Yara, bitte wach auf.«

Noel. Ich erinnere mich. So, wie ich mich an alles andere erinnere. Jetzt ist es anders als zuvor. Ich spüre den Unterschied. Jetzt bin ich wirklich wach, die Erinnerungen sind nicht mehr als das: Erinnerungen. Aber sie waren real, so wie dieser Moment. Und morgen wird auch das hier eine Erinnerung sein. Nicht mehr.

Als ich die Augen öffne, liege ich nicht im Krankenhaus und nicht Tante Em sitzt neben mir, sondern Noel.

»Hey«, sage ich.

Mein Mund ist ziemlich trocken, ähnlich wie meine Lippen. Noels Augen, die eben noch geschlossen waren, öffnen sich abrupt. Er sieht blass aus und erschöpft. Draußen ist es hell, aber ich kann nicht sagen, ob es das *noch* ist oder *schon wieder.*

»Wie lange war ich weg?«

Ich weiche seinem Blick aus. Er ist zu intensiv, er durchleuchtet mich und ich habe Angst vor dem, was er sehen, was er finden könnte.

»Seit gestern Abend. Du hast jetzt fast vierzehn Stunden geschlafen.« Er fährt sich durch die Haare. Wirkt verlegen. »Du hattest Fieber, hohes Fieber und wir haben uns wirklich Sorgen gemacht. Aber heute Nacht wurde es besser. Maria und José kamen bis um Mitternacht jede Stunde vorbei und haben nach dir gesehen. Die Schwellung ist zurückgegangen, die Wunde sieht schon viel besser aus und dein Fieber ging auch runter.«

Er weicht meinem Blick aus, presst die Lippen aufeinander.

»Aber?«, hake ich nach.

»Du hast geschrien. Du hast geweint und geschrien. Die ganze Nacht.«

Ich schlucke schwer. Ich schlucke Spucke hinunter, die nicht vorhanden ist. Jetzt ist klar, wieso mein Mund so trocken ist und mein Hals so wehtut. Kurz und tief atme ich ein.

»Tut mir leid. Du siehst ganz schön müde aus. Vielleicht legst du dich ein wenig hin? Ich meine, wir müssen ja noch unsere Tour machen.«

»Ist das dein Ernst?« Noel wird wütend und lehnt sich nach vorne. »Scheiß auf die blöde Tour! Ich habe eine höllische Nacht hinter mir und das mit Sicherheit nicht, weil ich durchgemacht habe.«

Seine Wut überträgt sich auf mich und vermischt sich mit den restlichen Gefühlsfetzen, die von meinen Erinnerungen und den Flashbacks übrig sind.

»Ich habe die Schlange nicht darum gebeten, mich zu beißen, und ich habe dich nicht gebeten, wach zu bleiben. Aber erst recht habe ich dich nicht darum gebeten, neben mir Wache zu halten!«

Wir starren uns an und ich kann förmlich spüren, wie meine Worte den Raum zwischen uns ausfüllen. Ich bin nicht fair. Aber das Leben ist es auch nicht. Ich will nicht, dass Noel irgendetwas für mich tut, ich will ihm nichts schulden. Ich bin es nicht wert.

»Hörst du dir gerade selbst zu?«

»Leg dich ins Bett und schlaf ein wenig.«

»Verdammt, und was ist, wenn ich das nicht will? Ich habe mir Sorgen um dich gemacht. Verstehst du das? Jetzt wachst du auf, es geht dir besser und dann … dann … Ich weiß auch nicht!«

»Geh!«

Noel zuckt zusammen und sieht mich fragend an.

»Was?«

»Ich sagte: Geh!« Wütend schreie ich ihn an. »Wenn du dich nicht hinlegen willst, dann geh! Verschwinde, Noel.«

»Weißt du was? Das werde ich tun! Vielleicht mache ich die Tour allein, vielleicht auch nicht. Vielleicht fliege ich einfach wieder nach Hause. Wen kümmert's? Phil schon mal nicht, so viel ist klar.« Er steht auf, während jedes seiner Worte sich wie ein Schlag ins Gesicht anfühlt. »Und dich anscheinend auch nicht.«

Er stürmt raus. Er geht. Er tut das, was ich von ihm wollte. Stöhnend schließe ich die Augen. Ich bin so dumm. Er wird es nicht verstehen. Er wird nicht verstehen, dass ich ihn nur beschützen will. Dass ich ihn beschützen muss – vor mir. Ich bin im Märchen die Figur, die kein Happy End bekommt. Aber ich wünsche mir eines für Noel.

Ich schaue mich im Zimmer um. Die Geräusche des Urwalds dringen zu mir, aber keine Stimmen, keine Schritte. Als ich versuche, mein Bein zu bewegen, atme ich zischend die Luft ein. Es zieht ganz schön.

Mein Blick wandert zur Tür. Mir wird beinahe schlecht bei dem Gedanken daran, dass er vielleicht wirklich nicht wiederkommt. Es ist besser so, sagt mein Verstand. Das ist mir egal, schreit mein Herz. Und mit jedem Gedanken an ihn und an alles, was passiert ist, schütteln mich meine Schluchzer. Mit jedem Gedanken wird mir mehr klar, dass Noel, auch wenn er geht, nie wirklich weg sein wird. Meine Gefühle für ihn werden bleiben. Sie werden nicht so schnell verschwinden, wie sie kamen. Weder schnell noch mit voller Kraft. Das ist das Schlimme an ihnen – sie klingen lange nach.

28 Noel

DAS LEBEN IST EINE KAUSALKETTE

Unglaublich. Einfach unglaublich.

Ich stürme aus der Lodge, die Treppe hinunter, überbrücke die letzten zwei Stufen in einem Satz und kann einfach nicht fassen, was da eben passiert ist. Meine Füße tragen mich in Richtung Haupthaus, in das mich José vor wenigen Stunden gezerrt hat, damit ich etwas esse. Er hätte mir sonst in den *bunda* getreten.

Fluchend bleibe ich nach einigen Metern stehen. Was zum Teufel mache ich hier eigentlich? Fassungslos und völlig außer Atem starre ich ins Nichts, während meine Gedanken Pingpong spielen. Dann reiße ich mich zusammen und drehe mich ruckartig um. Ich gehe zurück. Ich kann nicht anders. Mein Puls rast, ich spüre das Pochen der Schlagader an meinem Hals und ich atme, als wäre ich einen Marathon gelaufen – oder eher, als wäre ich noch dabei. Das ist aber auch kein Wunder, denn ich bin wütend. Ich bin scheißwütend!

Keine Ahnung, warum ich überhaupt gegangen bin. Warum ich mir von Yara etwas habe sagen lassen und das auch noch auf diese Art und Weise. Gestern saßen wir noch in diesem verschissenen Baum fest und ich dachte, etwas hätte sich geändert. Verbessert. Aber ich war wie eh und je ein Idiot. Ich schüttle den Kopf bei dem Gedanken daran und halte meinen Blick auf die Lodge gerichtet, die wieder immer näher kommt. Idiot oder nicht, ich lasse nicht zu, dass das hier vorbei ist. Dass wir aufgeben. Wir werden das für Phil durchziehen und spätestens in zwei Wochen wird Yara mich los sein. Auf keinen Fall vorher.

Das Mädchen macht mich vollkommen wahnsinnig! Ja ist nein, nein ist vielleicht … Frustriert stöhne ich auf, wische mir den Schweiß von der Stirn und beschleunige meine Schritte. Es wird wieder ein verdammt heißer Tag und ich habe nach dieser Nacht weder die Kraft noch die Lust, mich mit Yara anzulegen, aber sie scheint es nicht anders zu wollen.

Ich bin da, greife nach dem Geländer, gehe die Treppe wieder hinauf. Oh ja, ich werde Yara ganz klar sagen, was ich von allem halte. Dass sie sich erholen wird und dass ich mit Sicherheit nirgendwohin verschwinden werde, egal wie laut, lange und oft sie schreit. Wir ziehen das jetzt zusammen durch! Wir machen diese Tour, wir pflanzen einen Baum, wir gehen in den Louvre und dann fahren wir mit dieser dämlichen Gondel. Zusammen! Scheiße, ich habe mir solche Sorgen gemacht. Ich habe nicht geschlafen. Als sie da vor mir lag mit Fieber, ausgelöst durch einen Schlangenbiss, der nur zustande kam, weil ich Depp die Liste verloren habe, bin ich beinahe verrückt geworden. Ich habe leise mit ihr geredet, habe ihr ein kühles Tuch auf die Stirn gelegt, um das Fieber zu senken, und es immer wieder gewechselt. Ich habe ihre Hand gehalten und es genossen, wenn sie den Griff im Schlaf erwidert hat. Aber die Albträume. Es war, als hätte ich selbst welche gehabt.

Sie hat geschrien, sie hat gezittert und ich konnte nichts tun. Ja, es war die Hölle und ich werde ihr sagen, dass …

Völlig perplex bleibe ich im Türrahmen stehen. Alle Gedanken von eben und jegliche Wut verpuffen beim Anblick von Yara, deren Haare ein einziges Chaos sind, deren Hände ihr Gesicht verdecken und deren Schluchzer ihren ganzen Körper schütteln. Bei Gott, ich verstehe es nicht. Nichts von alledem. Und ich habe keine Ahnung, was ich tun soll, was ich tun kann.

Yara leidet.

Vorsichtig trete ich näher. Sie bemerkt mich erst, als eine der Holzdielen laut unter meinen Füßen knarzt. Erschrocken hebt sie den Kopf, lässt die Hände sinken und starrt mich mit ihren großen runden Augen an. Wie ein angefahrenes Reh. Unschlüssig, wie sie reagieren wird, bleibe ich vor dem Bett stehen und sehe einfach nur zurück. Ihre Wangen sind gerötet, ich sehe eine einzelne Träne, die sich ihren Weg über ihre Haut bahnt, und das leichte Zittern ihrer Lippen. Eigentlich bin ich wütend. Eigentlich will ich ihr ordentlich die Meinung sagen. Ja – eigentlich.

»Wieso bist du noch hier?«

Es soll wohl trotzig klingen, aber alles an ihr verrät sie, ihre Stimme, die dünner ist als ein Faden, ihre Mimik – einfach alles.

»Du meinst wohl, warum ich *wieder* hier bin.«

Sie lehnt sich zurück an die Wand und bettet ihre Hände auf ihren Schoß. Eine dünne Decke liegt über ihren Beinen, an deren Saum sie zu fummeln beginnt. Ihre Augen sind glasklar und ich glaube ihr nicht, dass sie wollte, dass ich gehe. Ich sehe es, aber ich hätte es schon vorher erkennen müssen. Ich bin ein Idiot! Das ist wahrscheinlich auch der Grund, warum ich ohne Vorwarnung den Abstand zwischen uns überwinde. Warum ich mich einfach zu ihr beuge, meine Hände auf ihre Wangen lege, sie zu mir ziehe und küsse. Ich bin ein Idiot, weil ich egoistisch bin – und weil es mir egal ist. Ich will Yara nicht aufgeben. Ich will nicht gehen!

Ich küsse sie. Ich küsse sie so, als würde ich nie wieder die Chance dazu bekommen, und in Gedanken sage ich ihr alles, was ich im Moment noch nicht sagen kann. Dass ich sie nicht verlieren will, dass ich ihr vertraue, dass sie mich wahnsinnig macht und verrückt. Dass Gänseblümchen meine Lieblingsblumen sind, weil sie nach ihnen duftet. Dass ich, wenn ich die Sterne sehe, an ihre Sommersprossen denken muss.

Ihre weiche Haut unter meiner fühlt sich unbeschreiblich an, sie ist warm, aber nicht mehr vom Fieber, und ihre Lippen passen einfach perfekt auf meine. So groß meine Angst war, Yara würde sich zurückziehen, sie war unbegründet. Yara erwidert nach kurzem Zögern den Kuss und zieht mich näher zu sich. Ich genieße es, wie sich ihre Lippen anfühlen, ihre Zunge, die mit der meinen spielt, ich genieße ihren Atem, der auf meinen trifft, ihre Hand in meinen Haaren. Ich genieße das Gefühl, dass Yara mir gerade ohne Worte sagt, dass sie nicht wollte, dass ich gehe – nicht wirklich.

Es ist lange her, dass ich vollkommen das Zeitgefühl verloren habe. Wenn man Momente anhalten könnte – diesen würde ich festhalten. Ich würde mir von der Zeit mehr Zeit wünschen.

Aber es ist klar, dass so etwas nicht geht, und deshalb wird dieser Moment von der Realität überrollt. Einer Realität, in der mir schmerzlich bewusst wird, dass ich nichts über Yara weiß und sie nichts über mich. Einer, in der wir die Zeit nicht anhalten können, sondern ihr hinterherrennen.

Nichts will ich mehr, als Yara weiterzuküssen. Stattdessen löse ich meine Lippen von ihren, ziehe mich zurück und versuche mich zu beherrschen. Ich warte, bis auch sie ihre Augen wieder öffnet, dann versuche ich mich an einem Lächeln und setze mich zu ihr aufs Bett. Nur mit viel Kraft kann ich meine Hände dazu bewegen, sich von ihr zu lösen.

»Erzähl es mir.«

Sie sieht mich an mit ihren roten Wangen, aber sie wirkt nicht überrascht.

»Was möchtest du wissen?«

»Alles.«

»Das ist ziemlich viel.«

Jetzt lächelt auch sie und legt ihren Kopf dabei leicht schräg. Ich wette, sie hat keine Ahnung, wie wunderschön sie ist.

»Ich will wissen, warum du solche Albträume hast. Ich will wissen, warum du mich vorhin weggeschickt hast.« Ich sehe ihr tief in die Augen. »Und ich will wissen, ob du es noch einmal tun wirst.«

Sie kneift ihre Lippen leicht zusammen, dann löst sie ihren Blick von meinem Gesicht und sieht aus dem Fenster. Sie wägt ab, ob sie es tun soll oder nicht. Und so neugierig und ungeduldig ich bin, ich wage es nicht, sie dabei zu unterbrechen.

»Wenn ich dir alles erzähle, dann …«

»… dann erzähle ich dir auch alles, was du wissen willst.«

Sie sieht mich wieder an. Jetzt habe ich sie doch unterbrochen. Innerlich fluchend warte ich ab.

»Eigentlich wollte ich etwas anderes sagen, aber das Angebot nehme ich auch gerne an.« Für einen kurzen Moment ist ihr

Lächeln wieder da und es ist echt, bevor es wieder von ihrem Gesicht verschwindet. »Versprich mir, dass du mich nicht hasst.«

Verwirrt starre ich sie an. Sprachlos. Wie sollte ich das Mädchen vor mir jemals hassen können? Wie kommt sie auf den Gedanken, dass das, was sie mir erzählen wird, etwas an meinen Gefühlen für sie ändern könnte? Keinesfalls ist das im Bereich der vorstellbaren Möglichkeiten.

»Nichts leichter als das.«

Ich will ihre Hand nehmen, aber sie zieht sie zu sich und lehnt sich wieder an die Wand.

»Es ist besser, wenn du mich nicht berührst.«

Ich verstehe es nicht, aber ich nicke. Und ich warte. Ich warte darauf, dass sie zu erzählen beginnt.

Die Minuten verrinnen, es wird immer wärmer in der Lodge, vielleicht kommt es mir auch nur so vor. Ich schlage beinahe einen Moskito auf meinem Arm kaputt, spüre, wie mir ein einzelner Schweißtropfen über den Rücken läuft, und bin zum Zerreißen gespannt. Dann holt Yara hörbar Luft, atmet zitternd aus und ihre leise Stimme erfüllt den Raum. Die Worte sprudeln aus ihr heraus, erst zaghaft, dann immer schneller und Yaras Blick wirkt, als wäre sie nicht hier, sondern ganz woanders.

»Ich bin erst vor einigen Monaten zu meiner Tante nach Hamburg gezogen. Nicht, weil ich wollte, sondern weil ich es musste. Um das alles zu verstehen, musst du wissen, dass ich Abenteuer nur durch Bücher erlebt habe. Ich war nie aufmüpfig, lange weg oder sonst etwas, das meine Eltern gestört hätte. Es kam mir nie in den Sinn. Vor einigen Monaten überredete mich meine Freundin Lia zu einer Party, eine von der wilden Sorte. Ich sollte bei ihr übernachten und meine Eltern anlügen. Wir hatten am nächsten Tag Schule und sie wollte schwänzen.« Sie schließt kurz die Augen und schüttelt unmerklich ihren Kopf. »So etwas hatte ich zuvor nie getan. Es kam mir falsch vor, auch an diesem Abend. Trotzdem sagte ich zu. Lia lockte mich mit einem Jungen, den ich sehr mochte, der aber nicht einmal meinen Namen kannte. Sie sagte, niemand würde etwas mitbekommen und ein Freund von ihr würde uns nach Hause bringen.«

Yaras Stimme stockt. Sie muss mehrmals schlucken, bevor sie weiterreden kann.

»Wir machten uns schick, wurden abgeholt und zur Party gebracht. Schnell wurde mir klar, dass das keine gute Idee war. Viele Leute meiner Schule waren da, aber ich kannte trotzdem so gut wie niemanden. Ich fühlte mich unwohl. Die meisten waren schon betrunken und ich – ich hasste Alkohol. Lia verschwand in der Menge und ich versuchte mich unsichtbar zu machen. Irgendwann hielt ich es nicht mehr aus und wollte heim. Lia konnte ich nicht finden, ihr Handy war aus und als ich ein paar Leute fragte, sagte man mir, Lia wäre schon weg – mit einem Jungen. Ich stand da auf dieser Party, kannte niemanden, der mich heimbringen oder zu Lia bringen konnte. Also rief ich mitten in der Nacht meine Eltern an. Sie waren nicht begeistert, aber sie holten mich ab. Beide. Sie bedachten mich mit einem strengen Blick, zumindest meine Mutter. Mein Vater sah so furchtbar enttäuscht aus. Trotzdem gaben sie mir einen Kuss auf die Wange und fragten mich, ob es mir gut geht.«

Yara beginnt unkontrolliert zu zittern, einige Tränen rollen bereits über ihre Wangen und so gerne würde ich sie in den Arm nehmen, aber ich weiß, sie will das jetzt nicht.

»Im Auto sah mein Vater mich immer wieder durch den Rückspiegel an. Nicht wütend, aber so bedeutungsvoll. Ich werde diesen Blick nie vergessen. Ich weiß noch, wie es sich angefühlt hat. Ich habe mir nichts mehr gewünscht, als nicht auf diese dämliche Party gegangen zu sein, zu der ich eigentlich nicht wollte. Bis heute frage ich mich, warum ich es getan habe, obwohl ich so ein schlechtes Gefühl dabei hatte.«

Yaras Tränen fließen immer schneller und ihre Stimme ist mittlerweile so belegt und leise, dass ich ein kleines Stück näher an sie heranrutschen muss, um sie zu verstehen. Sie nestelt gedankenverloren an der dünnen Decke herum.

»Plötzlich … Ich sah noch das erschrockene Gesicht meines Vaters. Ich sah, wie er versuchte, das Lenkrad rumzureißen. Und ich sah, wie er nach meiner Mutter griff und sie nach ihm. Dann hörte ich einen Schrei – immer und immer wieder. Ich glaube, ich war es, aber ich bin mir nicht sicher.«

Yaras ganzer Körper wird geschüttelt, sie zittert, sie weint und schluchzt. So sehr, dass es mir mein Herz zu zerreißen droht. Verdammt, ich war wirklich noch nie gut in so was, aber ich will es jetzt sein. Für Yara. Ich schiebe sie zur Seite, ganz vorsichtig, damit sie keine Schmerzen im Bein hat, und lege mich neben sie. Ich ziehe sie an mich, nehme sie in den Arm. Sie sagt nichts, aber sie schickt mich auch nicht weg. Stattdessen drückt sie sich an mich. Sanft streiche ich ihr über den Rücken, über die Arme. Mein Kinn ruht auf ihrem Kopf und ich versuche sie zu beruhigen. Es kommt mir wie eine Ewigkeit vor, bis ihr Körper nicht mehr in einer Tour zittert und sie wieder richtig atmen kann. Mein Shirt ist feucht von ihren Tränen, aber das ist mir egal. Sie soll weinen, wenn es guttut.

»Was ist dann passiert?«, frage ich sie leise und drücke ihr einen Kuss auf die Stirn, als sie den Kopf leicht hebt und mir in die Augen sieht.

»Sie sind wegen mir gestorben. Sie sind tot, Noel. Wegen mir. Ich bin schuld.«

Mein Atem stockt. Ich sehe, wie sehr sie leidet, und wenn ich könnte, würde ich ihr dieses Päckchen abnehmen. Aber das geht nicht. Ich weiß, wie das ist.

»Es war ein Unfall. Der Fahrer auf der anderen Seite verlor die Kontrolle über seinen Jeep. Er war viel zu schnell und betrunken. Er hat das Tempolimit um hundert Stundenkilometer überschritten und ist mit knapp 170 km/h in uns hineingerast. Seine Stoßstange durchdrang unsere Scheibe. Oh mein Gott, Noel. Was habe ich getan? Ich habe überlebt. Ich hatte zwei gebrochene Rippen und einige Prellungen und Kratzer. Sonst nichts. Sonst gar nichts!«

Sie schreit beinahe und sieht mich verzweifelt an. So, als hätte ich all die Antworten, nach denen sie so lange schon sucht.

»Wie kann das sein? Ich war weg, rufe meine Eltern mitten in der Nacht an, sie müssen mich abholen und deshalb sind sie jetzt tot. Ich bin schuld und ich weiß das. Ich bin kein guter Mensch, Noel.«

Sie legt eine Hand an meine Wange und ich merke, wie sich ein fetter Kloß in meinem Hals bildet. Meine Atmung geht viel zu schnell.

»Ich bin nicht gut für die Menschen, die mir am Herzen liegen. Ich bin schuld, wenn ihnen etwas passiert.«

Sie glaubt wirklich, was sie da sagt. Meine Gedanken rasen im Wettlauf mit meinem Herz. Mein Kopf raucht. Scheiße! Ich drücke Yara noch fester an mich.

»Yara! Wie kannst du das nur denken? Wie kannst du nur eine Minute denken, dass du das bist? Verdammt! Ich kenne keinen Menschen, der so ist wie du. Deine Eltern sind gestorben, weil ein blödes Arschloch nicht Auto fahren konnte und zuvor gesoffen hat. Ich hoffe, bei Gott, er musste dafür zahlen!«

Meine Zähne liegen knirschend aufeinander und ich muss mich wirklich zusammenreißen, jetzt nicht wütend zu werden. Yara ist zu labil dafür. Dieses Arschloch!

»Ich werde ihre Gesichter nicht los. Ihre enttäuschten Blicke. Und dann sehe ich die Lichter und – davon träume ich jede Nacht.«

Ich würde gerne richtig laut fluchen. Wenn ich ehrlich bin, fällt mir im Moment nichts anderes ein.

»Yara, natürlich sind deine Eltern da gewesen, weil du auf die Party gegangen bist, aber nicht du hast sie umgebracht, sondern der betrunkene Arsch in dem anderen Auto. Sie waren da, weil sie dich liebten.«

Unser Leben ist eine einzige Kausalkette, es besteht aus vielen Ursachen und ihren Wirkungen. Auf eine Aktion folgt eine Reaktion. Auf eine Handlung eine Konsequenz. Wie man es dreht und wendet: Hätte Yara ihre Eltern nicht verloren, hätte ich sie niemals gefunden.

29 Yara

Das Leben besteht nicht nur aus vielen Enden, sondern vor allem aus vielen Anfängen

Es fühlt sich an, als wäre ich wieder in diesem Auto. Wenn ich die Augen schließe, sehe ich meine Eltern und danach das grelle Licht, das alles verändert hat. Mein ganzes Leben. Und sosehr ich dieses Bild hasse und vergessen will, so sehr will ich es behalten. Denn es gibt mir immer wieder die Chance, meine Eltern noch einmal zu sehen. Noch ein allerletztes Mal. Aber danach will ich aufwachen. Dann, wenn mir der Geruch von Desinfektionsmittel in die Nase steigt und ich begreife, dass es zu spät ist. Zu spät für ein *Tut mir leid* und zu spät für ein *Auf Wiedersehen*. Für ein *Ich liebe euch*.

Mein Kopf lehnt an Noels Schulter. Ich spüre seine warme Hand auf meiner Haut, spüre, wie er mir über den Rücken streicht. Er hat gesagt, es ist nicht meine Schuld. Er ist nicht der Erste, der das sagt. Aber er ist der Erste, dem ich es glauben könnte.

Alles, was ich sagen wollte, habe ich gesagt. Jetzt ist es vollkommen still. Und das erste Mal seit langer Zeit ist mir das nicht unangenehm. Das erste Mal seit langer Zeit habe ich das Gefühl, ich könnte wirklich mit mir allein sein und damit meinen Frieden finden. Mit meiner Schuld, die irgendwie keine ist, mit dem Tod meiner Eltern, den ich nicht ändern kann, mit all den verpassten Worten, die ich ihnen nicht mehr sagen kann. Wenn ich jetzt einatme, fühlt sich meine Lunge weiter an, die Luft reiner und mein Herz nicht mehr ganz so schwer.

»Danke«, flüstere ich und hebe den Kopf, um in Noels Augen sehen zu können.

»Wofür bedankst du dich? Ich müsste Danke sagen. Schließlich hast du mir das alles erzählt und das war bestimmt nicht leicht.«

Ich lächle.

»Nein.«

»Nein?«

»Nein. Eindeutig nein.«

»Ich verstehe nicht …«

»Du wolltest wissen, warum ich Albträume habe und warum ich dich weggeschickt habe. Das habe ich dir gesagt. Ich wollte dir auch noch deine andere Frage beantworten. Nein, ich werde dich nicht wieder wegschicken.«

Am Ende versagt meine Stimme. Zu viele Emotionen wirbeln durch mich hindurch.

»Ich hatte gehofft, dass du das sagst.«

In Noels Wange bildet sich ein Grübchen, als er seine Lippen zu einem frechen Grinsen verzieht. Beinahe lache ich los. Nicht, weil die Situation lustig ist, sondern so befreiend, dass ich es kaum glauben kann.

Ganz langsam kommt Noels Gesicht dem meinen näher, sein Blick wandert zu meinen Lippen und ich muss mich beherrschen, ihm nicht um den Hals zu fallen, sondern zu warten. Meine Lippen teilen sich beinahe von alleine, mein Blick liegt nun auf den seinen und ich spüre, wie unser Atem sich trifft. Dieser Kuss ist anders. Er ist zaghafter und zugleich vertrauter. Er ist kein Abenteuer, er ist ein Nachhausekommen.

»Verrätst du mir noch eine letzte Sache?«

»Was möchtest du wissen?«

Beinahe Nase an Nase sehen wir uns an.

»Was bedeutet das Tattoo in deinem Nacken? Man sieht es nur, wenn du den Kopf nach vorne beugst und dein Haar sich teilt. Was ist es?«

Mir ist klar gewesen, dass Noel irgendwann danach fragen würde. Ich habe Angst davor gehabt. Wenn man nach meinem Tattoo fragt, fragt man auch nach allem anderen. Aber nun weiß er, was passiert ist und warum ich bei Tante Em lebe. Warum ich Albträume habe.

Langsam drehe ich mich und lege die Haare auf die Seite, sodass er meinen Nacken sehen kann. Ich spüre, wie seine Fingerkuppen die Linien des Tattoos nachzeichnen und sich eine Gänsehaut auf meiner Haut bildet. Ich drehe mich zurück und sehe ihn an, er lässt dabei seine ganze Hand auf meinem Nacken liegen.

»Eine Pusteblume.«

»Ja. Ich habe sie stechen lassen, als ich das Krankenhaus wieder verlassen durfte. Ich habe sie mir im Nacken stechen lassen, weil ich sie da nicht sehen kann. Aber ich weiß, dass sie da ist. Es steht für meine Eltern. Sie waren nicht mehr da, zumindest konnte ich sie nicht mehr sehen, aber sie sind noch in meinem Herzen. Die Pusteblume steht wohl irgendwie für das Leben und für diesen Unfall. Ein Windhauch und alles kann sich ändern. Ein Moment und alles kann vorbei sein. Und gleichzeitig entsteht etwas Neues. Ich hatte gehofft, dass es auch mir so geht. Die Pusteblume verliert sich selbst, aber sie verteilt ihre Pollen in der Welt. Ein Ende und Dutzende Neubeginne.« Ich nehme Noels Hand. »Glaubst du an das Schicksal?«

»Wenn du mich vor zwei Wochen gefragt hättest, hätte ich Nein gesagt …«

»Und heute?«

»Jetzt könnte ich daran glauben.«

Wir lächeln uns an.

»Möchtest du wissen, warum ich damals zu Phil gegangen bin?«

Noel nickt.

»Ich war bei Phil, um zu vergessen. Er war der Einzige, bei dem ich das Gefühl hatte, ich selbst sein zu können. Auch wenn ich nicht mehr recht wusste, wer ich eigentlich bin. Möchtest du auch wissen, warum ich denke, dass es Schicksal war, dass ich zu Phil ging?«

»Warum?«

Noels Stimme klingt tief, rau, dunkel und geht mir durch Mark und Bein.

»Wegen dir. Nur wegen dir.«

*

Gegen Mittag bringt uns José etwas zu essen, jede Menge Obst und ein wenig Brot, frisches Wasser. Als ich den ersten Bissen zu mir nehme, merke ich erst, wie hungrig ich bin. Kurz darauf kommt José wieder, um das Geschirr abzuholen, und er hat Maria dabei, die ich das erste Mal richtig kennenlerne. Zuvor hatte mir Noel nur von ihr erzählt. An gestern kann ich mich nur verschwommen erinnern. Ich bedanke mich bei ihr. Sie meint, alles sieht gut aus. Der Verband ist gewechselt, die Schwellung komplett weg und die Wunde verheilt. Trotzdem findet José, dass ich mich heute und morgen noch ausruhen soll. Dann können wir versuchen, eine kleine Tour zu machen.

Gerade liege ich wieder mit Noel im Bett. Also ich immer noch und er schon wieder. Er bleibt bei mir und ich genieße das, auch wenn es eigentlich viel zu warm ist, um so eng beieinander zu liegen. Und dann meldet sich ein Teil meines Körpers ziemlich stark.

»Noel?«

»Hmm?«

»Ich werde jetzt aufstehen.«

»Auf keinen Fall!«

Erschrocken sieht er mich an.

»Ich liege seit gestern in diesem Bett, habe stundenlang geschlafen und … ich muss wirklich mal wohin.«

Gott, ist das peinlich. Noel sieht mich verständnislos an und ich kann nicht fassen, dass er mich dazu zwingt, es auszusprechen.

»Ich muss … aufs Klo.«

Schweigen. Was soll man auch zu so etwas sagen? Mein Kopf ist garantiert knallrot.

Noel steht ohne ein Wort zu sagen auf, beugt sich zu mir und steckt seine Arme unter mich, einen unter meinen Oberkörper, einen unter meine Beine. Mit einem Ruck zieht er mich nach vorne und hoch. Noch bevor ich begreife, was eigentlich passiert, liege ich bereits in seinen Armen.

»Oh mein Gott, was tust du denn? Lass mich runter!«

»Du hast doch gesagt, du musst aufs Klo.«

»Ja, natürlich! Aber da kann ich doch alleine hingehen. Lass mich los, ich bin doch viel zu schwer.«

Halbherzig wehre ich mich, während Noels Griff nur fester wird und mich näher an seine Brust drückt.

»Du bist nicht schwer.«

»Und ich bin auch nicht gelähmt! Ich kann laufen.«

»Du hast José gehört. Du sollst dich schonen.«

»Habe ich denn gar nichts zu sagen?«

Empört sehe ich ihn an, während er mich aus dem Zimmer und in Richtung Plumpsklo trägt. Ich spüre sein Lachen, sein ganzer Brustkorb scheint zu vibrieren.

»Doch natürlich, aber ich entscheide. Du läufst nicht.«

Das Blöde am Sprachlossein ist das Sprachlossein. Ich hatte es noch nie mit der Schlagfertigkeit.

»Da sind wir schon. War doch gar nicht so schlimm.«

»Und jetzt? Willst du mich hier runterlassen oder setzt du mich direkt aufs Klo?«

»Wenn du so fragst …«

Er grinst mich diebisch an und setzt einen Fuß in die kleine Klokabine. Ich schreie kurz und kralle mich in seinem Shirt fest.

»Bitte, tu mir das nicht an!«

Lachend setzt er mich vorsichtig ab, so nah am Klo, dass ich nur noch einen Schritt gehen muss. Ich würde es vor Noel niemals zugeben, aber dieser eine Schritt reicht. Es zieht ganz schön. Es tut nicht zwingend weh, aber es fühlt sich nicht gut an. Es spannt an der Stelle, an der die Wunde ist und der Verband sitzt, und es zwickt ein wenig.

Ich schließe die Tür und hoffe inständig, dass Noel mir nicht zuhört, wie ich Pipi mache.

Als ich fertig bin und die Hand gegen die Tür drücke, wird sie bereits von außen aufgerissen, sodass ich schreiend nach vorne falle – direkt in Noels Arme.

»Du kannst doch nicht einfach die Tür aufreißen!«

»Aber klar. Du warst fertig.«

Ich glaube, in diesem Moment entgleiten mir meine Gesichtszüge. Noel lacht so laut und plötzlich, dass ich zusammenzucke. Dann hebt er mich wieder hoch und gibt mir einen schnellen Kuss.

»Sag mir, dass du mich nicht gehört hast.«

»Wenn es dir dann besser geht, kann ich das gerne tun.«

»Bitte, trag mich zu einem Loch, in dem ich versinken kann.«

»Ach, das ist doch nicht schlimm. Es war fast, als würde man neben einem Wasserfall stehen.«

Wütend funkle ich ihn an – ich spüre, wie mein Lid zuckt. Aber eigentlich ist mir das alles irgendwie peinlich.

Als wir nicht in unserem Zimmer landen, sondern plötzlich in der Dusche stehen, gibt das zuckende Lid Ruhe und das Klo ist vergessen. Ich bin leicht irritiert, als Noel mich absetzt und mich zu sich dreht.

»Warum stehen wir in der Dusche?«

»Zum einen dachte ich, würdest du dir gerne die Hände waschen. Da wir kein fließendes Wasser haben, ist die Dusche ein passender Ort dafür. Zum anderen möchtest du vielleicht mehr als nur deine Hände waschen. Du liegst seit Ewigkeiten im Bett und es ist verdammt heiß hier. Du hast immer noch die Sachen von gestern an.«

Oh. Ich sehe an mir herunter. Noel hat recht. Ich trage noch den Bikini und die Shorts. Ich schaue zurück in Noels Augen und tausend Fragen schießen mir durch den Kopf. Soll ich *jetzt* duschen? *Allein*? Bleibt er hier? Ich könnte schwören, dass man mir das Fragezeichen, das vor meinem inneren Augen schwebt, deutlich ansehen kann.

»Wenn ich ein Idiot wäre, wie du vor einigen Tagen so schön betont hast, würde ich jetzt reingehen und dich alleine duschen lassen.« Er tritt näher, lässt seine Hände meine Arme hinaufwandern. »Wenn ich egoistisch wäre, würde ich hierbleiben und den Eimer mit dem Wasser über uns beiden auskippen, ganz egal, was du davon hältst. Einfach, weil ich nicht gehen will.«

Seine Hände sind mittlerweile an meinem Hals angekommen, zwischen uns passt wahrscheinlich nicht mal mehr ein Blatt Papier. Nicht, dass ich das Blatt überhaupt dahin gelassen hätte. Nein. Ich muss meinen Kopf in den Nacken legen, um in Noels Gesicht sehen zu können. Meine Hände streichen über Noels Arme, spüren seine angespannten Muskeln und ich komme nicht mehr hinterher beim Zählen meiner Herzschläge, es sind zu viele.

»Also Yara«, flüstert Noel, »Idiot oder Egoist? Was darf ich für dich sein?«

Ich werde zum Groupie und überlege fieberhaft, wie das passiert ist. Und wann! Wann ist das passiert?

»Den Idioten kenne ich schon. Ich bin für den Egoisten.«

Die Worte verlassen meine Lippen, ich kann es spüren und ich kann sie hören, aber ich kann es nicht fassen. Gerade noch sehe ich, wie sich Noels Lippen zu einem Lächeln verziehen, bevor er mich küsst. Ich schließe die Augen und lasse mich treiben. Zuerst berühren sich nur unsere Lippen, dann unsere Zungen. Der Kuss wird intensiv, unser Atem schneller. Ich höre wie Noel leise stöhnt und spüre wie seine Hände über meinen Rücken zum Bund meiner Shorts wandern. Das Wort Erfahrung kann ich schreiben, lesen und sogar buchstabieren. Ansonsten kann ich wenig damit anfangen, wenn es um Jungs geht. Eine kurze Unsicherheit weht durch mich hindurch, die aber sofort verschwindet, als Noel seine Arme um mich schlingt und mir das Gefühl gibt, dass ich alles bin, was er braucht.

Ich löse nur widerwillig meine Hände von ihm, aber ich will die Shorts loswerden. Wir müssen unseren Kuss unterbrechen. Ich trete einen Schritt zurück, spüre nur undeutlich das Ziehen meiner Wunde.

Wir stehen voreinander wie zwei Ertrinkende, die ein Rettungsboot entdecken. Meine Augen sehen in die von Noel, ich halte den Blickkontakt. Mit zitternden Fingern und viel zu schnellem Atem öffne ich den Knopf meiner Shorts und lasse sie zu Boden segeln. Ein Top trage ich nicht. Nur das Bikinioberteil – und das Bikinihöschen. Mit dem gesunden Fuß kicke ich die Shorts zur Seite. Ich war schon oft im Schwimmbad, habe oft nur diesen Bikini getragen, aber nie habe ich mich so nackt dabei gefühlt. Noels Blick gleitet über mein Gesicht, über meine Lippen, über die ich unwillkürlich mit der Zunge streiche, über meinen Hals, meinen Oberkörper, meinen Bauch … Es ist, als könnte ich seinen Blick auf der Haut spüren. Dann greift er hinter seinen Kopf, zieht sein Shirt darüber und schmeißt es zu meinen Shorts. Seine lässt er an, wahrscheinlich, weil er sich danach ohne Probleme umziehen kann. Vielleicht auch, weil er eben kein Egoist ist – und kein Idiot.

Meine Haut trifft auf seine und ich atme zischend die Luft ein. Ich meine jeden einzelnen seinen Muskeln zu spüren. Noel zu küssen ist etwas, das ich jeden Tag tun möchte.

Plötzlich trifft uns das Wasser von oben. Ich weiß nicht, wie und wann, aber anscheinend hat Noel es geschafft, an dem Seil zu ziehen. Wir lachen beide laut los und beginnen leicht zu schwanken. Dann reicht Noel mir die Seife. Er geht um mich herum und beginnt meine Haare zu waschen. Ich schließe die Augen und genieße das Gefühl. Als er damit fertig ist, schaffe ich es endlich, mich einzuseifen, und gerade noch schnell genug, bevor Noel eine zweite Ladung Wasser über uns ergießt.

Die Dusche spült den Schweiß, die Angst, die Träume der letzten Stunden weg.

Noel gibt mir einen Kuss auf die Wange, bevor er mir ein Handtuch holt und mich hineinträgt.

»Du machst hier alles nass«, sage ich lachend zu ihm, als er mich vor der Kommode absetzt.

»Das stimmt! Aber zum Glück trocknet es auch schnell wieder. Wir müssen den Verband gleich noch mal wechseln. Die Dusche tat ihm nicht so gut. Ich dusche jetzt auch noch mal schnell ohne Sachen, wechsle die Klamotten und bin dann gleich wieder hier. Du kannst dich also in Ruhe anziehen und den Bikini gegen was Trockenes tauschen.«

Ich sehe Noel nach. Das Lächeln auf meinem Gesicht kann ich nicht unterdrücken. Ich bin glücklich. Ich wusste nicht, dass ich das je wieder sein würde.

30 Noel

Alles Gute kommt von oben

Hätte man mir vor zwei Wochen gesagt, dass ich heute in Brasilien sein würde, mitten im Regenwald, mit einem fremden Mädchen und glücklich wie nie zuvor, hätte ich nur laut gelacht. Jetzt sitze ich mit diesem Mädchen auf dem Bett und rede über unsere Tour, über die Liste und über das Leben. Ich höre, wie Yara sich auf Paris freut, und sehe, wie sie immer wieder die Punkte auf der Liste liest. Unmerklich schüttle ich den Kopf. Yara strahlt richtig. Sie ist nicht mehr dieselbe wie vor ein paar Tagen, vielleicht bin ich das auch nicht, wer weiß?

»Meinst du, wir können morgen schon eine kleine Tour mit José machen?«

Sie legt die Liste in die Schublade des Nachttischchens und die Buntstifte daneben. Dann klatscht sie in die Hände und sieht mich erwartungsvoll an.

»Wenn ich nicht laufen kann, kannst du mich ja tragen. So oder so, ich komme mit.«

»Soll ich dich durch den Regenwald tragen? Oh, das kostet aber einiges!«

»Du willst dafür bezahlt werden? Hm, dann stolpere ich lieber durchs Gebüsch.«

»Was, wenn ich dir sage, dass dir die Bezahlung selbst gefallen könnte?«

Ich beuge mich zu Yara vor, meine Stimme ist nur noch ein Flüstern. Mein Grinsen kann ich fast nicht unterdrücken, besonders als Yaras Augen ganz groß werden und ihr Kopf knallrot. Ihr Lid zuckt, einmal, zweimal. Mittlerweile weiß ich, dass das nicht nur passiert, wenn sie sauer oder empört ist, sondern generell, wenn sie komplett fassungslos ist.

»Du bist unmöglich!«, sagt sie, als sie merkt, dass ich gleich meine Beherrschung verliere und loslache.

Sie gibt mir einen Klaps auf den Oberarm und versucht tapfer, weiterhin böse zu gucken.

»Vielleicht. Aber du hast nicht abgestritten, dass es dir gefallen könnte.«

»Ich weiß ja noch nicht mal, was du meinst!«

Grinsend rutsche ich näher, lege meine Hand auf ihre Wange, spüre, wie warm sie ist, und beuge mich zu ihr. Mit großen Augen sieht sie zu mir auf und wirkt unsagbar verletzlich. Etwas in meiner Brust zieht sich zusammen und der Gedanke, dass ich nicht zulassen würde, dass ihr jemand wehtut, weht durch mich hindurch. Dicht gefolgt von dem Gedanken, dass ich nicht weiß, ob ich sie auch davor bewahren kann, von mir selbst verletzt zu werden.

Ich küsse sie, kurz und intensiv. Ich atme ihren Duft ein. Dann öffne ich wieder die Augen. Millimeter trennen meine Lippen von Yaras.

»Wenn ich dich durch den Regenwald trage, darf ich dich küssen, wann ich will.«

Der Blick, den sie mir zuwirft, ist unbeschreiblich: »Dafür musst du mich nicht durch den Regenwald tragen.« Risse bilden sich in der Hülle, die ich seit Jahren um mich trage, und ich schlucke schwer.

Ich habe heute früh dafür gesorgt, dass unser Flug erst morgen Abend geht, eigentlich müssten wir heute schon fliegen. Kurz danach kam Maria noch einmal in die Lodge. Ihr langes, lockiges Haar trug sie dieses Mal offen und das dunkle Braun leuchtete in der Sonne. Sie nahm uns beide herzlich in den Arm und wünschte uns alles Gute. Sie hat Yaras Wunde noch ein letztes Mal angesehen und den Verband gewechselt. Die Stiche bilden schon Schorf, alles ist gut, meinte sie. Morgen kann Yara den Verband ganz abnehmen.

»*Lá vamos nós*! Heute machen wir endlich unsere Tour.«

José steht plötzlich in der Tür und lächelt uns an. Er ist überpünktlich.

»Du wolltest erst in einer halben Stunde da sein!«

»Ah, *tanto faz*! Zeit wird überbewertet. Lasst uns gehen, bevor es allzu heiß wird. Und denk an das Mückenspray.«

José und Yara sehen sich wissend an und grinsen.

»Sehr witzig! Ich kann nichts dafür, dass ich so lecker bin. Die Moskitos haben mich nicht als Einzige für sich entdeckt.«

Während José verwirrt guckt, genieße ich Yaras Gesichtsausdruck. Es ist süß, dass man sie so schnell aus der Bahn werfen kann. Ich schnappe mir noch eine Traube vom Obstteller und einen kleinen Rucksack, in dem ich Handtücher und Trinkflaschen für uns verstaut habe. Dazu kommt das Mückenspray. Sicher ist sicher.

»*Vamos!*«, schreie ich und recke die Hände in die Luft, was Yara zum Lachen bringt und José ein Augenrollen entlockt.

Wir gehen in die Richtung, in die ich gelaufen bin, als ich Phils Liste verloren habe. Wenn ich jetzt daran denke, muss ich lächeln. Diese Liste zu verlieren, gehört definitiv zu den besten Dingen, die mir im Leben passiert sind. Es endete in dem Baum und führte zu allem, was danach kam. Zwar auch zu Yaras Biss, aber da es ihr wieder gut geht, fühle ich mich nicht mehr allzu schlecht deswegen. Verdammt, immerhin stand ich gestern mit ihr unter der Dusche und Yara hat mir endlich gesagt, was ihr solche Albträume beschert. Nein, ich kann dem Biss beim besten Willen nicht nur Schlechtes abgewinnen.

Wir genießen die Geräusche der Umgebung und das Gefühl, dass wir das hier für Phil machen – und irgendwie auch mit ihm.

José zeigt nach einiger Zeit nach links und sagt über die Schulter: »Da hinten steht irgendwo euer Baum. Vielleicht noch zweihundert Meter weiter in diese Richtung.«

Yara lächelt mich an und greift nach meiner Hand. Unsere Finger finden ineinander und so folgen wir José durch den Wald. Wir hören Affen brüllen, Fliegen summen, Vögel zwitschern. Wir sehen das saftige Grün der Bäume, die einzelnen Sonnenstrahlen, die es durch das dichte Blätterdach schaffen, und obwohl die Luft schwüler wird, ist es schön, hier draußen zu sein. Das Mückenspray scheint außerdem zu wirken, ich musste erst eine einzige wegscheuchen und das, obwohl ich mein T-Shirt nicht trage, sondern es am Rucksack befestigt ist. Meine über die Knie reichende Hose und die Chucks würde ich mir bei der Hitze allerdings auch gerne noch vom Leib reißen. Sogar Yara trägt nur ihr Bikinitop und weite Shorts samt Chucks. Sie sieht aus wie ich in weiblich. Über diesen Gedanken muss ich lachen.

»Was ist los?«

»Wir tragen schon Partnerlook.«

Yara runzelt die Stirn, starrt erst meine schwarzen Shorts an, dann ihre und danach unsere Chucks. Schließlich prustet sie los.

»Ich schwöre dir, das war keine Absicht.«

»Ja, das sagt sich so einfach! Aber ich habe mich vor dir angezogen. Mich trifft keine Schuld.«

»Ich bin doch nicht dein Groupie, wieso sollte ich mich so anziehen wie du?«

»Oh, da fallen mir … heilige Scheiße!«

Yara stolpert gegen mich, weil ich so ruckartig stehen geblieben bin, und José dreht sich zu uns um.

»Was ist passiert?«

»Ja, was ist passiert?«, fragt nun auch Yara.

»Da ist gerade was vom Baum gefallen. Es hätte mich beinahe erschlagen.«

Wir beugen uns nach vorne. José blickt vom Boden hoch in den Baum, um mich anschließend diebisch anzublinzeln.

»Scheiße trifft es ziemlich genau, *meu amigo*!«

»Willst du damit sagen, dass mich beinahe ein Stück Scheiße erschlagen hätte?«

»Ja, buchstäblich. Schau hoch.«

José zeigt mit dem Finger nach oben. Zuerst sehe ich nichts.

»Da! Auf dem Ast!«

Ich folge Yaras Blick und ihrem ausgestreckten Arm, der auf einen der Äste über uns zeigt. Da sitzt etwas. Nicht besonders klein, flauschig – und es grinst uns an.

»Es lacht uns aus!«

»Nein, Noel, sie sehen immer so aus, als würden sie lächeln. Das sind Zweifinger-Faultiere. Wie der Name sagt, sind sie nicht die Fleißigsten und Schnellsten. Sie sparen gerne Energie. Das heißt auch, dass sie nicht vom Baum herunterkommen, wenn sie ihr Geschäft verrichten müssen. Aber keine Sorge, die Chance, getroffen zu werden, ist wirklich gering.«

José winkt ab und Yara kichert hinter vorgehaltener Hand.

»Du willst mich auf den Arm nehmen! Das eben war verflucht knapp! So gering kann die Chance gar nicht sein.«

»Was soll ich sagen? Der Regenwald scheint dich zu mögen.« José klopft mir lachend auf die Schulter, dreht sich um und sagt: »Weiter geht's!«

Ich kann immer noch nicht glauben, dass ich beinahe angekackt worden bin.

Wir gehen weiter, immer tiefer in den Wald. José beginnt damit, uns etwas über den Regenwald und seine Bewohner zu erzählen, und nicht nur Yara hört ihm gespannt zu.

»Es gibt unzählige Tiere hier im Regenwald, aber falls ihr denkt, der größte Teil wären Affen, liegt ihr falsch. Es sind hauptsächlich Insekten wie Raupen und Käfer. Oh, und natürlich deine liebsten Freunde, Noel, die Mücken. In den tropischen Wäldern benehmen sich die meisten Tiere ziemlich komisch, zumindest für Leute, die nicht hier leben und es nicht gewohnt sind, dass Frösche zum Beispiel auch in Baumkronen sitzen. Viele der Tiere haben sich so gut an ihre Umgebung angepasst, dass man sie kaum sehen kann. Andere haben sich außerdem so sehr spezialisiert, dass sie beispielsweise nur eine bestimmte Pflanze essen können, sie haben sich also ihren eigenen speziellen Platz hier erkämpft. Außerdem herrschen hier wirklich perfekte Bedingungen zum Leben. Die fast gleichbleibende Temperatur, geringe Schwankungen und keine Jahreszeiten, die es den Tieren schwer machen.«

Während wir José zuhören, beginnen wir, den Wald um uns herum mit anderen Augen zu sehen. José hat recht, viele Tiere, besonders die kleinen, sieht man auf den ersten Blick nicht. Aber auch die großen verstehen sich zu tarnen oder unbemerkt zu bleiben – so wie das Faultier, das mich beinahe mit Kot erschlagen hätte.

Uns rinnt der Schweiß von der Stirn, es ist so heiß, dass ich Yaras Hand losgelassen habe. Man könnte in seinem eigenen Schweiß baden. Während wir laut atmend weiterlaufen, ziehe ich eine Flasche Wasser aus dem Rucksack und reiche sie Yara. Danach nehme ich einen Schluck. Es ist widerlich warm und abgestanden, trotzdem tut es irgendwie gut, weil der Mund jetzt nicht mehr so ausgetrocknet ist. Yara lächelt mich kurz an, als sie sich mit dem Arm über die Stirn fährt.

»Trödelt nicht, wir sind gleich da«, hören wir José rufen.

Ich frage mich, wo dieses »da« sein soll. Ich wundere mich überhaupt, dass José weiß, wo hier vorne und hinten ist. Alles ist grün und sieht gleich aus. Alles, bis auf das, wovor wir auf einmal stehen. Oben lichtet sich das Blätterdach, strahlend blauer Himmel ist zu sehen und direkt unter uns befindet sich ein kleiner See samt Wasserfall. Das Wasser ist klar und die Sonne scheint mit voller Kraft darauf. Ein Paradies. Und eine verdammt perfekte Möglichkeit, sich abzukühlen.

José führt uns einen kleinen Trampelpfad nach unten. Am Rand angekommen, liegt der See noch knapp einen Meter unter uns. Das Wasser schimmert in der Sonne, am Wasserfall hat sich durch die Gischt und das Licht ein Regenbogen gebildet.

»Wunderschön«, sagt Yara beinahe ehrfürchtig und ich stimme ihr stumm zu.

»Hier machen wir eine kleine Pause. Dahinten kann man direkt ins Wasser gehen.«

José zeigt auf eine Stelle am See, die sich nur wenige Meter links von uns befindet. Kurz bevor wir besagte Stelle erreichen, steigt mir die Hitze endgültig zu Kopf und mir sitzt der Schalk im Nacken. Ich bleibe stehen, halte Yara fest, gebe ihr einen Kuss auf die Wange und sage, dass es mir leidtut. Ihr verwirrter und dann wissender Blick entgeht mir nicht, bevor ich ihr einen Schubs gebe, sodass sie seitlich im See landet. Ihr Schrei geht im Wasser unter, sie ist auch fast mehr umgefallen als reingefallen, schließlich sind wir gerade mal dreißig Zentimeter über dem Wasser. José rollt nur mit den Augen und ich kann mich kaum halten vor Lachen, während Yara schnaufend auftaucht und sich hektisch die Haare aus dem Gesicht streicht. Sie sucht mich mit ihren Augen und sie findet mich. Sie kneift sie zusammen und zeigt mit dem Finger auf mich.

»Du! Das wirst du mir büßen … du … du …«

Sie findet gerade kein passendes Wort, aber ich bin mir sicher, später kommt das noch.

Plötzlich verändert sich ihr Ausdruck. Sie bleibt stocksteif im Wasser stehen, das ihr nur bis zur Hüfte reicht, lässt den Arm sinken und reißt ihre Augen auf. Sie atmet schwer und ihr Mund öffnet sich leicht. Mit panischem Blick sieht sie mich an und mit vollkommen ruhiger Stimme sagt sie meinen Namen.

Irgendwie habe ich das Gefühl, das alles läuft mal wieder nicht so, wie ich das wollte. Verdammt, wann ist es jemals nicht schiefgegangen?

31 Yara

Manchmal geht es einfach in die Hose

Klatschnass stehe ich im See, mitten in diesem glasklaren Wasser, das eine angenehme Temperatur hat und meine Haut auf wundervolle Art und Weise abkühlt. Ich bin nur halb so sauer, wie ich Noel glauben lassen will, und ich muss mich schwer zusammenreißen, nicht einfach mit ihm loszulachen.

Und dann spüre ich es. Und ich bete zu Gott, dass es einfach nur ein Wasserstrudel ist oder ein einsamer verirrter und vor allem harmloser Fisch. Aber es ist definitiv kein Wasserstrudel. Es lebt. Das Problem an der Sache? Es ist in meinen Shorts.

»Noel?« Meine Stimme klingt so piepsig. Mein Herz rast.

»Es tut mir leid, ich konnte wirklich nicht anders.«

»Ich glaube, wir haben ein Problem.«

»Kommt darauf an. Wie wütend bist du denn? Und keine Angst, ich komme gleich zu dir ins Wasser.«

José ist bereits ein paar Meter weitergegangen. Ich kriege gleich einen Krampf – und zwar im ganzen Körper! Keine Ahnung, ob das überhaupt geht, aber gerade bin ich so angespannt, dass ich es absolut für möglich halte. Meine Atmung rennt mir davon und als ich dieses *Etwas* wieder an meinem Bein spüre, zucke ich zusammen und schreie.

»NOEL!«

»Ja, ich bin doch hier! Jetzt komm da raus, José wartet.«

»Du musst sofort herkommen. Ich kann mich nicht bewegen. Bitte!«

Ob es an meiner verkrampften Haltung liegt oder an meiner absolut verzweifelt klingenden Piepsstimme, kann ich nicht sagen. Aber Noel scheint zu begreifen, dass ich nicht sauer bin und hier etwas ganz und gar schiefläuft. Ich würde sagen, das hier ging absolut in die Hose. Wortwörtlich.

»Was ist los?«

Er stellt den Rucksack ab und springt zu mir ins Wasser. Er greift nach meinen Armen und sieht mich fragend an.

»Okay, also, es ist so … Ich denke, da ist etwas in meiner Hose.«

Ich kämpfe gegen den Drang an, hysterisch loszulachen, aber ausgesprochen klingt es wirklich viel witziger, als es tatsächlich ist. Noel sieht währenddessen irritiert auf meine Shorts, die er nur verschwommen durch das Wasser erkennen kann.

»Es ist etwas in deiner Hose? Bist du sicher?«

Am liebsten würde ich ihm sagen, dass ich weder plötzlich zum Mann geworden bin noch senil oder verrückt.

»Ja! Und es gehört definitiv nicht zu mir.«

»Okay.«

Noel legt seinen linken Arm um meine Hüfte und lässt seinen rechten Arm ins Wasser sinken.

»Moment! Was tust du da?«

Völlig außer Atem und leicht panisch sehe ich ihn an.

»Was denkst du wohl?«

»Und wenn es dich beißt? Sticht? Angreift? Wenn es giftig ist?«

»Dir ist ja auch noch nichts passiert.«

Er sieht mir intensiv in die Augen und wartet anscheinend darauf, dass ich mein Go gebe. Gott, ich habe gar keine andere Wahl. Abgehackt nicke ich und sehe zu, wie Noels Hand den Bund meiner Shorts nach vorne zieht und reinsieht. Noch flippe ich nicht aus, Bikinihöschen sei Dank!

»Ich sehe nichts.«

Seine Hand gleitet in meine Shorts, ich spüre sie an meinem linken Oberschenkel.

»Was tust du da?«, flüstere ich.

»Wenn du denkst, ich nutze die Situation aus, dann könntest du recht haben.«

Er zieht mich ein Stück näher, seine Hand gleitet tiefer und sein verschmitztes Lächeln lenkt mich von der zweiten Bewegung am Oberschenkel ab. Zumindest kurz, dann muss ich mich wieder auf meine Atmung kontrollieren und die Panik verdrängen. Schlange hin oder her, etwas ist in meiner Hose und ich will nur, dass es da verschwindet. Ich sende ein Stoßgebet gen Himmel.

»Hm, ich könnte jetzt lügen und dir sagen, dass sich das, was eben an meiner Hand vorbeischwamm, nicht nach einer Schlange angefühlt hat, aber das käme mir falsch vor.« Ich sehe die Sorge in seinem Blick. »Sie scheint dich echt zu mögen.«

»Noel, das ist so was von nicht komisch!« Ich stoße ein verzweifeltes Wimmern aus.

»Okay, ähm … Ich könnte versuchen, sie zu fangen, oder ich ziehe dir jetzt vorsichtig deine Shorts aus, um euch beide aus dieser Lage zu befreien.«

»Eine Wahl zwischen Pest und Cholera also.«

Ich bin begeistert. Wirklich. Nach kurzem Zögern entscheide ich mich für Cholera.

»Okay, ich denke, wir sollten versuchen, die Shorts loszuwerden.«

»Na dann, auf geht's!« Er holt tief Luft und taucht unter, noch bevor ich etwas sagen kann.

Ich spüre, wie seine Hände meine Shorts greifen und wie der Bund langsam über meine Hüften gleitet. Stück für Stück zieht Noel die Shorts weiter runter und hält sich an mir fest, damit er unter Wasser bleiben kann. Als die Shorts an meinen Knöcheln ankommen, tippt Noel mich leicht an und ich steige langsam und vorsichtig heraus. Erleichtert atme ich aus. Noel durchdringt prustend die Wasseroberfläche, schiebt seine Haare aus dem Gesicht und fährt sich mit den Händen über die Augen. Währenddessen kommt meine Hose auch an die Oberfläche und schwimmt darauf herum, als wäre nichts passiert.

»Definitiv Schlange! Aber eine kleine.«

»Alles nur, weil du mich ins Wasser geschubst hast!«

Er sieht wirklich zerknirscht aus. »Ein Glück ist nichts passiert und sie hat dich nicht gebissen. Schlangen scheinen dich so zu mögen, wie die Mücken mich.«

Bevor ich Noel eine runterhauen kann, drängt Josés Stimme zu uns, der mit verschränkten Armen am Rand auftaucht und uns skeptisch ansieht.

»Hey! Was treibt ihr denn da? Ich denke die ganze Zeit, ihr seid hinter mir, und rede mit euch!«

»Wie gut, dass du sofort gemerkt hast, dass wir nicht hinter dir sind.« Noel lacht lauthals, während José die Augen verdreht.

»*Vamos*! Lasst uns etwas essen.«

Ich folge Noel kopfschüttelnd und mit meiner Hose in der

Hand zum Rand und steige aus dem Wasser. Ich hoffe, ich werde in meinem ganzen Leben nie wieder einer Schlange begegnen.

*

Nach dem Picknick ist der Schreck wieder ganz vergessen. Auf dem Weg zurück albern wir die ganze Zeit herum, lachen und bestaunen die vielen kleinen Wunder um uns herum.

Als die Lodge in Sicht kommt, verabschiedet sich José von uns und wir gehen hinein. Ich lasse mich aufs Bett fallen, ziehe die Schublade des Nachttisches auf und greife nach Phils Liste. Bald haben wir alles geschafft. Bald haben wir Phils letzten Wunsch erfüllt. Das Papier ist mittlerweile schon sehr weich, Dutzende Knicke zieren es und es sieht älter aus, als es ist. Vorsichtig klappe ich das Papier auf und schnappe mir einen roten Stift.

~~*1) Eine Nacht unter den Sternen schlafen*~~
~~*2) Einen Spaziergang im Regenwald machen*~~
~~*3) Die Nordlichter beobachten*~~
~~*4) Einen Wolf streicheln*~~
5) In den Louvre gehen und alle Bilder ansehen
~~*6) Den Himmel berühren*~~
7) In Venedig mit einer Gondel fahren
~~*8) Die Bibliothek in Dublin besuchen*~~
9) Einen Baum in einem fremden Land pflanzen
10) Leben

Punkt zwei ist nun auch erledigt. Bei dem Gedanken daran, dass ich nachher noch einen weiteren Punkt werde durchstreichen können, legt sich ein Lächeln auf mein Gesicht.

Noel und ich werden hier neben der Lodge einen Baum pflanzen. José hat uns einen Ableger eines einheimischen an die Lodge gestellt.

»Willst du dich erst ausruhen oder wollen wir unserem Baum jetzt schon ein Zuhause geben?«

Noel geht neben mir in die Knie und lächelt mich verschmitzt an.

»Ich denke, wir sollten es anpacken!«, sage ich voller Übermut und springe freudig aus dem Bett. »Aber zuerst ziehe ich mir eine neue Hose an. Die andere ist kontaminiert und lockt vielleicht eine weitere Schlange an.«

Gespielt ernst verziehe ich das Gesicht, während ich schon frische Shorts aus der Kommode ziehe.

Noel zeigt mir, wo José den Baum hingestellt hat. Er lehnt an der hinteren Seite der Lodge an der Wand. Zwei Schaufeln stehen daneben. Die Wurzeln hängen mit etwas Erde in einem Netz fest und sind fest umwickelt.

Ich beäuge das Ding interessiert. »Hat José dir gesagt, was das für eine Art ist?«

»Es ist eine Babassupalme oder so. Zumindest, wenn ich José richtig verstanden habe.«

Noel legt den Kopf leicht schief.

»Einer Palme wird es hier gut gehen«, sage ich fröhlich und reiche Noel eine Schaufel. »Packen wir es an!«

Einige Meter neben der Lodge haben wir einen schönen Platz gefunden. Die Palme kann sich dort entfalten und das Licht wird nicht ganz von allen anderen Bäumen und Pflanzen rundherum weggeschnappt. Noel und ich schaufeln, was das Zeug hält, still, ohne zu reden, aber unsere Blicke sagen genug, wenn sie sich treffen. Wir kennen die Hitze und Schwüle des Regenwalds mittlerweile und ich dachte, ich hätte mich daran gewöhnt, aber unter diesen Bedingungen ein riesiges Loch in den Boden zu graben und etwas zu pflanzen, ist doch noch einmal etwas anderes. Ein Schweißfilm scheint jeden einzelnen Zentimeter meines Körpers zu bedecken, die Spitzen meiner Haare kleben an meinem Nacken und ich könnte mir alle zehn Sekunden ein paar Schweißtropfen von der Stirn wischen. Meine Chucks sind voller Erde, die übrigens auch an meinen Beinen klebt. Schweiß ist ein wirklich guter Kleber.

Als das Loch groß genug ist, legen wir die Schaufeln weg und stellen uns vor die Palme. Skeptisch sehe ich Noel an, der einen ganz eigenen Plan hat.

»Bist du sicher, dass du sie alleine tragen willst?«

»So schwer ist die schon nicht. Sie ist ja noch eine Babypalme.«

Noel sieht mich an, als käme ich von einem anderen Planeten, weil ich anzweifle, dass er die Babypalme, die immerhin noch größer ist als wir, alleine heben könnte.

»Na gut, du Held. Dann los! Du musst sie heben, ungefähr zehn Meter bis zu unserem Loch tragen und dann vorsichtig absetzen. Ich sehe da nur zwei Möglichkeiten: Entweder sie begräbt dich unter sich … oder sie begräbt dich unter sich!«

Noel kneift seine Augen zusammen, streicht sich die Haare aus der Stirn, holt tief Luft und beugt sich nach unten. Seine Arme umfassen das Wurzelnetz und den Stamm. Dann bleibt er so stehen und rührt sich nicht.

»Willst du sie auch noch mal irgendwann hochheben?«

»Scheiße, was denkst du, was ich hier versuche?«

Schnell halte ich mir die Hand vor den Mund, damit ich den

aufkommenden Lachanfall irgendwie verhindern kann. Ich sehe, wie angespannt Noels Muskeln sind, und nachdem er einen beinahe tarzanähnlichen Schrei ausgestoßen hat, kann er die Palme sogar um eine Handbreite vom Boden heben, bevor sie zurückknallt. Noel atmet schwer und richtet sich keuchend auf. Ich werfe ihm einen Blick zu, der sagt: Sie hätte dich unter sich begraben, wenn du sie überhaupt hättest heben können!

»Ha ha, das ist nicht witzig. Die ist sauschwer!«

»José hatte wohl Hilfe.«

»Ja, es waren zwei Männer bei ihm, aber ganz ehrlich, ich wusste nicht, dass er die extra zum Palmenschleppen mitgebracht hat.«

»Hm, wir werden sie zu zweit auch kaum schaffen. Lass uns etwas anderes probieren.«

Ich umfasse die Palme relativ weit oben am Stamm und schiebe ihre Blätter beiseite. Trotzdem fallen sie mir ins Gesicht.

»Greif du etwas weiter unten um den Stamm, lass uns versuchen sie zu ziehen.«

Noel nickt und tut es mir gleich. Wir zählen, auf drei. Mit einem Ruck zerren wir gemeinsam an der Palme und ich hoffe, dass wir sie dadurch nicht beschädigen. Noel hat recht, sie ist unsagbar schwer. Ich spüre jeden Muskel in meinen Armen und meinem Rücken, sogar in meinen Beinen. Aber es klappt. Es ist anstrengend und es geht nicht besonders schnell, aber es klappt!

Keuchend halten wir vor unserem Loch und lächeln uns an. Gleich ist es geschafft.

»Weißt du, wir hätten auch in Irland einen kleinen Baum

pflanzen können. Aber es muss ja so ein Mutantenbaby hier sein.«

Noel starrt die Palme wütend an und ich lache und huste abwechselnd.

»Gleich bist du sie los.«

Gemeinsam schaffen wir es, die Palme in ihr neues Zuhause zu verfrachten, und das, ohne dass sie uns erschlägt oder selbst zu Schaden kommt.

Gerade streiche ich das letzte Stück Erde flach. Wir müssen sie nicht gießen, es wird spätestens in wenigen Stunden wieder regnen. Sie sieht wunderschön aus und als ich mich aufrichte und sie so betrachte, spüre ich plötzlich Noels Arme um mich. Wir sind erschöpft, dreckig, verschwitzt, aber wir sind glücklich. Tränen bilden sich in meinen Augen, aber nicht vor Trauer, sondern weil wir schon so viel geschafft haben in so kurzer Zeit. Es sind Tränen des Glücks und der Erleichterung. Wenn ich an Phil denke, dann erinnere ich mich an die schönen Momente. Und irgendwie ist es bei meinen Eltern jetzt auch so. Ich bedauere nicht länger, dass ich keine Zeit mehr mit ihnen habe, nein, ich bin froh darüber, dass ich überhaupt Zeit mit ihnen verbringen durfte.

In meinen Gedanken streiche ich einen weiteren Punkt durch, gleich werde ich in der Lodge einen gelben Stift dazu benutzen.

~~*9) Einen Baum in einem fremden Land pflanzen*~~

32 Noel

Auch ein ›Für immer‹ hat ein Ende

Brasilien liegt bereits weit hinter uns, ebenso wie José, Maria und die Lodge. Und Phil natürlich. Wir haben die Mutantenpalme nach ihm benannt, schließlich haben wir uns seinetwegen beinahe das Kreuz gebrochen. Kurz und leise lache ich auf. Ich darf mich nicht zu viel bewegen, sonst wacht Yara auf.

Wir sitzen im Flugzeug auf dem Weg nach Paris, um den Louvre zu besuchen und den drittletzten Punkt der Liste zu streichen. Ich wende den Kopf nach rechts zum Fenster und sehe, wie draußen die Wolken an uns vorbeifliegen – nein, eigentlich fliegen wir mit ihnen –, und unter uns nichts als der Atlantik.

Yaras Kopf lehnt an meiner Schulter und ich höre ihre leisen und gleichmäßigen Atemzüge, die mich beruhigen wie nichts anderes auf der Welt. Fester ziehe ich sie an mich und kurz gibt sie ein wohliges Seufzen von sich. Ihre linke Hand liegt auf meinem Herzen – in das sie sich irgendwie eingenistet hat. Ich weiß nicht, wann es passiert ist. War es, nachdem sie mich im Café wie ein angefahrenes Reh angesehen und mich zu dieser absolut verrückten Reise überredet hat und dazu, sie mit *ihr* zusammen zu machen? War es, nachdem sie mir immer wieder gesagt hat, ich sei ein Idiot? Nachdem ich sie im Arm gehalten habe nach ihren Albträumen, oder ist es in diesem dämlichen Baum passiert? Ich habe, verdammt noch mal, keine Ahnung! Eines ist klar, egal, wann es passiert ist, es ist passiert und sosehr mich das irgendwie glücklich macht, so sehr jagt es mir eine Scheißangst ein! Schon lustig, wie das Leben so spielt. Ich habe mir nie vorstellen können, mal so für jemanden zu empfinden. Es ist anders als das, was ich für Phil fühle oder für meine Mutter. Anders und tausend Mal intensiver. Es ist das, was ich nie wollte. Keine Verpflichtungen, keine Probleme. Und jetzt? Jetzt halte ich Yara im Arm, von der ich keine Ahnung habe, was sie mit einem wie mir will. Das Schlimmste daran ist, dass ich es nicht wissen will. Ich will nicht andauernd denken, dass sie viel zu gut für mich ist. Viel zu gut, um wahr zu sein. Denn dann müsste ich den Helden spielen, sie verlassen oder mir eingestehen, dass auch sie irgendwann geht, wenn sie das kapiert hat. Scheiße, nur einmal in meinem Leben will ich keine Angst davor haben, jemandem zu vertrauen. Zumindest bis diese Reise zu Ende ist, erlaube ich mir, aus der Realität zu fliehen und mir das einzureden.

Ich gebe Yara einen Kuss auf den Kopf, dann schließe ich meine Augen und versuche mich zu entspannen. Immer wieder wird in meinem Kopf eine Endlosschleife mit Yaras Stimme abgespielt: *Alles wird gut, du musst nur daran glauben.*

Ich wünschte, ich könnte das. Ich wünschte, dass alles, was wir uns vorstellen können, auch wahr werden kann.

★

Paris, Charles de Gaulle Airport. Wir sind da. Obwohl ich noch ein wenig im Flugzeug schlafen konnte, bin ich hundemüde. Vier Stunden Zeitverschiebung haben es in sich. Ich war schon total geplättet, als wir in Brasilien ankamen, und das war noch vor der dämlichen Schlangensache. Ich hoffe, in Frankreich und in Italien erwartet uns nichts als Ruhe, kein Stress, keine Schlangen. Nur diese große, traumhafte Stadt, der Eiffelturm und ein Museum, voll von Tausenden berühmten und bedeutenden Gemälden. Wer hätte gedacht, dass ich mal freiwillig ins Museum gehe?

Nachdem wir unser Gepäck vom Band geschnappt haben, suchen wir uns einen Shuttlebus, der uns nach Paris reinbringt. Yara scheint wirklich müde zu sein. Immer, wenn ich sie etwas frage oder etwas sage, lächelt sie ganz süß, nickt und wenn es hochkommt, gibt es noch einen bejahenden oder verneinenden Ton. Das war's.

Zum Glück ist ein Shuttlebus schnell gefunden und ich kann Yara hineinverfrachten, bevor sie im Stehen einschläft. Wäre aber kein Wunder, schließlich war gestern ein anstrengender Tag und wir hatten keine lange Nacht. Hier ist es gerade elf Uhr morgens, in Brasilien ist es erst sieben Uhr früh.

Der Bus braucht fast eine Stunde bis in die Stadt. Wir haben ein Hotelzimmer in der Nähe der Rue de Rivoli und somit in direkter Nähe zum Louvre reserviert. Unterwegs döst Yara neben mir und auch mir fallen beinahe die Augen zu. Aber ich will sie nicht schließen, denn ich mag den Blick aus dem Fenster. Teile von Paris ziehen an uns vorbei, der Trubel des Tages hat längst von der Stadt Besitz ergriffen. Trotz der vielen Menschen wirkt die Stadt nicht hektisch. Sie ist wunderschön mit ihren hübschen, fast künstlerischen Gebäuden und ihrem ganz eigenen Charme.

Auch hier scheint die Sonne, die Anzeige am Flughafen hat

beinahe vierundzwanzig Grad gemeldet. Die Luftfeuchtigkeit ist allerdings ein Witz gegenüber der in Brasilien und die leichte Brise sorgt dafür, dass mir bei dieser Temperatur nicht so warm ist, wie mir sein müsste. Zeit, sich wieder an die europäische Form von Sommer zu gewöhnen. Ich werde mich nie wieder über ihn beschweren.

⋆

Als wir im Hotel einchecken, redet Yara mit dem Rezeptionisten auf Englisch, auch wenn der nicht besonders begeistert zu sein scheint, dass keiner von uns Französisch spricht.

Wir gehen in unser Zimmer und es wundert mich nicht, dass Yara aus zwei gebuchten Einzelzimmern ein Doppelzimmer gezaubert hat. Wer hätte ahnen können, dass wir das mal wollen?

»Lass uns ein paar Stunden schlafen, bevor wir Paris unsicher machen. Der Louvre steht ja erst morgen auf dem Plan. Du siehst nicht besonders wach aus und ich will nicht, dass du mitten in der Stadt im Stehen, Liegen, Sitzen oder sogar während des Laufens einpennst.« Ich grinse Yara an, die ihre Augen nur noch einige Millimeter weit offen halten kann und mir beinahe in Zeitlupe die Zunge herausstreckt.

»Alles klar, Beweisführung abgeschlossen!« Sie lässt sich aufs Bett fallen und ich ziehe ihr die Schuhe aus, damit sie es sich bequemer machen kann. Als ich sie zur Seite rolle, ist sie beinahe so schwer wie die Mutantenpalme.

Im nächsten Moment kann ich hören, dass Yara schläft. Ihr Atem geht regelmäßig und ruhig, ihre Lippen sind leicht geöffnet und sie wirkt tiefenentspannt. Leise ziehe ich auch meine Schuhe aus und lege mich zu ihr. Ich streiche ihr einige Haarsträhnen hinters Ohr und sehe mir jede Sommersprosse ihres

Gesichts an. Yara ist hübsch. Aber nicht einfach nur hübsch, wie es jeder sein kann, Yara ist anders hübsch, besonders. Yara ist unperfekt perfekt. Sogar dann, als sie einen kleinen Schnarcher loslässt. Und über die Frage, ob sich unsere Wege wirklich nach dieser Reise trennen werden, schlafe auch ich ein.

»Hey Mum, ich bin zu Hause!«

Ich schmeiße meinen Rucksack in die Ecke, schließe die Haustür und gehe ins Wohnzimmer. An das Chaos bin ich gewöhnt. Meine Mutter hatte es noch nie so mit dem Aufräumen.

»Mum?«

»In der Küche!«

Ich folge ihrer Stimme.

»Was gibt es zu essen?«

Es ist ein Wunder, dass ich das noch frage. Meistens ist es das Gleiche und immer ist es irgendetwas Fertiges. Ein einziges Mal hat sie versucht, selbst etwas zu kochen, so richtig. Ich habe sie danach nie wieder darum gebeten. Sie pustet ihr braunes Haar aus der Stirn, während sie mich schief und irgendwie entschuldigend anlächelt.

»Es tut mir leid, es werden wohl wieder Nudeln mit Tomatensoße. Wir können uns aber auch eine Pizza in den Ofen schieben?«

Ich gehe zu ihr und gebe ihr einen Kuss auf die Wange. Egal, wie oft sie gegessen wird, Pizza geht immer und mein vierzehnjähriges Ich schreit jubelnd auf! Sie hört auf, in der Tomatensoße herumzurühren, und schiebt uns die Pizza in den Ofen. Kurz darauf erfüllt der Duft nach Käse und Salami die Küche und sorgt dafür, dass mir das Wasser im Mund zusammenläuft.

Wir setzen uns auf die Couch, schalten den Fernseher ein und schauen zusammen fern. Immer wieder sieht sie mich von der Seite an. Sie wirkt traurig.

»Ist alles okay?«, frage ich sie, als ich mir das letzte Stück Pizza in den Mund schiebe.

»Ja, alles ist gut.«

Am nächsten Tag habe ich wie immer keine Lust auf Schule. Ich bin zu müde und es ist viel zu früh. Normalerweise jagt meine Mutter mich wortwörtlich aus dem Haus. Dieses Mal schleicht sie um mich herum und nimmt mich zum Abschied in den Arm. Sie drückt mich ganz fest.

»Pass auf dich auf!«

Das hat sie vorher noch nie getan und ich weiß nicht, warum sie es heute tut.

Schweißgebadet wache ich auf und schrecke schwer atmend hoch. Es dauert einen Moment, bis ich begreife, wo ich bin. Hotelzimmer, Paris, Phils Liste, Yara. Während diese Erkenntnisse langsam zu mir durchsickern, kann ich mich wieder beruhigen. Ein Seitenblick zu Yara zeigt mir, dass sie noch immer schläft. Ich fahre mir übers Gesicht. Verfluchte Scheiße! Wo kam dieser Traum plötzlich her?

Vorsichtig stehe ich auf und gehe ins Bad. Ich stütze mich am Waschbecken ab und atme tief ein und aus, versuche mir zu sagen, dass das nur ein beschissener Traum war und es mir gut geht. Es geht mir gut! Ich drehe den Wasserhahn auf und schöpfe mit den Händen das kalte Wasser, das ich mir dann ins Gesicht spritze. Keine Ahnung, wie oft ich das mache, aber irgendwann ist mein Gesicht wie betäubt – und der Nachhall des Traums damit irgendwie auch. Die letzten Tropfen trockne ich mit einem der weißen Handtücher, die hier hängen, dann gehe ich zurück zu Yara, die mittlerweile wach auf dem Bett sitzt und sich verschlafen die Augen reibt.

»Hey! Wieso hast du mich nicht geweckt?«

Das letzte Wort verstehe ich kaum, weil sie zu gähnen anfängt.

»Bist du etwa noch müde?«

»Irgendwie schon. Aber nicht mehr so schlimm wie vorhin.« Sie lächelt mich an. »Machen wir Paris unsicher und holen uns etwas zu essen?«

»Was möchtest du denn?«

»Hm, gute Frage. Wollen wir einfach in die Stadt gehen und uns spontan entscheiden?«

Das tun wir dann auch. Wir lassen uns selbst auf Paris los. Etwas zerknautscht und müde, aber vor allem gut gelaunt machen wir die Straßen unsicher. Sie sind voll von Autos, Menschen, kleinen Cafés und Geschäften, von Antiquitätenläden bis hin zu kleinen Tante-Emma-Läden. An den Seiten werden sie von wundervollen, dicht aneinanderstehenden Häusern mit Verzierungen in den verschiedensten Stilrichtungen gesäumt, in deren Fenstern sich die Sonne und der blaue Himmel über der Stadt spiegeln.

Wir lassen uns treiben, wir lachen und reden – und es ist so völlig anders als zu Beginn der Reise. Vielleicht bin ich es auch, also anders. Jedes Mal, wenn Yara mich lächelnd ansieht, könnte ich Bäume ausreißen. Ich bin mir sicher, dass ich sogar unsere Palme heben könnte.

Und das Beste an Paris: Hier gibt es neben Quiche und Bouillabaisse auch Burger. Zum Glück scheint auch Yara diesen Gedanken zu haben, denn sie steuert bereits auf das kleine Restaurant zu, das mir mit seiner Werbung für Burger das Wasser im Mund zusammenlaufen lässt.

Morgen geht es in den Louvre, übermorgen nach Italien. In wenigen Tagen sind wir wieder in Hamburg, in unserem alten Leben. Ich wusste, dass diese Reise endet. Bevor sie begann, habe ich mir auch gewünscht, dass das passiert. Scheiße, jetzt will ich, dass sie nie wieder aufhört. Ich will nicht in mein altes Leben zurück. Ich will nicht wieder der Junge ohne Plan sein, ohne Ziele und ohne Vertrauen. Der Junge ohne Yara.

Während sie immer weiterlacht und mir etwas über Paris' Geschichte erzählt, versinke ich in meinen Gedanken und schaffe es gerade so, an den richtigen Stellen zu nicken oder ein Geräusch zu machen, damit sie weiterredet. Ich möchte nicht, dass sie mitbekommt, wie sehr mir das manchmal zusetzt. Ich möchte ihr nicht diesen Tag und erst recht nicht das Ende unserer Reise versauen.

Aber je näher das Ende kommt, umso unruhiger werde ich. Umso mehr Angst habe ich davor.

★

»Was für eine Reise!«

Yara lässt sich rücklings neben mir auf das große Doppelbett fallen, mit ausgebreiteten Armen und einem fetten Grinsen im Gesicht.

Das Zimmer ist bisher das luxuriöseste, das wir hatten, und fast so groß wie die Lodge. Die Wände sind weiß, die Möbel sind, ebenso wie das Parkett, aus Kirschholz, die Bettwäsche ist weiß, aber die Tagesdecke ist dunkelrot. Das Fenster ist riesig. Es sorgt nicht nur für eine schöne Atmosphäre und viel Licht, sondern bietet einen tollen Ausblick über die Stadt.

Unsere Katzenwäsche haben wir erledigt, unsere Klamotten durch bequeme Schlafsachen ersetzt. Wir liegen still und in Gedanken versunken auf dem Bett, als Yara sich schwungvoll auf die Seite dreht, mit dem Blick zu mir und sich mit dem Ellenbogen abstützt, während sie ihren Kopf auf die Hand legt. Ich tue es ihr gleich. Obwohl gute fünfzig Zentimeter zwischen uns liegen, habe ich das Gefühl, ihren Atem spüren zu können, und ihr leichter Gänseblümchenduft weht zu mir herüber. Nicht zu offensichtlich versuche ich meine Lippen aufeinanderzupressen und mich zusammenzureißen. Ganz im Ernst, ich bin kein Heiliger! Verdammt, ich liege nicht das erste Mal mit Yara in einem Bett, aber ich habe keine Ahnung, ob es das jetzt besser oder schlimmer macht. Ihre Lippen verziehen sich zu einem Lächeln, ihr Blick wandert langsam über mein Gesicht.

Eindeutig schlimmer! Das macht es schlimmer!

Ich schlucke schwer und versuche meinen Augen einzureden, dass es keine gute Idee ist, Yaras Hals hinunterzuwandern, über ihr Schlüsselbein, zu dem dunkelgrünen Top mit den verflucht dünnen Trägern und dem Ausschnitt, der bei einem Pyjamaoberteil verboten werden sollte.

»Hörst du mir zu, Noel?«

Scheiße, natürlich höre ich ihr nicht zu! Was hat sie gesagt? Wie viel hat sie gesagt? Wann hat sie überhaupt angefangen zu reden? Innerlich fluche ich, während ich Yara einfach nur anstarre. Ihr Grinsen wird breiter und breiter und ich kann nicht anders, als mitzumachen. Sie ist nicht blöd. Sie weiß, ich habe kein Wort gehört von dem, was sie gesagt hat.

»Klar! Ich höre dir immer zu.«

»Du kannst lügen, ohne mit der Wimper zu zucken«, lacht sie.

»Manchmal. Also, was hast du gesagt?«

»Ich habe gesagt, dass ich unsere Reise liebe und froh bin, dass Phil uns diese Liste hinterlassen hat.« Sie zögert kurz.

»Und dass ich froh bin, nicht mehr alleine in einem Zimmer schlafen zu müssen.«

»Ich denke, die Albträume sind weg. Ich bin mir sicher, du hast sie besiegt.«

»Ja, vielleicht habe ich das. Ich denke, sie sind gegangen, weil du geblieben bist.«

Ihre Stimme wird immer leiser, ihr Lächeln verliert sich und der Ausdruck auf ihrem Gesicht jagt einen Schauer über meinen Rücken.

Weiß ich denn, ob ich wirklich immer bleiben kann?

Sie rutscht zu mir, hebt ihren Kopf und ich denke, sie wird mich küssen. Ich merke, wie mein Atem sich bereits beschleunigt und wie sehr ich diesen Kuss will, aber es passiert nichts. Nein, sie stoppt nur wenige Zentimeter vor meinen Lippen und ich weiß, sie will, dass ich den nächsten Schritt mache.

Meine Lippen treffen auf ihre und meine Hand fährt in ihr Haar. Ich ziehe sie sanft zu mir, ziehe sie beinahe auf mich, während ich mich zurückfallen lasse und in das Kissen sinke. Keine Ahnung, wo Yara anfängt und ich aufhöre, aber es fühlt sich an, als stünde jeder Zentimeter meines Körpers unter Strom. Yara ist mein Ausgleich, mein Halt, mein Rettungsboot. Und so küsse ich sie. Ich will, dass sie es weiß, ohne dass ich es sagen muss. Ich halte sie fest, ich will auch ihr Halt sein – und ich wünsche mir, ich wüsste nicht, dass alles bald vorbei sein wird.

33 Yara

Wenn das Kartenhaus deines Lebens zusammenbricht, liegt es an dir, es wiederaufzubauen – Stück für Stück

»Sind wir bald fertig? Ist es bald vorbei? Bitte, sag mir, dass es bald vorbei ist!«

Es ist nicht das erste Mal, dass Noel mich das fragt, und es wird heute nicht das letzte Mal sein. Dabei sind wir erst seit einer Stunde hier und haben gerade einmal das Gelände und die Glaspyramide, die den Haupteingang des Louvre bildet, betrachten können. Die Napoleon Hall, die im zweiten Untergeschoss liegt, haben wir besichtigt und nun gehen wir durch das Zwischengeschoss, den Lower Ground Floor. Das Erdgeschoss, der erste und zweite Stock liegen noch vor uns und Noel jammert schon. Ganz unberechtigt ist es nicht. Es sind viele Touristen hier, es ist Ferienzeit und Minute um Minute füllt sich der Louvre mehr.

»Nein, wir sind noch lange nicht fertig! Komm schon, so schlimm ist es nicht. Ich verspreche dir, ab jetzt wird es erst richtig interessant. Die Mona Lisa wartet auf uns, die Skulptur der Aphrodite …!«

Ich lächle ihn an und versuche ihn von der Schönheit dieses Ortes zu überzeugen. Seine Hand liegt in meiner und ich leite ihn durch die Gänge, vorbei an all den einzigartigen Gemälden, den alten, beeindruckenden Skulpturen und Schmuckstücken.

»Wusstest du, dass der Louvre eine Ausstellungsfläche von sechzigtausend Quadratmetern hat?«

»Oh mein Gott, wieso sagst du mir das?« Völlig entrüstet sieht Noel mich an. »Das lindert meine Qual nicht! Wir werden hier nie wieder rauskommen.«

»Jetzt hör schon auf! Das ist doch beeindruckend.«

»Das Einzige, was hier wirklich beeindruckend ist, bist du.«

Noel zieht mich mit einem Ruck zu sich und küsst mich. Wir stehen inmitten all dieser Menschenmassen, umgeben von Trubel und Tausenden von Kunstwerken, und Noel hat es geschafft, dass ich all das ausblende.

Als er den Kuss beendet und mich ganz verschmitzt angrinst, spüre ich, wie mir das Blut in die Wangen steigt.

»Du willst mich ablenken! Das ist nicht fair.«

»Einen Versuch war es wert. Ich dachte, wenn ich dir zeige, was du bekommst, wenn du jetzt sofort mit mir hier herausstürmst und …«

»Wir können noch nicht gehen. Wir müssen alles sehen, alle Bilder, so steht es auf der Liste. Versuch es zu genießen. All diese Kunst wirst du vielleicht nie wiedersehen.«

Nur kurz starre ich auf seine Lippen, aber es reicht, um in Versuchung zu geraten. Ich liebe diesen Ort, aber Noel macht es mir wirklich nicht leicht.

»Okay, ich benehme mich jetzt. Dann zeig mir mal, was es hier noch so gibt.«

Ich lache und küsse ihn noch mal schnell, bevor ich ihn weiter durch die Gänge ziehe. An vielen Bildern bleiben wir stehen und überlegen uns, was der Künstler uns damit wohl sagen will. Bei den meisten bleibt es uns ein Rätsel. Wir lachen oft und ich habe das Gefühl, dass Noel sich endlich entspannt. Auch wenn wir uns mittlerweile im Schneckentempo bewegen und Schlangenlinien laufen, weil immer mehr Leute in den Louvre stürmen.

Flur für Flur kämpfen wir uns vor, bis wir zu einem Bild kommen, das mich sofort innehalten lässt. Das Bild an sich zieht mich nicht an, es ist für mich nichts Besonderes. Vielleicht auch, weil ich nicht viel über Kunst oder den Maler weiß. Das, was mich an diesem Bild fasziniert, ist die Geschichte dahinter, die des Mannes darauf.

»Kennst du den Maler?«

»Nein. Das Bild kenne ich auch nicht, aber sieh dir den Titel des Bildes an.«

»Der schlafende Endymion«, liest Noel vor.

»Kennst du die Geschichte von Endymion?«

»Nein. Worum geht es?«

»Ich weiß nicht, wie viel mit dem Bild zusammenhängt, aber die Geschichte von Endymion und seiner Selene ist eine sehr alte Geschichte. Sie stammt aus der griechischen Mythologie.«

Ich sehe das Bild an, während ich Noel die Geschichte erzähle. Sie ist eine meiner liebsten. Und für den Moment scheinen die lauten Geräusche und das Treiben um uns herum zu verstummen.

»Selene war die Mondgöttin und sie war wunderschön. Endymion hingegen war kein Gott, sondern nur ein einfacher Sterblicher. Auf einer ihrer nächtlichen Reisen über den Abendhimmel soll Selene Endymion gesehen und sich in ihn verliebt haben, genauso wie er sich in sie. Aber nicht nur, dass

Endymion sterblich war, es trennten sie auch Welten. Endymion lebte am Tag, Selene in der Nacht. In ihrer Liebe und Verzweiflung bat Selene Zeus um Hilfe. Sie wollte auf ewig mit Endymion zusammen sein. Deshalb ließ Zeus ihn in einen ewigen Schlaf versinken, damit er nicht sterben konnte, aber jede Nacht erwachte er und jede Nacht kam Selene zu ihm.«

»Dieses Bild kommt nicht ansatzweise an die Geschichte heran.« Noel flüstert mir die Worte ins Ohr, ich spüre seinen Atem, spüre, wie seine Nase plötzlich meine Schläfe streift und wie er einen Kuss auf meine Stirn haucht. Beinahe von selbst schließen sich meine Augen. Ich lehne meinen Kopf an seine Brust und blicke noch einmal zu Endymion, der auf diesem Bild ohne seine Selene sein muss.

»Das stimmt. Die Geschichte ist so viel besser. Natürlich gibt es mehrere Versionen, aber diese gefällt mir am besten. Es gefällt mir, dass sie alles getan hätte, um mit ihm zusammen zu sein. Es gefällt mir, dass es ihm genügte, nur bei Nacht zu leben, weil er sie liebte.«

Noel drückt mich an sich, aber er sagt nichts mehr. Wir stehen einfach da, zwei Ruhende inmitten von so viel Bewegung. Ich weiß nicht, was Noel durch den Kopf geht, aber ich weiß, woran ich denke: Ich würde für ihn auch den Tag aufgeben, so wie es Endymion für Selene tat.

⋆

Fast vier Stunden später kann Noel endlich frische Luft schnappen. Als wir den Louvre verlassen, breitet er die Arme aus und atmet tief ein.

»Freiheit!«

»Du führst dich auf, als hätte man dich gerade aus dem Gefängnis entlassen.«

»Verdammt,Yara! Da drinnen ging es viel schlimmer zu! Du warst dabei. Im Gefängnis hängen nur nicht so viele teure Kunstwerke.«

»Phil schüttelt wahrscheinlich gerade den Kopf wegen dir.«

»Aber sind wir ehrlich: Wundern tut ihn meine Reaktion nicht.«

»Wahrscheinlich nicht.«

In diesem Moment lässt mein Magen ein unfassbar lautes Geräusch los.

»Wow, das war heftig. Da hat jemand Hunger.«

Mein Magen knurrt wieder.

»Richtig großen Hunger. Komm, lass uns etwas essen gehen.«

Wir schlendern die Place du Carrousel entlang, auf die Rue de Rivoli, zurück zum Hotel. Im hoteleigenen Restaurant essen wir etwas und lassen all die Momente im Louvre Revue passieren. Noel hat es besser gefallen, als er zugeben möchte. Aber ich muss gestehen, dass auch mir die Menschenmassen und die Größe des Louvre zugesetzt haben und ich nach beinahe sechs Stunden, in denen wir uns nur zehn Mal verlaufen haben, froh bin, wieder draußen zu sein und zurück im Hotel.

Nach dem Essen wartet unser Zimmer auf uns. Nur kurz bin ich geneigt, Noel zu fragen, ob wir noch einmal Paris unsicher machen, aber nach diesem Tag und besonders jetzt nach dem Essen bin ich einfach nur müde.

Ich lasse mich vornüber aufs Bett fallen und stöhne auf. Meine Güte, fühlt sich das gut an. Und weich. Vor allem wirklich gemütlich.

»Du willst doch jetzt nicht schlafen, oder? Es ist gerade mal fünf Uhr abends.«

Noel springt aufs Bett, sodass ich kurz nach oben fliege und dann wieder zurück in die Laken.

»Nein, ich will nicht schlafen. Wirklich! Aber ich bin zu schwach«, murmle ich in das Kissen mit bereits geschlossenen Augen.

Ich höre sein Lachen.

»Von wegen, der Louvre wäre nicht groß und das wäre auch nicht anstrengend. Du siehst auch richtig erholt aus!«

Noel öffnet mit seinen Fingern eines meiner Augen, ich sehe ihn nur verschwommen und protestiere schwach.

»He, was soll das?«

»Ich versuche dir zu helfen?«

»Indem du mein Auge kaputt machst?«

Er lässt von meinem Auge ab, aber ich werde das Gefühl nicht los, dass ich von ihm beobachtet werde.

»So kann ich nicht schlafen!«

»Das tut mir leid.«

»Wenn ich dir das nur glauben könnte.«

Ich seufze, genieße ein letztes Mal das Gefühl des weichen Kissens unter mir, bevor ich mich aufrapple und hinsetze.

»Na gut, du hast gewonnen. Warum darf ich jetzt nicht schlafen?«

»Weil du das sonst heute Nacht nicht kannst und wir morgen früh unseren Flug erwischen müssen. Außerdem sollten wir noch etwas erledigen.« Noel hält mir Phils Liste hin und einen Buntstift. »Nur noch zwei Punkte, dann haben wir es geschafft.«

Ich greife nach dem Stift und nach der Liste. Wir lächeln uns an. Wir haben es wirklich fast geschafft, ich kann das kaum glauben. Das Papier der Liste sieht beinahe wie Pergament aus, so oft habe ich es schon gefaltet, geknickt, gelesen, eingesteckt, ausgepackt, darauf geschrieben. Es fühlt sich toll an. An diesem Stück Papier haftet unsere Reise. Nicht nur all die Punkte stehen darauf, jeder einzelne Wunsch von Phil, sondern auch all die Erinnerungen, die wir gesammelt haben. Ein Stück von uns klebt an diesem kleinen, unscheinbaren Papier.

~~*5) In den Louvre gehen und alle Bilder ansehen*~~

Jedes Bild, jede Skulptur haben wir betrachtet, jeden Flur sind wir entlanggegangen, jedes Stockwerk haben wir erkundet. Für dich, Phil.

*

Nie habe ich gedacht, dass ich reisen werde. Ich meine, so richtig, außerhalb von Deutschland. Nach dem Tod meiner Eltern ist auch ein Teil von mir gestorben und ich wusste nicht, ob ich diese Lücke je wieder füllen konnte. Jetzt stehe ich hier, atme italienische Luft, halte Noels Hand und weiß: Es kommt nicht darauf an, die Lücke zu füllen, sondern sie anzunehmen. Denn nichts und niemand kann das für mich sein, was meine Eltern für mich waren.

Zu fliegen ist beinahe zur Routine geworden. Einchecken, fliegen, auschecken, Gepäck einsammeln, zum Hotel fahren, einchecken, ins Zimmer gehen. Seit wenigen Stunden sind wir in Venedig, gerade haben wir uns ein spätes Frühstück gegönnt und uns darüber amüsiert, dass wir in Frankreich nicht ein einziges Mal etwas Französisches gegessen haben. Hier holen wir das mit der Landesküche aber nach! Ich werde so viel italienisches Eis und Pasta essen, bis ich platze. Wenn ich könnte, würde ich die Luft hier in ein Glas füllen und mit nach

Hause nehmen, um immer mal wieder nach Italien zurückzukehren. Von allen Orten, an denen wir waren, gefällt mir Venedig auf Anhieb am allerbesten. Gleichzeitig beschert es mir Bauchschmerzen, denn jetzt sind wir nur noch einen Flug vom Ende unserer Reise entfernt. In etwas mehr als achtundvierzig Stunden sind wir wieder in Hamburg.

»Woran denkst du?«

Daran, dass all das hier bald vorbei sein wird. Daran, dass mit dieser Reise vielleicht noch viel mehr endet als nur sie. Aber das sage ich Noel nicht.

»Dass Venedig zu meinen Lieblingsorten unserer Reise zählt.«

Wir stehen auf einer der großen Inseln der Lagune. Venedig, die Stadt auf dem Wasser. Es ist warm, aber uns weht eine angenehme Brise entgegen. Vor uns erstreckt sich einer der vielen Kanäle samt seinen unzähligen Gondeln. Der Himmel ist wolkenlos, das Wasser glitzert leicht, die Sonne steht hoch oben am Himmel. Hinter uns befindet sich ein Café, ich höre die italienischen Worte, den schönen Singsang dieser Sprache, etwas hart, nicht so weich wie Spanisch, aber mit einer ganz wundervollen, eigenen Melodie.

»Wollen wir los?«

Leider verbringen wir nur eine Nacht hier. Wir sind gerade erst angekommen, werden heute durch die Straßen streifen und mit der Gondel fahren und morgen – ja, morgen wird uns ein Flieger zurück nach Hause bringen. Nur ein Punkt wird dann noch offen sein, der letzte, und wir haben seither nicht wieder darüber gesprochen.

»Venedig, wir kommen!«

Noel legt seinen Arm um meine Schulter und geht mit mir

am Kanal entlang. Wir folgen vielen kleinen Gassen, lassen uns treiben und genießen den Zauber der Stadt. Es ist ganz anders als Paris, aber genau wie dort erzählt jede Ecke und jedes Haus seine Geschichte. Die Häuser passen perfekt zueinander und fügen sich meist auch ineinander. Falls es Balkone gibt, dann sind sie größtenteils schmal und liegen nur in Richtung des Wassers, um die Gassen nicht weiter zu beengen. Die Gebäude sind alt und sehen fast wie kleine Villen aus. Die Fenster haben manchmal einen Rundbogen und manchmal wundervolle Fensterläden. Die steinernen Häuser mit ihren schönen Naturfarben, beige, braun, crème, weiß, die schiefen Gassen, die kleinen Steine des Pflasters, die alle unterschiedlich aussehen und doch zusammengehören, das Gefühl, in die Vergangenheit gereist zu sein – das alles macht den Charme Venedigs aus. Jeder Weg ist gleich und doch anders, man weiß nicht, was um die Ecke folgt. Winzige Cafés, kleine Läden, eine Glasbläserei. Und immer wieder landen wir am Canal Grande.

»Komm, es wird Zeit. Wir wandern seit Stunden durch Venedig, jetzt sollten wir unseren Füßen eine Pause gönnen«, sage ich beinahe quengelig.

Noel wird wieder unruhig. Man sieht es nicht zwingend, aber ich kann es fühlen. Seit Stunden lotst er mich von dem Kanal und den vielen Gondelstationen und -verleihen weg. Er versucht, es unauffällig zu tun, aber das ist einfach nicht seine Stärke.

»Was ist los? Wenn du könntest, würdest du lieber noch zwei Tage durch Venedig laufen und dir blutige Füße holen, anstatt mit mir eine Stunde Gondel zu fahren, oder?«

Er streitet es nicht ab. Er senkt den Kopf und ich spüre, wie der Druck seiner Hand um meine stärker wird, wie sein Kieferknochen arbeitet und er die Zähne zusammenbeißt. Er ringt mit sich und ich will, dass er damit aufhört.

»Noel? Sag es mir.«

Leise rede ich auf ihn ein, stelle mich direkt vor ihn und schmiege mich so dicht an ihn, dass ich den Kopf weit in den Nacken legen muss, um ihm ins Gesicht sehen zu können.

»Es war zu offensichtlich, oder?«

Er scheitert an dem Versuch eines Lächelns.

»Leider ja.«

»Ich … Ich will wirklich mit dir zusammen in einer Gondel fahren und ich will diesen Wunsch für Phil erfüllen, aber ich kann nicht fassen, dass er das auf diese Liste geschrieben hat.«

Er seufzt auf und reibt sich kurz über den Nasenrücken. Es dauert ein paar Sekunden, dann erwidert er meine Umarmung und holt tief Luft, während er seinen Blick auf den Fluss richtet.

»Du weißt, dass Phil sich um mich gekümmert hat und dass ich eine ziemlich rebellische Zeit hatte. Bis heute frage ich mich, warum meine Mutter ging, ob sie mich überhaupt je geliebt hat. Obwohl ich weiß, dass ich kein Wunschkind war und sie es nie leicht hatte, hat sie irgendwie doch ihr Bestes versucht. Sie hat es wirklich versucht, aber sie war schon mit dem Haushalt überfordert, da war ich als Kind wohl einfach viel zu viel. Wer weiß das schon. Jedenfalls gibt es auch gute Erinnerungen. Es gab sie. Heute tun sie nur weh und ich will mich nicht daran erinnern.«

Noel redet leicht abgehackt, sein Atem beschleunigt sich und ich weiß, er gibt sich Mühe, ruhig zu bleiben.

»Ich kann mich erinnern, dass ich in der Badewanne saß und mit einem Boot gespielt habe. Meine Mutter saß neben der Wanne. Ich war zehn oder so. Das war einer der wenigen

Momente, in denen sie glücklich schien. Ich habe ihr gesagt, dass ich irgendwann ans Meer will oder an einen großen See. Eigentlich hätte mir ein Fluss schon genügt, denn ich wollte nur mit einem Boot fahren. Sie hat zu mir gesagt, dass wir das eines Tages tun werden. Sie sagte, in Venedig gäbe es wundervolle Boote, die man Gondeln nennt, und man könne mit ihnen beinahe über das Wasser fliegen. Sie hat mir versprochen, dass wir zusammen hinfahren, dass wir mit einer Gondel fahren und sie mir zeigt, was es bedeutet, das Gefühl zu haben, über das Wasser zu fliegen. Jedes Jahr hat sie es mir erneut versprochen und jedes Jahr habe ich es geglaubt.«

Noel schluckt schwer und ich halte ihn fest. Das ist das Einzige, was ich für ihn tun kann. Und ich warte. Darauf, dass er von alleine wieder anfängt zu reden.

»Es ist total lächerlich und dämlich, ich weiß das, aber ich … Scheiße, ich will nicht in diese Gondel, weil sie zu einer Erinnerung gehört, die ich nicht mehr haben will. Sie hat mich einfach verlassen. Sie kommt nie mehr zurück. Ich will es einfach nur vergessen.«

Ich hebe meinen Kopf, stelle mich auf die Zehenspitzen und umfasse sein Gesicht, sodass er mich ansehen muss.

»Das tut mir sehr leid.« Ich suche nach den richtigen Worten. »Aber am meisten tut es mir für deine Mutter leid, denn sie hat sich dafür entschieden, das Beste in ihrem Leben zu verlassen. Sie verpasst dich. Und dafür tut sie mir leid.«

Noel sieht mich ungläubig an, bevor ich eine Spur von Dankbarkeit in seinem Gesicht erkennen kann. Er hält mich fest und gibt mir einen Kuss. Er ist ganz zart und er schmeckt bitter, er schmeckt nach Trauer und es bricht mir das Herz, dass ich sie nicht einfach aus Noel herausreißen kann.

»Lass uns eine neue Erinnerung schaffen.«

Es ist eine Bitte, keine Forderung. Lächelnd sehe ich Noel an.

»Okay.«

Ich sinke zurück von den Zehenspitzen auf die Füße und gehe zu einem der Gondelführer. Er lehnt an seiner Gondel und liest Zeitung.

Ich habe einen Plan. Eine Idee. Sie ist einfach da und lässt mich nicht los. Für einen kurzen Moment überlege ich, ob ich das wirklich tun will. Ob ich es tun kann. Was passiert, wenn er findet, dass ich kein Recht dazu hatte? Was passiert, wenn es die zerbrechliche Brücke zwischen uns zerreißt? All diese Sorgen und Gedanken sind da, sie schwirren umher und ich weiß, dass mein Vorhaben nach hinten losgehen kann. Ich weiß, dass ich das normalerweise nicht tun würde. Aber ich bin nicht mehr die alte Yara und ich werde das Risiko eingehen. Weil es sich richtig anfühlt. Weil irgendetwas in mir sagt, dass ich es tun muss.

»*Buon giorno!*«, grüße ich den Gondelfahrer, der sofort seinen Blick hebt und uns freundlich anlächelt.

Er hat schwarzes Haar, das schon von grauen Strähnen durchzogen wird, und ein sympathisches Lächeln. Er ist recht klein und drahtig, aber seine Stimme klingt im Vergleich zu seinem Aussehen sehr kraftvoll.

»*Buon giorno!*«

»*Vorremmo fare un giro in gondola. Il mio amico pensa che ci venga anch'io, ma gli aspetto qui. Sarebbe possibile di partire prestissimo con la gondola, per favore?*«

Ich merke, wie Noel mich irritiert beobachtet, aber ich ignoriere es. Das hier fällt mir schon so schwer genug. Ich ignoriere mein hektisch pochendes Herz, presse meine zitternden Hände an meine Beine.

»*Sì, ma perché Lei non viene con noi?*«

»*Gli aspetto qui. Sarà una sorpresa.*«

Dank Noel habe ich meine Eltern losgelassen und mit ihnen meine Schuldgefühle und Albträume. Dank ihm kann meine Vergangenheit vergangen sein und ich wieder frei. Jetzt will ich, dass es Noel genauso geht. Ich will, dass er frei sein kann. Ich will, dass er keine Angst mehr hat.

34 Noel

ALLES, WAS KAPUTT IST, KANN REPARIERT WERDEN – ES WIRD DANACH WIEDER HEIL SEIN, ABER NIE WIEDER DASSELBE

Mir klappt beinahe die Kinnlade herunter, als Yara beginnt, in fließendem Italienisch mit dem Gondelfahrer vor uns zu reden. Ich verstehe kein Wort, aber ich sehe, wie er lächelnd nickt und uns auf die Gondel bittet. Verdammt, ich hab richtig Schiss.

Ich gehe zuerst rein, um Yara an Bord zu helfen. Aber als ich mich umdrehe, gleitet die Gondel bereits vom Steg weg, das Tau ist gelöst und der Gondelfahrer nickt mir freundlich zu. Ich will zurück, aber der Abstand ist schon zu groß.

Seltsamerweise bleibt Yara ganz ruhig. Sie steht am Rand und lächelt traurig, ihre Hand hebt sich zum Gruß. Oder zum Abschied? Es schnürt mir die Kehle zu. Was ist hier los? Warum sitze ich jetzt alleine in diesem dämlichen Boot?

»Hey, was soll das? Fahren Sie zurück!«

Der Gondoliere versteht mich ohnehin nicht, aber ich höre nicht auf, ihn zu bequatschen und wie ein Bekloppter auf Yara und den Steg zu zeigen. Er sagt nur immer wieder freundlich »*È tutto a posto*« und ich denke mir, dass ich tutto noch mal nichts verstehe!

Ich klammere mich am Rand der Gondel fest, spüre einzelne Holzsplitter unter meiner Haut und halte den Blick auf Yara gerichtet. Ich will sie anschreien und sie anflehen gleichzeitig, ich verstehe nicht, was das soll. Verdammt, ich habe eine Scheißangst. Was soll das? Was will Yara mir damit sagen? Plötzlich steigt Wut in mir auf, weil sie mir das hier antut. Ausgerechnet jetzt, nachdem ich ihr alles erzählt habe. Wo diese beschissene Erinnerung wieder und wieder in mir hochkommt und ich die Stimme meiner Mutter nicht verdrängen kann.

Yara sagte, wir wollen eine neue Erinnerung schaffen, aber diese hier gefällt mir noch weniger als die alte. Ich setze mich schließlich, aber ich fluche wie ein Irrer vor mich hin. Mein Fuß tippt auf und ab, während wir uns immer weiter von Yara entfernen, meine Hände sind schwitzig und ich habe den Versuch aufgegeben ruhig zu atmen. Ich habe Angst und ich hasse es, das zugeben zu müssen.

Venedig zieht an mir vorbei und ich kann es nicht genießen. Die Sonne scheint, das Wetter ist wundervoll und es ist mir egal. Meine Gedanken hängen an zu vielen Fragen, auf die ich keine Antwort weiß. Wie lange dauert diese Fahrt noch? Wo werde ich abgesetzt? Was hat Yara auf Italienisch gesagt? Und ganz weit vorne: Wieso zur Hölle tut sie mir das an?

Völlig entspannt, mit ruhigen und gleichmäßigen Bewegungen, führt der Gondelfahrer mich samt Boot über den Fluss. Ob ich es will oder nicht, irgendwann fängt es doch an, sich auf mich zu übertragen. Ich blicke auf das vorüberziehende Wasser, auf dessen Oberfläche sich das Licht der Sonne bricht, und denke daran, wie es wohl wäre, wenn meine Mutter noch da wäre. Wie mein Leben wohl verlaufen wäre, wenn es sie noch darin gäbe. Vielleicht wäre ich dann kein Rebell geworden, hätte nicht so viele Partys gefeiert, zu viel Alkohol getrunken, hätte bessere Freunde gehabt und die Schule weitergemacht. Vielleicht hätte Phil dann bei uns gewohnt und wir wären eine richtige Familie gewesen. Ja, vielleicht würde ich heute mit ihr in dieser Gondel sitzen.

Aber dann schüttle ich den Kopf und verfluche mich für diese Gedanken. Egal wie, Phil wäre auch jetzt nicht mehr da. Und wenn alles anders gekommen wäre, dann hätte ich diese Reise nie gemacht. Ich hätte das Lesemädchen nie getroffen, mich nie über sie geärgert, sie nie kennengelernt und mit ihr gelacht. Vielleicht hätte ich ein anderes Mädchen kennengelernt und sie mit nach Hause gebracht – aber es wäre nicht Yara gewesen. Und sosehr ich den Gedanken an diese intakte Familie und ein *Was wäre wenn* mag, so sehr hasse ich es, dass Yara darin wohl keinen Platz gefunden hätte.

*

Keine Ahnung, wie viel Zeit vergangen ist, ich habe nicht auf die Uhr gesehen und eigentlich ist es auch egal. Ich sitze hier fest, alleine. Mit meinen Erinnerungen und meinen Ängsten.

Die Häuser sehen irgendwie alle gleich aus, aber plötzlich beschleicht mich das Gefühl, hier schon gewesen zu sein. Ich drehe mich, blicke mich um und entdecke den Steg. Direkt daneben der blau bemalte Pfahl, an dem Yara stand. Je näher wir unserem Anlegeplatz kommen, umso klarer wird, dass Yara nicht mehr da ist. Ich sehe sie nicht und das schnürt mir den Hals zu. Das Atmen fällt mir schwer, mein Mund ist total trocken und kalter Schweiß sammelt sich auf meiner Stirn. Ich wische ihn weg, versuche ruhiger zu atmen, aber es wird nur schlimmer, je näher wir dem Steg kommen.

Ich stehe bereits, meine Beine zittern, mir ist heißer, als es durch das Wetter sein dürfte, meine Muskeln sind angespannt. Verdammt, jeder Zentimeter meines Körpers ist zum Zerreißen gespannt. Wut fließt durch meine Adern, Wut, Verzweiflung und so viel mehr.

Die Gondel legt an, der Mann taut sie fest und noch bevor alles fertig ist, springe ich heraus. Meine Gedanken sind wie vernebelt.

Sie ist weg.

Ich stehe kurz davor zu schreien. Wütend und frustriert fahre ich durch meine Haare, drehe mich im Kreis.

Dann sehe ich sie. Ich sehe ihr dunkelblaues Sommerkleid und ihr rotblondes Haar. Ich sehe ihr Lächeln, als sie aus einer der Gassen auf mich zukommt. Ihre Hände hat sie hinter dem Rücken versteckt, ihre Schritte werden immer langsamer, zögerlicher. Wahrscheinlich, weil ich immer noch wie ein Volldepp dastehe und sie anstarre, als wäre sie ein Geist.

Meine Beine reagieren vor mir, sie bewegen sich auf Yara zu, werden unter mir immer schneller. Ich renne, ich keuche, ich breche beinahe zusammen vor Erleichterung.

Mit einem Ruck nehme ich sie in den Arm, ich umfasse sie und drücke sie ganz fest an mich. Durch den Schwung fallen wir beinahe um, aber es ist mir egal. Sie ist noch da.

»Scheiße, Yara, was sollte das? Wieso hast du das getan? Ich meine … ich …« Ich schreie sie an, klinge fast hysterisch.

Ich habe keine Ahnung, was ich noch sagen soll.

Sie schaut mir in die Augen und ich sehe Tränen in den ihren. »Es tut mir leid. Ich wollte dir nicht wehtun oder dich erschrecken.«

»Was hast du zu ihm gesagt? Und wieso kannst du Italienisch?«

»Schule, Leistungskurs«, sagt sie lächelnd, während eine Träne über ihre Wange kullert. »Ich habe ihn gefragt, ob es möglich wäre, dass er dich alleine mit der Gondel mitnimmt. Ob er, sobald du an Bord bist, ablegen kann – ohne mich. Ich sagte ihm, es sei eine Überraschung.«

»Eine Überraschung?«

Fassungslos sehe ich sie an.

»Ich wollte dir nicht wehtun. Wirklich. Aber ich musste das tun.«

»Wieso?« Meine Stimme versagt beinahe.

»Wenn ich dabei gewesen wäre, hätte unsere Geschichte die andere übermalt. Doch du kannst die Vergangenheit nicht ausradieren. Du musst dich ihr stellen. Aber du bist nicht allein. Ich habe hier auf dich gewartet. Ich wollte … Ich meine …«

Jetzt fängt sie vollkommen an zu weinen und ich stehe da, beinahe geohrfeigt von ihren Worten. Nicht, weil sie schlimm sind, nein, sondern weil sie mich treffen. Die Gefühle, die in mir brodeln, drohen mich zu überwältigen. Ich wollte meine Ängste vergessen. Yara hat sie alle auf einmal ausgegraben, hat mich mit ihnen mitten im Ozean ausgesetzt und mir gleichzeitig ein Rettungsboot mitgegeben.

»Es tut mir leid, Noel. Es tut mir leid! Aber nur wenn du dich mit dem Vergangenen auseinandersetzt, kannst du dich der Zukunft stellen. Und dafür bin ich hier.«

Ich kann nichts sagen, keine Worte dieser Welt könnten beschreiben, was ich gerade empfinde. Deshalb sage ich nichts. Stattdessen nehme ich Yaras Gesicht und küsse sie. Ich sehe, dass sie da ist, aber ich will es fühlen. Meine Hände gleiten durch ihr kurzes Haar, über ihren Nacken, ihren Rücken hinunter und verharren auf ihrer Hüfte. Meine Lippen liegen hart auf ihren, ich kann jetzt nicht sanft sein. Ich brauche Yara.

Ich schmecke ihre Tränen, spüre ihre Haut, rieche ihren Duft. Immer wieder küsse ich sie, immer wieder ziehe ich sie an mich. Ich muss wissen, dass sie real ist.

»Ich … ich war noch nie gut in so was. Vielleicht sollte ich das tun, was das Beste ist. Das Beste wäre, dir zu sagen, dass ich nicht perfekt bin und du jemanden verdient hast, der das ist. Das Beste wäre zu gehen. Aber vielleicht möchte ich das erste Mal in meinem Leben nicht das tun, was am besten ist, sondern das, was mich glücklich macht.«

Wenn sie so lächelt, wie sie es in diesem Moment tut, könnte sie alles von mir verlangen. Alles.

»Ich dachte, ich brauche niemanden. Aber ich brauche dich, Yara, du bist alles, was ich habe.«

Was kaputt ist, kann repariert werden – es wird danach wieder heil sein, aber nie wieder dasselbe. Doch vielleicht muss ich nicht derselbe sein. Vielleicht bin ich jetzt besser.

35 Yara

Nur auf das Glücklichsein kommt es im Leben an

Worte sind mächtig. Sie können Wunden verursachen, sie aufreißen oder sie heilen. Sie können dich glücklich machen oder dich zerstören. Worte können das so gut. Weil sie dich äußerlich nicht berühren, sondern innerlich. Sie dringen in dich ein, sie heilen oder verletzen dich, ohne sichtbare Spuren zu hinterlassen, ohne dass du etwas dagegen tun kannst.

Noels Worte legen sich wie eine warme Decke um mich.

Oh ja, ich habe mir auch gewünscht, dass ich Noel nicht brauche. Ich wollte mein Herz nicht verlieren – nie. Aber es ist passiert.

»Ist es nicht verrückt? Wie sehr man sich durch jemand anderen selbst finden und zugleich verlieren kann?«

»Es ist verrückt.«

Er versucht sich an einem Lächeln und ich schlucke schwer.

»Ich habe Angst.«

»Wovor?«

»Davor, dass es nicht mehr dasselbe ist, wenn wir wieder zu Hause sind. Davor, dass das mit uns ebenso endet wie diese Reise.«

Er antwortet nicht. Ich weiß, dass er mich versteht, dass es ihm genauso geht. Und das ist noch viel schlimmer als meine Angst.

Eine ganze Weile bleiben wir so stehen, halten uns fest. Und schließlich ist Noel derjenige, der unsere Sorgen über Bord wirft.

»Komm, wir gehen ein Eis essen. Der Rest der Reise wird genauso ein Abenteuer werden wie der Anfang. Wir werden das hier genießen. Auch das mit uns. Was auch immer es ist und was daraus wird.« Seine Finger legen sich unter mein Kinn, heben es an, damit ich sein Lächeln sehen kann. »Egal, was passiert. Ich werde nichts von alledem bereuen.«

Er gibt mir einen Kuss auf die Wange und ich lache aus vollem Herzen. Aller Ballast fällt mit einem Schlag von mir ab. Noel hat recht, egal, was passiert, all das hier sollten wir genießen. Und ich werde genauso wenig wie er etwas daran bereuen.

Bevor wir losziehen, danke ich dem Gondelfahrer und bezahle ihn. Er hat so geduldig gewartet und als ich zu ihm kam, hat er sich nur an sein Herz gefasst und geseufzt.

Arm in Arm mit Noel schwebe ich förmlich durch die Stadt. Das Band, das uns verbindet, durch diese Reise und all ihre Erlebnisse, kann ich förmlich spüren.

Mit dem Eis in der Hand erkunden wir weiter Venedig, wir gehen in kleine Läden und lassen uns treiben. Immer, wenn unser Eis ausgeht, holen wir uns ein neues. Mir ist schon ganz schlecht, aber ich kann nicht damit aufhören. Es schmeckt zu gut. Trotzdem wird es langsam Zeit für etwas Richtiges zu essen.

»Schau! Da ist ein schönes Restaurant.«

Ich zeige auf ein wunderschönes Gebäude aus altem Backstein, das von Lichterketten verziert wird. Kerzen stehen auf den wenigen kleinen Tischen, nur eine Handvoll Personen sitzt dort. Da der Tag sich dem Ende zuneigt, erwachen die Lampen der Stadt zum Leben und tauchen das Wasser und jedes Haus in einen magischen orangefarbenen Schein.

Wir setzen uns nach draußen, mit Blick auf einen kleinen Kanal. Leise läuft Musik, ein schönes Klavierstück. Wir haben seit dem Steg nicht viel geredet, aber manchmal muss man das nicht. Meine Augen finden immer wieder seine und ich sehe den Noel, der mich verändert hat.

Noel schnappt sich die Karte und schaut konzentriert hinein.

»Was möchtest du essen?«

»Das ist einfach! Spaghetti und als Vorspeise Bruschetta.«

Meine Karte habe ich gar nicht erst aufgeklappt, denn ich wusste schon den ganzen Tag, was ich heute Abend essen möchte.

»Du bist vorbereitet. Hm. Ich nehme einfach dasselbe.« Noel klappt die Karte wieder zu. »Aber Spaghetti Carbonara, und du?«

»Bolognese! Ich liebe Spaghetti Bolognese. Aber lach mich nicht aus.«

»Wieso sollte ich dich auslachen?«

»Weil ich die Nudeln immer massakriere.«

»Okaaay. Was machst du denn mit ihnen?«

»Ich schneide sie klein«, nuschle ich.

»Bitte was?«

Noel kann nur mit Mühe sein Lachen unterdrücken.

»Du hast mich genau verstanden! Ich schneide die Spaghetti

klein. Ich hasse es, sie aufzudrehen. Andauernd hat man entweder zu viel oder zu wenig auf der Gabel. Das macht mich wahnsinnig.«

»Oh mein Gott, ich kann es kaum erwarten, das zu sehen. Jeder Italiener, der dich zufällig dabei beobachtet, wird einen Herzinfarkt bekommen.«

»Es ist praktisch. Ich mag es, wenn Essen praktisch ist. Da kannst du mich ruhig auslachen! Ich hatte noch nie Spaghetti auf meinen Sachen oder Tomatensoßenflecken.«

»Das macht es nicht weniger lustig. Die armen Nudeln!«

»Du hast bestimmt auch einen Tick, den keiner versteht. Jeder hat so einen Tick.«

Noel lehnt sich in seinem Stuhl zurück und kräuselt die Lippen. »Ich fluche viel zu oft. Aber ansonsten fällt mir nichts ein.«

»Hm. Wir werden da schon etwas finden, keine Sorge. Fürs Erste reicht es, dass du gerne viel fluchst und ich eben meine Spaghetti klein schneide.«

»Und du bist ein Klugscheißer.«

»Bitte was?«

»Ein Klugscheißer! Du weißt gerne alles besser.«

Oh, sein Grinsen ist richtig fies. Er lehnt sich nach vorne, stützt die Arme auf dem Tisch ab und sieht mich herausfordernd an.

»Das bin ich nicht! Wenigstens weiß ich, dass Nutella am besten direkt aus dem Glas schmeckt.«

»Das ist ekelhaft, Yara! Wenn du es auf dem Brot isst, schmierst du bestimmt auch Butter drunter.«

»DAS ist ekelhaft. Kein normaler Mensch macht so was.«

»Sagt die, die ihre Spaghetti klein schneidet.«

Wir prusten beide los und lachen so laut, dass sich das Paar wenige Tische weiter nach uns umdreht. Aber das ist uns egal, wir haben zu viel Spaß.

Als der Kellner zu uns kommt, bestellen wir unser Essen.

»Und was möchtest du trinken?«

»Ich denke, ein Wein wäre passend. Was sagst du?«

»Na gut, dann Wein. Wieso nicht.«

Ich bestelle uns also auch einen passenden Rotwein. Eigentlich bitte ich den Kellner, uns einen passenden Wein auszusuchen.

»Wie kommen wir eigentlich zurück ins Hotel? Oder besser, wo ist unser Hotel überhaupt? Ich hab keine Ahnung, wo wir sind.«

»Normalerweise sollten wir ein Wassertaxi nehmen, damit kommt man hier am schnellsten voran. Aber uns fehlt ja noch etwas …«

»Wie, uns fehlt ja noch etwas?«

»Na, *du* hattest deine Gondelfahrt schon, aber so hat sich das Phil sicher nicht vorgestellt, oder? Also, wir nehmen eine Gondel, dann komme ich doch noch dazu, mit dir zusammen zu fahren.«

»Stimmt, das bist du mir schuldig … das sind wir Phil schuldig! Und ich überlege noch, ob ich dich dann ins Wasser schmeiße oder nicht.«

»Das würdest du doch nie wagen!«

Abschätzend sehe ich ihn an.

»Oh, sei dir da mal nicht so sicher …«

*

Mittlerweile ist es dunkel, nur noch einzelne Lichter am Rande des Kanals spiegeln sich im Wasser wider. Es ist wunderschön.

Leicht an Noel gelehnt, gehe ich mit ihm ein Stück des Weges zurück, den wir gekommen sind. Wir hoffen, dass noch ein Gondoliere da ist, der uns zum Hotel bringt.

»Das Essen war wirklich gut.«

»Bitte sag mir, dass dir genauso schlecht ist wie mir«, jammert er.

»Wieso hast du auch weitergegessen, als du satt warst?«

»Ich verstehe die Frage nicht.«

Lachend gebe ich ihm einen Klaps auf den Bauch.

»Du bist selbst schuld.«

»Und du bist betrunken.«

»So würde ich das nicht sagen. Ich bin fröhlich. Fröhlich, satt und müde.«

»Du hast vier Gläser Wein getrunken und du nuschelst ganz komisch.«

»Lüge!«, sage ich und kichere los.

Okay, vielleicht bin ich etwas angetrunken, aber zu meiner Verteidigung muss ich sagen, dass ich noch nie viel Alkohol vertragen habe und dieser Wein wirklich köstlich war. Er hat beinahe wie purer Traubensaft geschmeckt, er war süß und vollmundig und kein Stück trocken.

Noel macht ein Geräusch, das wie eine Mischung aus Schnauben und Lachen klingt, kurz bevor er plötzlich anhält und mir der Boden unter den Füßen weggerissen wird.

»He, was tust du denn?«

»Ich bringe die betrunkene Prinzessin nach Hause.«

»Ich bin keine Prinzessin.«

Mein Kopf ruht in seiner Halsbeuge. Er trägt mich und ich spüre, wie mir der Wein weiter zu Kopf steigt.

»Also gibst du zu, dass du betrunken bist?«

»Vielleicht. Ein wenig.«

Daraufhin gibt er mir einen Kuss auf den Scheitel und marschiert weiter, so als wäre ich eine Feder und kein betrunkener Sandsack.

»Da vorne ist noch jemand in seiner Gondel, ich trage dich jetzt da hin, aber du wirst Italienisch reden müssen.«

»Ich kann das. Echt.«

Ich bin wirklich inbrünstig davon überzeugt, auch wenn mir im Moment keine italienischen Wörter einfallen wollen. Als Noel mich vor dem Gondelfahrer absetzt, verbeuge ich mich kurz und sehe nur aus dem Augenwinkel, wie Noel sich die Hand vor den Mund hält, um sein Lachen zu verbergen.

»*Holaaaa*«, sage ich freundlich und lasse mich nicht von den komischen Blicken des Gondelfahrers irritieren. »Ähh … *dobiamo … verso casaaaa.*«

Der Gondoliere sieht Noel fragend an, während der nur entschuldigend die Schultern hebt.

»*Bene. Che albergo?*«

Noel sieht mich Hilfe suchend an. Er versteht ihn nicht. Und ich habe nicht zugehört. Der Gondelfahrer lächelt und ergänzt: »Hotel?«

Noel scheint zu begreifen, was ich nicht mehr erfassen kann. Der Name unseres Hotels fällt – und ich beinahe auch, hätte Noel mich nicht aufgehalten.

»Yara! Willst du heute wirklich noch schwimmen gehen?«

Er hilft mir ins Boot, setzt sich neben mich und ich falle praktisch an seine Brust. Meine Arme schließen sich um seinen Oberkörper, meine Beine lege ich über seine. Die Augen kann ich nicht mehr offen halten, es rauscht in meinen Ohren und der Wein wärmt mich von innen. Ich bin müde, aber weit weg höre ich, wie er mir zuflüstert: »Ich passe auf dich auf. Gute Nacht, Lesemädchen.«

Und ich bin glücklich. Das ist alles, was zählt.

36 Noel

Manchmal muss man die Dinge beim Namen nennen

Während der Gondelfahrt schlief Yara die ganze Zeit, aber ich denke, Phil sieht Punkt sieben trotzdem als erfüllt an. Immerhin saßen wir beide drin und ich bin sogar zwei Mal gefahren. Unfreiwillig, aber das muss er ja nicht wissen.

Gerade ist es sechs Uhr morgens und Zeit zum Aufstehen, aber Yara schläft so fest, dass sie nichts mitbekommt. Sie dreht sich plötzlich auf den Rücken und ich sehe die riesige Schlaffalte auf ihrer knallroten Wange. Der Wein ist ihr ordentlich zu Kopf gestiegen.

»Schlafmütze! Aufstehen!«

Seit Minuten rede ich so mit mir selbst und rüttle an ihr herum. Ab und an grunzt sie komisch, aber wach wird sie nicht. Ich muss zu härteren Mitteln greifen und die Freude darüber ist riesig. Ich stehe vorsichtig auf, denn jetzt will ich, dass sie mit dem Wachwerden noch wartet. Schleichend gehe ich ums Bett herum und pike ihr ein letztes Mal mit dem Finger in die Seite. Nur, damit sie nachher nicht sagen kann, ich hätte es nicht versucht.

Langsam und hoch konzentriert schiebe ich meine Arme unter sie. Immer, wenn sie sich bewegt, halte ich den Atem an. Es wäre doch zu schade, wenn sie mir jetzt den Spaß versauen würde.

Geschafft. Jetzt muss ich sie nur noch hochheben. Ganz vorsichtig verlagere ich das Gewicht. Scheiße, sie hängt auf mir wie ein nasser Sack – und sie bekommt tatsächlich immer noch nichts mit.

Ich lache in mich rein, während ich mit ihr auf dem Arm in Richtung Badezimmer stolpere. Mit dem Fuß stoße ich die Tür auf. Durch das Fenster dringen bereits die ersten Sonnenstrahlen des Tages.

Ganz sacht lege ich sie in die schöne große Badewanne. Als ich meine Arme befreit habe und wieder aufrecht stehe, versuche ich es ein allerletztes Mal.

»Yara, aufwachen.«

Okay, das ist jämmerlich, schließlich flüstere ich nur. Aber was sie nicht weiß …

Dann stelle ich die Dusche an. Von jetzt auf gleich prasselt eiskaltes Wasser auf Yaras gesamten Körper und auf ihr Gesicht, es durchnässt sofort ihre Pyjamashorts und ihr Top.

»Heilige Scheiße!«

Sie zieht zischend die Luft ein und schreit laut los, während sie noch halb schlafend versucht, dem kalten Wassermonstrum zu entkommen.

Ich stelle das Wasser ab und kann mich kaum halten vor Lachen. Und das, obwohl sie mich gerade mit Blicken erdolcht, während sie sich das klitschnasse Haar aus dem Gesicht streicht und zu zittern beginnt.

»Was sollte das? Du blöder, dämlicher … Du … du …«

Wenn Yara zu wütend ist, fallen ihr grundsätzlich keine Schimpfwörter ein, das macht es umso witziger.

»Schieb das jetzt nicht auf mich. Wir müssen uns fertig machen, frühstücken, auschecken und zum Flughafen. In vier Stunden geht unser Flug. Was soll ich sagen? Ich habe alles versucht. Wirklich! Aber du warst nicht wach zu bekommen.«

Es ist nur halb gelogen, das weiß sie auch. Das hält ihren Körper nicht vom Zittern ab und ihr Lid nicht davon, bedrohlich zu zucken.

»Wenn mir nur ein passendes Schimpfwort für dich einfallen würde, dann würde ich es dir um die Ohren schmeißen. Und es wäre wirklich kein schönes Wort.«

»Und ich hätte es auch wirklich verdient. Aber nun komm aus der Dusche, sonst erkältest du dich noch, meine kleine Schnapsdrossel.«

Sie nimmt das Handtuch, das ich ihr reiche, an und wird ganz rot.

»Gott, das wirst du mir büßen.«

»Versprich nichts, was du nicht halten kannst.«

Sie schnappt sich den Duschkopf, macht das Wasser an und hält den Strahl genau auf mich. Scheiße! Ich renne aus dem Bad und kann dem Wassermassaker gerade so entgehen.

⋆

Wenige Stunden später sind wir im Flugzeug. Yara sitzt am Fenster und versucht zu schmollen. Sie wurde nicht nur mit eiskaltem Wasser geweckt, sie musste auch noch nach ihrem Racheaktversuch das ganze Wasser vom Boden aufwischen. Beim Frühstück hat sie ab und an vergessen, sauer auf mich zu sein, und der Moment, in dem es ihr wieder einfiel, war immer superkomisch.

Jetzt sehen wir beide aus dem Fenster und warten darauf, dass das Flugzeug italienischen Boden verlässt. Darauf, dass diese Reise zu Ende ist. Dann rollt das Flugzeug los, die Motoren starten. Es beschleunigt und hebt schließlich ab. Ein letzter Blick auf Italien, dann verschwinden die Menschen und Städte unter uns, werden zu kleinen Punkten.

Yara zieht Phils Liste und einen Stift aus ihrer Tasche.

»Punkt sieben haben wir geschafft. Wir haben alle Punkte erledigt, bis auf einen.«

Langsam und liebevoll malt sie mit dem lilafarbenen Stift über Punkt sieben.

~~*7) In Venedig mit einer Gondel fahren*~~

»Ich weiß. Wir leben. Vielleicht ist es tatsächlich so simpel. Vielleicht hatte Phil ausnahmsweise keinen großen Plan für Punkt zehn.«

»Ja, vielleicht.« Sie faltet den Brief und steckt ihn samt Stift zurück in die Tasche.

Sie nickt, versucht, fröhlich auszusehen, aber sie kann nicht gut schauspielern. Sie ist eine absolute Niete darin.

»Alles wird gut werden.«

Zumindest hoffe ich das.

⋆

Mit einem Stopp in Düsseldorf brauchen wir insgesamt vier Stunden, bis wir in Hamburg ankommen. Eine seltsame Befangenheit hat sich über uns gelegt, die sich mit jeder Minute verstärkt. Der zweite Flug ist eine reine Tortur. Wir reden nicht miteinander, lesen nichts, weichen dem Blick des anderen aus.

Auch nach der Ankunft in Hamburg und dem Einsammeln unseres Gepäcks wird es nicht besser. Oder im Taxi, das uns vom Flughafen nach Hause bringt. Die Angst davor, dass unser altes Leben uns wieder zu denen macht, die wir waren, greift mit mächtigen Fingern nach mir.

Home Sweet Home. Hamburg, du hast uns wieder. Ich drücke auf den Knopf neben mir, um die Scheiben des Taxis runterzulassen. Die schwüle Hitze kann fast in Konkurrenz zu der in Brasilien treten. Heute sind es über dreißig Grad und am Himmel ziehen sich bereits die ersten dicken Wolken zusammen. Der Horizont ist beinahe schwarz. Das Gewitter wird nicht lange auf sich warten lassen und ich kann es kaum erwarten. Die Luft steht, es ist stickig und alles klebt an der Haut.

Vielleicht bin ich auch einfach nur gereizt. Weil Yara immer noch nicht redet und ich es auch nicht versuche. Weil wir in diesem Taxi sitzen wie zwei Fremde und ich nicht verstehen kann, wieso.

Der erste Donner ist zu hören. Kurz danach der zweite. Das Taxi biegt in Yaras Straße ein. Wir sind da. Das Auto stoppt ruckartig.

»Warten Sie kurz, ich bin gleich wieder da«, sage ich dem Taxifahrer, weil ich Yara noch Auf Wiedersehen sagen will.

Sie ist bereits ausgestiegen und macht sich an ihrem Rucksack zu schaffen, der im Kofferraum liegt. Ich folge ihr, helfe ihr beim Ausladen und trage ihr den Rucksack zur Haustür. Der nächste Donnerschlag folgt und beinahe zucke ich zusammen.

»Also …«

Mehr weiß ich nicht zu sagen. Mein Gehirn ist total benebelt. Was soll ich denn auch sagen? Bis morgen? Bis dann? Oder soll ich fragen, was das hier jetzt ist? Verdammt, muss man so was überhaupt fragen?

Sie sieht mich beinahe schüchtern an. Sie fühlt sich so unwohl wie ich, das sehe ich, weil sie an dem Saum ihres Tops rumfummelt und ganz rote Wangen bekommt. Oder daran, dass sie meinem Blick keine zwei Sekunden standhalten kann.

»Ich werde nachher gleich Patrick anrufen und ihm sagen, dass wir morgen vorbeikommen. Hast du morgen Zeit?«

Sie ist nicht mehr die Yara, die ich in den letzten Tagen kennengelernt habe. Mit Hamburg kam auch die alte Yara zurück. Die fremde Yara.

Ich schlucke schwer und versuche mich zusammenzureißen. In Venedig habe ich ihr gesagt, dass sie alles ist, was ich habe, und das habe ich auch so gemeint. Aber ich werde es ihr nicht noch einmal sagen. Ich kann es nicht.

»Klar. Morgen passt gut.«

»Danke. Für alles.«

Kurz glaube ich, dass sie einen Schritt auf mich zumachen wird. Eine Umarmung würde mir schon genügen. Aber sie tut es nicht. Sie dreht sich um und verschwindet im Haus. Wie gelähmt stehe ich da – wie der letzte Trottel, während über mir die Wolken eine dichte, dunkle Masse bilden und ein Donner den nächsten jagt.

Erschöpft fahre ich mir über den Nacken und überlege zu klingeln. Ich kann es nicht. Ich drehe mich um und gehe zum Taxi. Die ersten dicken Regentropfen fallen auf meinen Kopf und meine Nase.

»Noel!«

Ruckartig bleibe ich stehen. Unwillkürlich beschleunigt sich meine Atmung und ich frage mich, ob ich mir das nur eingebildet habe. Aber dann sagt Yara noch einmal meinen Namen und ich drehe mich um.

Sie rennt auf mich zu. Immer mehr Tropfen landen auf dem Boden. Ein Blitz zuckt über den Himmel. Sie bleibt vor mir stehen, genauso außer Atem wie ich. Diese Mal sieht sie mich wirklich an.

»Ich … kann nicht, ich meine …«

Sie ist völlig aufgelöst, sie stottert und wedelt mit den Händen, bis sie völlig unerwartet einfach in meine Arme springt und mich küsst.

»Ich will nicht, dass das mit uns endet, nur weil diese Reise endet«, flüstert sie an meine Lippen.

Es regnet in Strömen, wir sind vollkommen durchnässt. Einzelne Regentropfen perlen von unseren Nasenspitzen und unseren Wimpern. Mit meinen Händen fahre ich durch Yaras nasse Haare und verwische die Tropfen auf ihren Wangen und Lippen.

»Bitte sag das noch mal.«

»Ich will nicht, dass du gehst. Ich habe deine Worte in Venedig nicht vergessen. Was du nicht weißt, ist, dass ich schon rettungslos verloren war, als du für mich eine Tür eingetreten hast.«

Ihr Lächeln ist ansteckend und beflügelt mich. Ich küsse sie. Hier, mitten im Regen. Ich schmecke sie, das Wasser, die Freude, die mich durchflutet. Nur um Luft zu holen, löse ich mich kurz von ihr.

»Ich liebe dich, Noel.«

Ihre Tränen vermischen sich mit dem Regen. Sie hat so leise gesprochen, dass ich ihre Worte beinahe nicht gehört hätte. Aber das habe ich.

Jedes einzelne verfluchte Wort.

Ich kann so was nicht, ich bin nicht gut darin, aber manchmal muss man die Dinge beim Namen nennen. Manchmal müssen Gefühle zu Worten werden.

»Ich liebe dich auch. Ich habe keine Ahnung, wie das passieren konnte. Ich weiß es einfach nicht.«

Das Leben ist eine Reise

37 Yara

Tante Em hat dafür gesorgt, dass es weiterging, Phil dafür, dass ich nicht vollkommen zusammenbrach. Noel sorgt dafür, dass mir das zu wenig ist.

Ich will nicht mehr, dass es einfach nur weitergeht, ich will nicht mehr darum kämpfen, aufrecht stehen zu bleiben. Jetzt will ich, dass jeder Tag ein Abenteuer ist, und anstatt das Gestern zu betrauern, freue ich mich auf das Morgen. Noel sorgt dafür, dass ich wieder frei atmen kann, auch wenn er mir immer wieder den Atem raubt.

Klatschnass vom Regen stehe ich hier, Wasser tropft von meinen Haaren, meinen Wimpern, meinem Kinn, genauso wie bei Noel. Das Gewitter macht den Tag zur Nacht, erneut donnert und blitzt es, aber ich nehme es kaum wahr. Ich versinke in seinen Augen, in alldem, was hier gerade passiert. Immer wieder höre ich seine Worte in meinem Kopf.

»Noel?«

Sein Name verliert sich beinahe zwischen uns und all dem Getöse.

»Ja?«

»Ich möchte heute nicht alleine sein.«

Vielleicht möchte ich das nie mehr sein. Ich habe mich daran gewöhnt, dass er da ist. Dass er mich im Arm hält und ich seinen Atem auf meinem Gesicht spüren kann. Daran, dass er mich wärmt und die Albträume vertreibt. Er ist das Einzige, was zwischen mir und allem, was mich vorher niederdrückte, steht. Er ist kein Prinz in strahlender Rüstung, aber das ist okay, denn ich bin auch keine Prinzessin. Es reicht, dass er ein Junge ist, der ein Mädchen liebt. Manchmal sind die einfachen Dinge im Leben die schönsten.

»Du denkst doch nicht wirklich, dass ich jetzt noch ohne dich gehen könnte, oder?«

Verschmitzt grinst er mich an und ich weiß, was ich tun werde.

»Darf ich bei dir schlafen?«

»Ich dachte schon, du fragst nie!«

Nachdem ich ihn freudig umarmt habe, renne ich lachend zum Haus, ziehe den Schlüssel aus der Hosentasche und lasse ihn beinahe fallen, weil ich so zapple. Samt nasser Klamotten und völlig durchweichten Schuhen renne ich ins Haus und schreie nach Em.

»Yara?«

Verschlafen kommt sie nach unten und reibt sich über die Augen. Wahrscheinlich ist sie erst vor wenigen Stunden nach einer Nachtschicht nach Hause gekommen.

»Em!«

Als sie unten ankommt, springe ich in ihre Arme und werfe sie beinahe um. Lachend und weinend zugleich drücke ich sie an mich, während sie mir über den Rücken und das nasse Shirt streicht. Es ist ihr egal, dass ich sie auch nass mache, sie zieht mich fester an sich.

»Du bist wieder zu Hause!« Sanft schiebt sie mich von sich, um mir ins Gesicht sehen zu können. »Geht es dir gut? Ist alles okay?«

»Ja. Endlich ist wieder alles okay.«

»Erzähl mir alles!«

»Das ist es ja … Es ist so viel und … Em? Ich würde gerne bei Noel übernachten.«

»Aber du bist gerade erst heimgekommen und ich …«

Sie sagt den Satz nicht zu Ende und ich sehe an ihrem Gesichtsausdruck und der Art, wie sie mich ansieht, dass sie verstanden hat.

»Ich bin froh, dass du diese Reise gemacht hast. Deine Eltern wären sehr stolz auf dich. Das waren sie immer. Und jetzt geh zu deinem Noel. Pass auf dich auf.«

Sie gibt mir einen Kuss auf die Wange.

»Danke, Em. Ich hab dich lieb«, flüstere ich erstickt.

»Ich hab dich auch lieb, mein Schatz. Wir reden, wenn du wieder da bist.«

Ich nicke, lächle sie ein letztes Mal an, bevor ich nach oben renne, trockene Klamotten und Schlafsachen in eine kleine Tasche stopfe. Unten krame ich meine Zahnbürste und Phils Liste aus dem Rucksack und stecke sie dazu. Aus dem Haus in den strömenden Regen, zu Noel ins Taxi. Die Tasche schiebe ich weg und rutsche sofort an Noels Seite, während er dem Taxifahrer die Adresse durchgibt.

In seinen Armen ist mir warm, trotzdem beginne ich zu zittern. Ich bin aufgeregt. Nervös. Überglücklich.

Die Fahrt zieht sich ins Unendliche, aber mir wäre auch eine Zwei-Minuten-Fahrt wie eine Weltreise vorgekommen.

Noel lacht laut los, als ich die Tür schon aufreiße, bevor das Taxi richtig zum Stehen gekommen ist. Aber ich bin fest entschlossen, diese Reise noch nicht enden zu lassen. Vielleicht ist diese eine vorbei, aber noch nicht unsere. Das ganze Leben ist eine Reise.

Noel bezahlt schnell, holt aus dem Kofferraum sein Gepäck und führt mich dann in seine Wohnung. Als wir vor seiner Wohnungstür stehen und sich unter uns bereits eine kleine Wasserpfütze bildet, sieht er mich ernst an.

»Okay, ich will, dass du dir einen Abstellraum vorstellst, in dem ein Bett steht und eine Toilette.«

»Äh, wieso?«

»Weil du dann optimal auf meine Wohnung vorbereitet bist. Sie ist klein, nichts Besonderes und normalerweise noch weniger aufgeräumt als jetzt.«

Noel verzieht sein Gesicht komisch. Beinahe könnte man glauben, er schämt sich. Aber ich mag ihn doch nicht weniger, weil seine Wohnung klein ist.

»Nun mach schon auf. Es ist egal, was da drin lauert. Ich will einfach nur bei dir sein.«

»Okay, okay, okay …«

Eigentlich sagt er das mehr zu sich als zu mir. Er dreht den Schlüssel langsam im Schloss, um danach noch langsamer die Tür zu öffnen. Vorsichtig stecke ich den Kopf in die Wohnung. Es riecht normal, etwas stickig, aber wir waren ja auch lange weg. Als ich das Zimmer betrete, sehe ich gleich sein großes Bett an der Wand gegenüber. Einige Schränke, gefüllt mit ein paar Büchern, aber grundsätzlich eher spärlich möbliert. Ein Fernseher. Das Zimmer ist wirklich klein, aber ich mag es. Es ist gemütlich und wirkt nicht kalt.

»Da hinten ist noch ein Bad, in dem du dich um dich selbst drehen kannst, und die Küche.«

»Es gefällt mir.«

»Haha, okay, du wirst immer besser beim Lügen.«

»Das ist nicht gelogen! Es ist gemütlich.«

»Wow, ich hätte nie gedacht, dass man diese Sardinenbüchse auch gemütlich nennen kann.«

Mit großen Augen sieht er mich an und ich haue ihn spielerisch auf den Arm.

»Idiot!«

»Aber trotzdem bist du hier.«

Seine linke Hand umfasst meine Taille, seine rechte liegt an meinem Hals, sein Daumen streicht über meine Wange. Unsere nassen Shirts treffen aufeinander, klebrig, kalt, und heften sich an unsere Haut, werden zusammengedrückt. Kurz ziehe ich zischend die Luft ein.

»Dir ist kalt.«

»Nein.«

»Du hast eben wirklich nicht gelogen, was die Wohnung angeht. Du kannst es nämlich immer noch nicht.«

Sein Grinsen verstärkt sich und meines ebenso. Aber keiner von uns bewegt sich.

Wir stehen hier, in seiner Wohnung, mitten am Tag, klatschnass und sehen uns nur an. So lange, bis ich es einfach nicht mehr aushalte. Meine klammen Hände wandern seinen Nacken hinauf in sein Haar, meine Lippen treffen auf seine und das leise Stöhnen von Noel entlockt mir ein Lächeln. Der Kuss wird schneller, intensiver und ich glaube seine Hände überall spüren zu können. Als sie am Saum meines Shirts verharren, tue ich etwas, das ich selbst kaum glauben kann. Ich unterbreche den Kuss, sehe ihm fest in die Augen und lege meine zitternde Hand auf seine. Langsam schiebe ich sie unter das Top auf meinen Bauch und behalte seine Reaktion im Blick. Sein Mund ist leicht geöffnet, sein Brustkorb hebt und senkt sich im schnellen, gleichmäßigen Rhythmus und sein Haar steht in nassen Strähnen zu allen Seiten ab, hängt ihm teilweise in die Stirn. Nur kurz sehe ich die Verwirrung in seinem Gesicht, seine Stirn runzelt sich für einen Moment, bevor seine Augen größer werden und er mich fragend ansieht. Ich schlucke schwer und nicke nur.

Er greift mit beiden Händen nach meinem klebrigen Top, während ich die Arme hebe. Dann zieht er es mir über den Kopf und schmeißt es achtlos auf den Boden. Eine Gänsehaut bildet sich auf meiner Haut und gleichzeitig schießt mir das Blut in die Wangen.

Nie war mir heiß und kalt zugleich.

38 Noel

WIR KÖNNEN SEIN,
WER WIR WOLLEN

Die Gänsehaut auf Yaras Haut ist klar sichtbar, ihre Lippe zittert leicht, aber ihre Wangen sind gerötet. Scheiße, ich wollte wirklich weniger fluchen, aber dieser Moment ist so perfekt dafür! Denn ich habe mit allem gerechnet, aber nicht mit dem, was hier gerade passiert. Ich habe damit gerechnet, dass Yara zu mir fährt und meine Wohnung richtig bescheuert findet, dass ihr vielleicht noch einfällt, dass ich ebenso bescheuert bin, und sie wieder geht. Ich dachte, falls es nicht so kommt, dann bestellen wir uns etwas zu essen oder ich kann sie einfach nur im Arm halten. Aber jetzt steht sie im BH vor mir und sieht mich von unten mit ihren großen grünen Augen an und ich ziehe nach, indem ich mein nasses T-Shirt auf den Boden schmeiße.

Ich hätte es wissen müssen, es läuft nie so, wie man sich das vorstellt. Es kommt immer anders, als man denkt. Aber dieser Fall ist die Ausnahme, denn es ist besser als das, was ich mir vorgestellt habe. Es ist so viel mehr.

Küssend stolpere ich mit Yara zum Bett, vorsichtig drücke ich sie drauf und lege mich auf sie. Aber ich stütze mich ab, damit ich sie nicht erdrücke.

Sie ist wunderschön – und zwar für mich. Sie ist einfach Yara.

Ich küsse ihre Lippen, ihre Wangen, ihren Hals, wandere ihr Dekolleté hinunter und spüre ihren schnellen Puls, höre ihren Atem, fühle ihre Hände an meinem Rücken. Dann wandere ich zurück, meine Lippen finden wieder ihre und ich kann mich kaum zurückhalten und schon gar nicht mehr konzentrieren, als ich ihr leises Stöhnen höre. Verdammt! Ich will das hier wirklich. Aber ich will es richtig machen. Ich will, dass sie das nicht aus einer Laune heraus tut.

Meine Lippen halten inne, meine Augen öffnen sich.

»Ist alles okay?«

Besorgt sieht sie mich an.

»Ja, nein, also doch.« Tief atme ich ein und versuche es noch mal. »Bist du dir sicher?«

»Aber natürlich.« Ihr besorgter Blick wird zu einem verwirrten. »Wieso fragst du das?«

»Ich will nicht, dass du das hier tust, obwohl du dir nicht sicher bist, oder weil du denkst, dass das zwischen uns sonst vorbei ist, nur weil wir jetzt wieder in Hamburg sind. Ich kann warten.«

»Ich weiß. Aber ich kann es nicht.«

Ihr Lächeln gibt mir den Rest.

»Ich bin mir sicher, Noel.«

Sie reckt sich mir entgegen und ich gebe nach.

Ich weiß nicht, wer ich bin, aber ich weiß, wer ich für Yara sein will. Ein Junge mit Zielen. Ein Junge, auf den man sich verlassen kann. Ein guter Kerl.

39 Yara

Jeder hat ein Happy End verdient

Wenn ich meine Gefühle beschreiben müsste, wäre ich dazu jetzt nicht in der Lage. Es sind zu viele, die sich zu einer großen Masse vermischt haben und nun in mir rumoren. Mein Arm ruht auf Noels Bauch, seine Brust hebt und senkt sich in langsamen Abständen. Er ist eingeschlafen. Mein Kopf liegt auf seiner Brust.

Eine angenehme Müdigkeit und Erschöpfung legt sich über mich, nachdem das Adrenalin, das seit der Taxifahrt in mir tobt, langsam auch zur Ruhe kommt.

*

Ich bin vor ihm wieder wach, ich merke, wie er sich bewegt, aber ich traue mich nicht, ihn anzusehen. Was, wenn ich etwas falsch gemacht habe?

»Yara, du bist doch wach, oder?«

Mit leicht kratziger und dunkler Stimme fragt er mich nach dem scheinbar Offensichtlichen.

»Woran hast du das gemerkt?«

Ich drehe meinen Kopf, sodass meine Nase beinahe sein Kinn berührt, und sehe ihn an.

»Niemand ist so steif, wenn er schläft.«

»Ich übe noch.«

»Ja, das habe ich gemerkt.« Er gibt mir einen Kuss, bevor er sich aufsetzt, mich vorsichtig zur Seite schiebt und ziemlich verschlafen angrinst.

»Wenn du willst, können wir uns gleich etwas zu essen bestellen?«

»Gerne.«

Das Wort verschlucke ich beinahe vor Nervosität. Dabei gibt es dafür keinen Grund. Das weiß ich. Aber leider will mein Kopf das nicht auch allen anderen Stellen meines Körpers mitteilen, denn mein Herz beginnt wieder zu rasen, mein Bauch rumort – und das liegt nicht am Hunger – und der Kloß im Hals wächst. Das Lid. Verdammt, es hat gezuckt.

»Okay, was ist los?«

»Nichts?«

»War das eine Frage?«

»Nein?«

Er sieht mich eindringlich an, legt den Kopf leicht schief und seine Müdigkeit scheint verflogen zu sein.

»Möchtest du nach Hause? Ich meine … Fühlst du dich unwohl oder …?«

»NEIN! … Entschuldige, ich wollte nicht schreien.«

Noel ist kurz zusammengezuckt und ich würde gerne im Boden versinken. Wie eine Irre verknote ich meine Finger ineinander und spiele an ihnen herum.

»Nein, das ist es nicht. Ich … Ist denn bei dir alles okay?«

»Ja, natürlich! Lenk jetzt bloß nicht ab.«

»Das tue ich nicht. Ich … ich hatte Angst, dass …«

Gott, ich hätte nie gedacht, NIEMALS, dass ich je in eine solche Situation kommen würde. In eine, in der die Handlung weniger peinlich war, als es in Worten auszusprechen oder darüber zu reden.

»Hat es dir gefallen? Ich meine … habe ich … etwas falsch gemacht?«

Meine Stimme ist nur noch ein Fiepen, mein Stottern ist wirklich perfekt und ich stehe nur einen Herzschlag vor einem Nervenzusammenbruch.

»Was meinst du? Wieso sollte es mir nicht …«

Dann stoppt er und mustert mich. Oh Gott, er weiß es. Er fragt es sich gerade. Ich senke den Blick, aber bei Noel hilft das meist nicht. Er rutscht zu mir, streckt seine Hand aus und hebt mein Kinn an. Meine Augen bleiben jedoch zu.

»Sieh mich an. Bitte!«

Meine Augen haben ein Eigenleben, ansonsten kann ich mir nicht erklären, wie sie auf Befehl aufgehen und in seine blicken.

»Hast du … Ich meine … Hast du noch nie …?«

Ich muss darauf wahrscheinlich nicht antworten, deshalb tue ich es nicht. Es ist auch irgendwie Antwort genug.

»Scheiße!«

Noel flucht, seine Gesichtszüge entgleiten ihm, er fährt sich durchs Haar und dreht sich leicht weg von mir. Und mir dummen Kuh treten die Tränen in die Augen. Als er das sieht, reagiert er jedoch anders, als ich dachte.

»Yara, verdammt! Nein, also. Scheiße. Ich fluche zu viel. Es ist nicht so, wie du denkst. Gott, ich mach es immer schlimmer.« Er holt tief Luft und nimmt mich in den Arm. »Habe ich dir wehgetan? Hätte ich das gewusst …«

»… dann hättest du wahrscheinlich warten wollen oder wärst davongelaufen.«

»Sicher nicht.« Sein Lachen lässt seinen Oberkörper vibrieren. »Aber ich hätte besser aufgepasst. Ich wäre einfach vorsichtiger gewesen. Ich kann das nicht erklären.«

»Alles ist gut. Wirklich! Ich hatte nur Angst, weil …«

»Du bist für mich perfekt, Yara. Und du hast mit Sicherheit nichts falsch gemacht.« Er drückt mich leicht zurück, um mich wieder ansehen zu können, und zeigt mir sein verschmitztes Lächeln. »Ich denke, du hast auch gemerkt, dass es mir gefallen hat.«

Er zieht mich auf und ich werde noch röter als zuvor, das weiß ich, weil mein Gesicht sich so heiß anfühlt.

Er küsst mich, aber sanft und liebevoll. Es hat etwas von zur Ruhe kommen. Und das tue ich. Ich komme endlich zur Ruhe. Ich bin nicht mehr auf der Flucht. Vor mir, vor meiner Vergangenheit, vor der Schuld und all den Erinnerungen. Nein, ich bin angekommen.

*

Noel und ich haben gestern den ganzen Tag und die ganze Nacht miteinander verbracht. Wir haben eine Reise und ein Abenteuer beendet, dafür ein neues begonnen. Wir haben uns Pizza bestellt, Fernsehen geschaut und geredet. Wir haben unheimlich viel geredet und einfach beieinander gelegen. Im Laufe des Tages habe ich Patrick Weiler angerufen und ihm mitgeteilt, dass wir wieder zurück sind und ihn gerne sehen würden. Er war sehr freundlich und sagte, er könne bereits morgen für einen Besuch nach Hamburg kommen.

Dieses Morgen – das ist jetzt. Noel und ich sitzen auf einer Bank, direkt an der Elbe. Es ist Abend, aber dank des Sommers noch immer hell und freundlich. Patrick sagte, er kennt diesen Platz und er wollte in kein Café mit uns gehen.

»Hör auf, dauernd auf die Uhr zu sehen. Er kommt bestimmt gleich.«

Noel legt seinen Arm um mich.

»Tut mir leid, ich bin nur so nervös. Was ist, wenn es nicht gereicht hat?«

»Und was, wenn doch?«

»Das macht mir beinahe genauso viel Angst.« Ich kuschle mich an ihn und blicke auf die Elbe. Das Wasser beruhigt mich ein wenig.

Noel küsst mich auf den Scheitel und flüstert: »Du hättest dir auch nicht vorstellen können, dass wir beide nach dieser Reise so auf dieser Bank sitzen, oder?«

»Auf keinen Fall. Ich wusste nicht einmal, wie ich die Reise mit Noel, dem überheblichen Idioten, überstehen soll.«

Er stimmt in mein Lachen ein, dann hören wir ein Räuspern und drehen uns beide um.

»Hallo, ihr zwei. Wie ich sehe, habt ihr die Reise gut überstanden.«

Er trägt wieder einen Anzug und seinen Hut. Vor allem sieht er uns wissend an. Es kommt mir beinahe so vor, als mustere er uns.

»Hallo, Patrick. Danke, dass du so kurzfristig hergefahren bist.«

Ich zeige auf den Platz neben mir und Patrick nimmt dankend an. Er lässt sich nieder und sieht uns gespannt an.

»Habt ihr alle Punkte auf der Liste erledigen können?«

Unsicher blicke ich zu Noel, bevor ich die Liste aus meiner Hosentasche ziehe. Ich falte sie mit zitternden Händen auseinander und reiche sie Patrick.

»Wir haben *eine Nacht unter den Sternen geschlafen,* bei mir zu Hause im Garten. Wir haben in Brasilien *einen Spaziergang im Regenwald gemacht,* haben dort *einen Baum gepflanzt* und in Schweden *die Nordlichter beobachtet.* Hier in Deutschland haben wir *einen Wolf gestreichelt* und *den Himmel berührt.* Wir waren in Paris *im Louvre und haben uns alle Bilder angesehen,* sind *in Dublin durch die Bibliothek gegangen* und *in Venedig mit einer Gondel gefahren.*«

»Punkt 10: *Leben*, das habt ihr nicht durchgestrichen.«

»Weil wir es nicht geschafft haben. Oder es von Anfang an geschafft haben? Schließlich lebten wir schon zu Beginn der Reise.«

Noel sieht Patrick fragend an und ist genauso nervös wie ich.

»Hier.« Lächelnd hält mir Patrick Phils Liste hin. »Heb ihn gut auf.«

Nachdem ich Phils Brief wieder an mich genommen habe, greift Patrick plötzlich nach seiner Tasche. Still kramt er darin herum, dann zieht er einen einzigen Brief heraus. Er sieht genauso aus wie der andere, wie der erste.

»Ich weiß, damit habt ihr nicht gerechnet, aber ich bin nicht nur hier, weil ich überprüfen wollte, ob ihr Phils letzten Willen erfüllen konntet. Ich bin auch hier, weil Phil euch noch etwas hinterlassen hat. Er sagte mir, dass ihr ihn nur bekommen solltet, wenn ihr alle Punkte erledigt habt. Das ist der letzte Brief von Phil und ich freue mich von Herzen, dass ich ihn euch heute geben darf. Er wäre bestimmt stolz auf euch.«

Der Brief, der jetzt auf meinen Beinen liegt, wiegt unendlich viel.

Wir haben es geschafft. Während ich mit offenem Mund abwechselnd ihn und Noel anstarre, der gerade so blass aussieht wie das Papier in meinen Händen, erhebt sich Patrick. »Ich habe mein Versprechen gehalten und meine Aufgabe erfüllt. Ich wünsche euch beiden alles Gute.«

Dann verschwindet er und lässt uns mit Phils letztem Brief allein. Schwer atmend lege ich meine zitternden Finger um den Umschlag, nehme ihn hoch. Ich sehe Noel an, der mit sich und seinen Emotionen kämpft.

»Wollen wir ihn zusammen aufmachen?«

Noel nickt unbeholfen. Vorsichtig und doch irgendwie grobmotorisch öffnen wir den Umschlag. Sogar Noel zittert. Wir klappen den Brief auf und ich erkenne das Papier, die Schrift.

»Bereit?«

»Ja«, sage ich leise und wir holen beide tief Luft.

Liebe Yara, lieber Noel,

wenn ihr diese Zeilen lest, habt ihr es geschafft und dafür danke ich euch von Herzen. Denn diese Liste war für mich so viel mehr als das – und ich denke, tief in euch drin wisst ihr das auch.
Ich wusste, ihr könnt es schaffen, aber ich wusste auch, es würde nicht einfach werden. Für keinen von euch beiden. Ich weiß nicht, wie nahe ihr euch steht, ob ihr vielleicht sogar zu Freunden geworden seid – ich hoffe es sehr.
Yara, du bist wie eine Enkeltochter für mich und als du bei mir warst, immer wieder, um einem alten Mann vorzulesen, hast du mich damit so glücklich gemacht – so glücklich und so traurig zugleich. Du hast mich besucht, damit ich nicht so einsam bin, aber du kamst auch, weil du es warst und irgendwie sein wolltest. Ich hoffe, diese Reise hat dir gezeigt, wer du wirklich bist.

Du bist nicht schuld, Yara. Und du bist nicht allein.
Noel, du hast keine Ahnung, wie stolz ich auf dich bin. Ich glaube, du hast es nie gewusst. Aber das bin ich. Es tut mir leid, was deine Mutter dir angetan hat, und es tut mir leid, dass ich nicht alles richtig gemacht habe. Aber ich wusste immer, dass du ein guter Junge bist und dass du irgendwann deinen Weg gehen wirst.
Diese Liste war nicht einfach nur eine Liste mit Wünschen, die ich für mich erfüllt haben wollte, auch wenn ich euch das weismachen wollte. Sie war eine Liste mit Dingen, die euch zurück ins Leben bringen sollten. Ich habe mir nichts sehnlicher gewünscht, als euch glücklich zu sehen.
Wahrscheinlich fragt ihr euch, was Punkt zehn auf der Liste sollte. Ihr lebt. Ja, das habt ihr natürlich die ganze Zeit getan. Wenn man das Wort »leben« nachschlägt, bekommt man Erklärungen wie »zu atmen« und »zu existieren«. Für manche mag das genügen, aber ihr haltet diesen Brief jetzt nur aus einem Grund in euren Händen: weil ihr wisst, was es wirklich bedeutet. Was es für mich bedeutet zu leben. Zu hoffen, zu lieben, zu fühlen. Es geht darum, Angst zu haben und den Mut, sie zu besiegen. Darum, aufzustehen, wenn man hingefallen ist. Es geht ums Verzeihen, nicht ums Vergessen. Es geht ums Erinnern. Es geht um die Momente, die uns den Atem rauben. Ihr habt das vergessen. Ihr habt geatmet, aber nicht gelebt. Ihr wolltet vergessen, aber nicht verzeihen – am allerwenigsten euch selbst. Und vielleicht war das, was ihr am Ende erlebt und gefunden habt, mehr als das Erfüllen von Wünschen. Mehr als ein Abhaken von Punkten auf einer Liste. Vielleicht habt ihr euch selbst wiedergefunden. Das, jedenfalls, ist mein größter Wunsch.

Die größten Fehler, die wir begehen können, sind, keine zu machen. Alles, was wir haben, ist dieses Leben. Alles, was wir haben, ist das Jetzt. Also lebt es.

In Liebe
euer Phil

Tränen laufen unkontrolliert über meine Wangen, sie laufen in Strömen. Ich kann und will sie nicht aufhalten. Ein Sturm bricht aus mir heraus und wütet. Er schüttelt mich. Alles fällt von mir ab, alles holt mich noch einmal ein, nur um mich danach für immer loszulassen. Auch Noel kann sie kaum zurückhalten. Ich nehme ihn in den Arm.

Ich weiß nicht, wie lange wir so dasitzen, wie lange wir mit uns selbst kämpfen, aber irgendwann ist der Sturm vorbei.

Meine Augen fühlen sich geschwollen an, meine Glieder schwer. Noel sieht blass aus. Ich falte den Brief zusammen und stecke ihn zu der Liste.

»Ich weiß nicht, was ich sagen soll.«

Nein, das weiß ich auch nicht.

»Ich würde Phil am liebsten sagen, dass ich nicht fassen kann, dass er so was geplant hat. Ich will ihm sagen, dass es mir leidtut, und ich will Danke sagen.«

»Ich denke, das weiß er. Zumindest ist das ein schöner Gedanke.«

Noel nimmt meine Hand und gibt mir einen Kuss. Ich schmecke ihn, das Salz unserer Tränen, und ich spüre, dass sich eine Leichtigkeit in mir ausbreitet, die ich so schon lange nicht mehr gespürt habe.

»Noel?«

»Ja?«

»Danke.«

»Wofür?«

»Dass du mich gerettet hast.«

»Das war Phil. Er hat uns beide gerettet.«

»Phil wollte, dass wir uns selbst retten. Aber ich glaube, wir haben es nur zusammen schaffen können. Ich danke dir dafür.«

»Ich werde das immer tun, Yara. Du bist mein größter Fehler.«

Ein Jahr später

Wunschliste Yara & NOEL

~~1) NACH VORNE SCHAUEN UND NICHT ZURÜCK~~

2) Den Führerschein machen

~~3) BEI MCDONALDS KÜNDIGEN UND EINE AUSBILDUNG ZUM RETTUNGSSANITÄTER BEGINNEN~~

4) Zusammenziehen

5) WIEDER ALLE ORTE VON PHILS LISTE BESUCHEN

~~6) TANTE EM FRITZ ABKAUFEN~~

~~7) für Sozialarbeit einschreiben~~

8) Noel das Fluchen abgewöhnen

9) YARA ZULIEBE NOCH MAL EINEN WOLF STREICHELN (OHNE BIFI!)

10) Leben. Jeden Tag.

Danksagung

Jedes Mal, wenn ein neues Buch fertig ist, möchte ich die ganze Welt umarmen und unfassbar vielen Menschen danken. Dafür, dass sie für mich da waren, an mich geglaubt und mir geholfen haben. Danke:

Literaturagentur erzähl: perspektive. Dafür, dass ihr Yara & Noel bei euch aufgenommen habt. Besonders dir, Klaus, möchte ich danken. Du warst ein toller und auch witziger Ratgeber.

Ueberreuter Verlag. Ihr habt meiner Geschichte ein Zuhause gegeben und das Beste aus ihr herausgeholt. Besonders meiner Lektorin Emily möchte ich von Herzen danken, für ihre Begeisterung, ihren Frohmut und ihren Tatendrang.

Der Coverdesigner. Ohne ihn läuft nichts! Danke an Alexander Kopainski für dieses unfassbar schöne Cover und dafür, dass er mir jeden Wunsch erfüllen wollte.

Die Testleser. Katja Sierocki, Saskia Seifert, Lisa Herrmann, Klaudia Sabo, Jasmin Licher. Ihr habt Yara und Noel von der ersten Zeile an begleitet. Euer Lob und eure Kritik haben mir geholfen, mich motiviert und begeistert. Ich hatte viel Spaß mit euch.

Die Schreibgruppe. Schreibmotivation für alle, so heißen wir und so arbeiten wir. Zusammen, mit ganz viel Spaß! Wir helfen und motivieren uns. Schön, dass es euch gibt.

Bloggerkollegen & Autorenkollegen. Danke an all meine Kollegen. Viele von euch sind zu Freunden geworden und das macht mich so glücklich. Besonders Julia Adrian, Stefanie Hasse, Marie Graßhoff, Valentina Fast, Julia Dessalles, Alexandra Fuchs und Astrid Behrendt möchte ich danken.

Die Zeilenspringer. Ihr seid knorke!

Die Leser. Ohne euch würde gar nichts funktionieren. Ihr seid das Herzstück, ihr seid mein Antrieb und mein Lohn. Ich habe mit euch die besten Leser der Welt.

Die Freunde. Im Herzen immer dabei. Michelle König, Olga Reimchen, Sina Mayhack, Katharina Staden, Sarah Bunzel.

Die Familie. Mama, Papa, Saskia, ich liebe euch. An dieser Stelle grüße ich auch meine Katze Pummel. Sie hat es verdient.

Der Freund. Last but not least: Fabian, meine bessere Hälfte! Ich liebe dich, auch wenn du Sailor Moon doof findest! Danke für alles.

Ich freue mich über jede Nachricht, jede Rezension, jedes Foto und danke euch jetzt schon von Herzen dafür.

Eure Ava

Blog: avareed.blogspot.de/E-Mail: avareed@outlook.de
Facebook: Ava Reed und Avas Bookwonderland

Leseprobe aus

GLAMOUR GIRL

WER LIEBT, VERLIERT

Aus Band 1
von Evelyn Uebach

Dorville legte den Arm um mich, und ich stieg steif neben ihm in den Keller hinunter. Die tiefen Bässe, die uns schon vom oberen Treppenabsatz entgegengedröhnt hatten, verstummten. Eine ruhige Hintergrundmelodie setzte ein und begleitete unsere Schritte. Ich wünschte, Tayla wäre nicht schon vorgegangen. Wieder befand ich mich allein mit Dorville auf dem Präsentierteller. Meine Nerven waren langsam überstrapaziert.

Vor uns öffnete sich der riesige Kellerraum, aber alles lag in Dunkelheit. Ein einsamer Scheinwerfer leuchtete direkt zu uns auf die Treppe. In seinem Licht fühlte ich mich plötzlich völlig schutzlos. Die Mitglieder, die in diesem Moment wahrscheinlich auf jede Gefühlsregung in meinem Gesicht lauerten, blieben vor meinen eigenen Blicken verborgen.

Am liebsten hätte ich Dorvilles Arm abgeschüttelt. Doch ich hatte in meinem Leben schon oft gute Miene zum bösen Spiel gemacht. Ich wusste, wie man sich ein perfektes Lächeln ins Gesicht zwang und nach außen ein Bild abgab, das die Menschen dazu brachte, einen zu beneiden.

Wir erreichten das Ende der Treppe. Die Masse aus schattenhaften Gestalten teilte sich, und der Scheinwerfer folgte

Dorville und mir hindurch, nach vorne zu einer kleinen Bühne. Als wir sie betraten, gingen über den ganzen Raum verteilt weitere Lichter an, Blau, Grün und Rot. Trotzdem standen wir immer noch am hellsten Fleck. Alle sahen zu uns auf.

Die Musik verstummte, und es wurde ganz still.

»Es ist so weit!«, grüßte Dorville seine Mitglieder. »Heute Morgen durfte ich euch unseren Neuzugang bereits vorstellen, doch der richtige Start steht ihr jetzt erst noch bevor. Ich freue mich, hier mit meiner bezaubernden, neuen Kandidatin zu stehen. Fühl dich ganz bei uns zu Hause, Lou!«

»Danke! Ich könnte nicht glücklicher sein.« Das war nicht laut genug gewesen, aber ein zweites Mal schaffte ich es nicht. Die von Neugier durchdrungene Stille nahm mir die Stimme.

Dorville dachte nicht daran, mir aus der Patsche zu helfen. Er hatte sich mir zugewandt und wartete einfach ab; das farbige Licht zeichnete seine markanten Züge weicher.

Nach außen musste es wirken, als wären wir vollkommen gebannt voneinander.

Der gefürchtete Sprechchor ließ nicht lange auf sich warten: »Noch ein Kuss! Noch ein Kuss!«

Dorville verzog ganz leicht den Mund, neigte den Kopf ein wenig zur Seite, eine winzige Geste, nur für mich bestimmt. Im Braun seiner Augen blitzte es wieder. Das gab mir den Rest.

Blanche hatte recht: Ich war mutig. Mutig genug, um meine Albträume zu leben.

Ich schloss die Augen und öffnete sie nur für wenige Sekunden wieder, um mein Ziel nicht zu verfehlen. Ein Schauer schoss meine Wirbelsäule hinunter, ein letztes *Bitte nicht* gellte durch mein Inneres.

Und Kuss.

Ein Kreischen in jedem einzelnen Nervenende meiner Lippen, ein Summen von überall und nirgends, Adrenalin, Hass, Selbstzerstörung, verführerisch ungebremst.

Mein Herz wimmerte einen Namen. Ich übertönte es mit all den geräuschlosen Dingen: mit meinen Händen in Dorvilles Haaren, der Körperwärme, die von mir zu ihm und von ihm zu mir strahlte, der Bestimmtheit in seinem Griff. Chaos in mir.

Küssen konnte er. Unter dem geballten Widerwillen spürte ich ein Ziehen, gegen das mein Verstand sofort in den Krieg zog.

Dorville schob sich mit mir hinter den Bühnenvorhang und ließ den Stoff hinter uns zurückfallen. Die Menge tobte. Er schubste mich abrupt von sich weg.

Die Musik setzte wieder ein, richtige Partymusik jetzt, verstärkte das Wummern in meinem Bauch. Absolut ungerührt zog Dorville ein Handy aus der Hosentasche und checkte die Uhrzeit.

»Wir bleiben zehn Minuten hier«, sagte er und ließ sich zu Boden sinken. »Genug Zeit, damit sie sich wer weiß was ausmalen, zu wenig, als dass die Gerüchte epische Ausmaße annehmen könnten.«

Fassungslos wischte ich mir über den Mund und starrte ihn an.

»Hast dich ja richtig ins Zeug gelegt diesmal. Hoffe, der kleine Ausblick auf das, was du verpassen wird, hat dir gefallen.«

Was hatte ich ihm eigentlich getan? Auch wenn er misstrauisch war, was meine Motive anging, gab es doch keinen Grund, mich derart zurückzuweisen! Es würde viel besser zu ihm passen, die Harmonienwahl schamlos auszunutzen. So unattraktiv war ich doch auch wieder nicht, oder?

Egal, damit machte er mir das alles wesentlich leichter.

Ich setzte mich ebenfalls hin und strafte ihn für die verbleibenden Minuten seiner »Lass sie glauben, dass wir sonst was tun«-Aktion mit eisigem Schweigen.

»Überstanden!«, kam es schließlich von ihm.

»Und jetzt?«

»Betreibe ich Schadensbegrenzung.«

Damit ließ er mich einfach zurück.

Als ich aufstand und durch den Vorhang wieder auf die kleine Bühne trat, hatte sich davor eine große Tanzfläche aufgetan, auf der Dutzende von jungen Leuten ihre Körper dem Rhythmus aus den Boxen folgen ließen. Abgesehen von Veronique, deren Miene mir ihre Eifersucht förmlich entgegenschrie, sah mich niemand direkt an. Ich hatte mich noch nie so fehl am Platz gefühlt.